DU MÊME AUTEUR

Aux Éditions Gallimard

LE JEUNE HOMME, LA FORTERESSE ET LA MORT

LES SOUS-LIEUTENANTS

Du monde entier

MÁRIO DE CARVALHO

LE FOND DES CHOSES

roman

Traduit du portugais
par Marie-Hélène Piwnik

nrf

GALLIMARD

Ministério da Cultura

Instituto Português do Livro e das Bibliotecas

Ouvrage publié avec le concours du Ministère portugais de la Culture/Institut portugais du Livre et des Bibliothèques.

Titre original :

ERA BOM QUE TROCÁSSEMOS UMAS IDEIAS SOBRE O ASSUNTO

Sincèrement, je ne sais pas me corriger du vice des divagations.

CAMILO CASTELO BRANCO,
Amour de Rédemption

En lisant ce livre, le savant pourra se distraire, le fâcheux se dérider, le simple s'ouvrir l'esprit, et le triste s'esbaudir.

Jardin de l'Époux

Or ça, moi qui respecte le temps plus que les modes, je fuirai l'importun, je ferai comme les chiens du Nil qui détalent et boivent aux sources.

SÁ DE MIRANDA,
Lettre au roi D. João

AVERTISSEMENT

Ce livre contient des détails irritants pour les habitués. Plus encore pour les autres. On y trouve des caricatures. Des humeurs. Des digressions. Et quelques anacoluthes.

PREMIÈRE PARTIE

Au ras de la voie ferrée d'Entrecampos, dans une rue étroite et discrète dont le nom m'échappe, on a construit il y a quelques années le bâtiment controversé de la Fondation Helmut Tchang Gomes, lequel, on s'en souvient, a suscité la véhémente indignation d'une poignée d'« intellectuels », d'aigres dissidences au sein de l'Association des Architectes, la valse-hésitation crispée d'un de nos ministres sur son fauteuil, et les sanglots convulsifs d'une mystérieuse veuve dont on n'a plus jamais rien su, ni moi ni personne d'autre. Pour ce qui est de la controverse, la Fondation elle-même en avait eu sa part en son temps, alors qu'elle était encore installée à Belém dans le quartier des ambassades : divers journaux sans complexes, et fins limiers, s'en étaient allés dénicher de tortueuses malversations, d'exorbitantes dépenses et autres acrobaties fiscales. Les années passant, les polémiques ardentes s'assoupirent au rayon des affaires classées, un banquier qui avait étranglé son épouse avec du fil de pêche monopolisa l'attention générale et la Fondation, discrètement, sans tambour ni trompette, se remit à parrainer des concerts de musique de chambre, un voyage en Nouvelle-Zélande (« patrie ancestrale des valeureux Maoris ») et un récital de poésie hexamétrique en bas latin.

Or donc un jour, dans cette rue d'Entrecampos, on a fait imploser un vieil immeuble de style munichois, en présence de moult badauds et sous la vigilante protection des forces de l'ordre. On a érigé une palissade, avec brèches pour reluqueurs professionnels, afin d'éviter ce qu'on appelle l'effet Parmentier, ou du « fruit défendu », qu'exorcise l'implicite maxime : « on regarde mais on ne touche pas », palissade qui a plus attiré les amateurs de graffitis, et les chapardeurs de planches que les curieux de naissance. Et l'on n'a pas tardé à voir arriver travailleurs immigrés, pelleteuses, marteaux piqueurs, échafaudages, une grue formidable, cauchemar des aviateurs et, en un clin d'œil, le temps d'aller et venir, le bâtiment était prêt, fraîchement peint et inauguré avec force discours, banderoles et amuse-gueules.

Scandale ! Scandale et hauts cris ! Certes parmi les milliers de gens circulant aux tristes heures de pointe, abrutis de sommeil et de fatigue, et d'ordinaire peu disposés à lever les yeux, il s'en trouva peut-être qui, plus attentifs aux journaux ou à la télé, émirent alors quelque bref jugement au sujet du bâtiment en question. Mais il semble bien que personne n'ait dévié de sa route, ou raté son bus pour avoir voulu examiner les choses avec plus de circonspection. Des appréciations comme : « finalement je ne déteste pas », ou « comme horreur, ça se pose là », devaient vite être oubliées au hasard des pages d'un journal sportif, des soubresauts d'un bus, ou des heurts belliqueux d'un wagon de chemin de fer. Et on peut être sûr que personne ne s'en souvenait au moment du dîner, à l'heure sacro-sainte du feuilleton-télé brésilien.

Mais chaque fois qu'on construit à Lisbonne un immeuble de style, avec la prétention d'innover, le monde s'écroule, tout s'écroule, les dirigeants politiques, les réputations, et l'onde de choc de ces effondrements imaginaires résonne, vibre, énerve, insiste, exaspère, et la seule chose qui ne s'écroule pas c'est l'édifice en question. La sérénité de la Fondation fut donc à nouveau offensée, sa discrétion violée, et son nom galvaudé. L'agitation grandit les premiers jours, resta stationnaire quelque temps et ne cessa ensuite de diminuer. La polémique passa des quotidiens aux hebdomadaires, de ces derniers aux revues spécialisées, de là aux livres avant de tomber, naturellement, dans l'oubli. La télévision consacra une minute et demie à l'événement, mais de façon si désinvolte, enjouée et sibylline que personne n'y comprit rien. De temps en temps ressurgit dans les colonnes d'un journal quelque écho véhément. Un professeur de l'École des Beaux-Arts s'obstine à lancer ses foudres, vers le mois de mars, devant ses élèves pétrifiés. Rien qui puisse ébranler la solidité des matériaux, ni la conscience, ni le porte-monnaie de celui qui en a voulu l'assemblage.

La Fondation brille, étincelle, entre les crépis fuligineux et les azulejos noircis des maisons environnantes, avec sa teinte magenta, subtilement combinée au vert laitue de rajouts constructivistes de forme tubulaire. Quelques clous en laiton doré, éclaboussés çà et là d'un bout à l'autre de la façade, prêtent à débat, encore que largement dépassionné. Certains ont cru y repérer les contours délicats d'une harpe, d'autres, la clameur nationaliste d'un béret du Ribatejo. Vibrant hommage à Jorge Luis Borges de l'architecte, sûrement épris de littérature — à moins qu'il ne s'agisse du maître d'œuvre, dans un élan inspiré —, il y a même là un escalier qui ne mène nulle part et qui est apparu à un certain nombre de marginaux du quartier comme le dépotoir idéal de leurs seringues usagées, et autres déchets corrélatifs.

Si l'on a des yeux pour voir, l'histoire architecturale de l'humanité est ici cristallisée en une synthèse d'une grande utilité pour l'étudiant moyen. Y sont représentés le divin Imhotep avec sa pyramide de Saqqarah, Phidias et les frises du Parthénon, Vitruve et ses crypto-portiques, Maître Afonso Domingues avec la voûte de Batalha, le Bauhaus avec ses lignes de fuite, et Frank Lloyd Wright, par une grande surface vitrée, et Niemeyer, par une sphère bien lisse, et Raul Lino, par des saillants propices aux hirondelles, au-dessus de tout ce qui peut ressembler de près ou de loin à une ouverture, grande ou petite, ronde ou carrée, sévère ou rigolote. L'édifice figure en couverture d'un livre d'art intitulé *Lisbonne post-moderne*, que les mauvaises langues réputent avoir été commandé par la Fondation elle-même à une dame experte en confection de livres d'art, grande spécialiste de la porcelaine Ming et des *ex-voto*, et — dit-on — particulièrement douée pour lire le destin dans les astres. Sur la reproduction, par suite de quelque défaillance de la typographie, la teinte magenta est un tant soit peu affadie, et ne permet pas de déchiffrer les invectives furibondes, mêlées à d'autres inscriptions, qui à l'époque ont censuré ladite couleur.

Il y a eu, convenons-en, de l'exagération, voire du défoulement. Le magenta n'est pas si abominable, et il y a d'autres couleurs qui vont beaucoup plus mal avec le vert laitue. Je crois que la majeure partie de ces mauvais coucheurs était alors fortement influencée par certain cinéaste suisse qui avait appelé Lisbonne la « ville blanche », la confondant, qui sait, avec Évora, ou avec Campo Maior. Les gens simples sont comme ça... Ils se laissent séduire par les déclarations d'individus auréolés de prestige alors que ces individus et leur prestigieuse auréole se sont laissé berner par des impressions fugaces, que malmenait le va-et-vient des fuseaux horaires... Un auteur fatigué décide de donner un titre de ce genre à un film. Et il y a plus de gens pour s'intéresser au titre que pour s'intéresser au film, et personne qui voie plus loin que le bout de son nez.

Notre vénérable Alexandre Herculano avait dit de la capitale qu'elle était une « ville de marbre et de granit » et pendant un siècle et demi, dans les discours officiels, les harangues de noces et banquets, la rhétorique de certains professeurs de lycée, ou même le chuchotis des pépés-mémés quand les petits-enfants s'endorment, Lisbonne est restée gravée dans le marbre et le granit. Et l'on a regardé de travers ces sortes d'esprits positivistes qui, s'appuyant sur l'expérience des sens et la géologie avec un total mépris de l'imagination romantique, soulignaient l'absence formellement démontrée de granit à Lisbonne et aux alentours, et se refusaient à confondre le marbre avec l'humble travertin.

Si notre grand Herculano était connu et apprécié hors de nos frontières, ce qui n'est malheureusement pas le cas, il y aurait des agences qui organiseraient des safaris dans les improbables steppes mauritaniennes, afin d'y observer le tigre inexistant de cette contrée, uniquement parce que cet écrivain, dans un accès d'imagination débordante, a introduit le fauve en question dans *Eurico*[1]...

1. *Eurico, o Presbítero* (1844), roman historique à la Walter Scott. (*Toutes les notes sont de la traductrice.*)

Quant à la couleur de Lisbonne, dont les nuances varient selon le flux des saisons et les caprices du soleil et de l'atmosphère, je suis prêt à jurer et à déclarer devant notaire que blanche, elle ne l'est certes pas. Il suffit de monter jusqu'au belvédère de Nossa Senhora do Monte, à São Gens, ou sur la terrasse de l'hôtel Sheraton, ou jusqu'à l'énorme bâtisse bleue qui termine l'Alameda D. Afonso Henriques en haut de la Rua Barão de Sabrosa, et même sur l'humble pont d'un transbordeur pour vérifier que la ville, mis à part le grenat rugueux de ses toits, varie des roses passés aux verts éteints, aux jaunes pâles, selon toute une gamme de tonalités qui ne blessent pas la vue. Elle offrira bien quelques touches de blanc ici ou là, mais elles sont disposées avec art, pour agrémenter le tout.

Mais les affaires de goûts et de couleur, ça ne se discute pas, semble-t-il. On l'a fait, mais plus maintenant. Si mon ami João de Melo, dans un de ses livres, m'affirme avec une conviction fermement réitérée que « la mer est blanche », il serait d'un mauvais goût prosaïque et bourgeois de le contrer en lui disant, même avec toute l'amabilité du monde : « mais, João, voyons, la mer, elle n'est pas blanche, c'est seulement l'écume ; la mer, elle est... » Dans le cas précis, il faut admettre les convictions farouches, tolérer les daltonismes intimes, garantir la liberté poétique, *libertas vatum.* Pour ce qui est des tigres de Mauritanie aux aguets dans les steppes africaines, cela me paraît déjà plus difficile à avaler, mais finalement, rien ne m'y oblige...

Ce qu'il importe d'affirmer pour l'instant c'est que, et même si la couleur magenta n'apparaît pas dans les dictionnaires, ce qui la rend candidate en somme à l'inexistence, l'inauguration du bâtiment dans cette fameuse rue ne méritait pas tant de hauts cris et d'intolérance. Il n'est pas impossible que dans soixante ans — si la qualité de la construction le permet — on tire la sonnette d'alarme à la vue d'une nouvelle agressive, soulignée en rouge telle une menace sur nos montres-ordinateurs et sur les moniteurs qui couvriront des murs entiers : « Au secours, on veut peindre en gris le célèbre immeuble magenta de la rue machin, qui appartint en son temps à la Fondation Helmut et où sont installés aujourd'hui les services de sécurité de la zone 38. Et tout de suite, la prière du soir, pour ceux qui n'auront pu se rendre au temple ! »

Et comme nous en sommes déjà page vingt et un, en retard donc sur le moment que les théoriciens de la littérature prescrivent pour commencer l'action, je me vois obligé de remettre à plus tard ces inintéressantes et un tant soit peu érudites considérations sur les couleurs et les architectures, pour passer sans plus tarder au mouvement, à l'intrigue. Page trois déjà il aurait dû y avoir quelqu'un de confronté à la surprise, à l'amour, à la mort. J'ai raté l'occasion de « faire progresser » le roman. À partir de maintenant, si je ne peux m'engager sur le chapitre des morts et des amours, je m'engage à faire un effort sur les surprises. Et tout en me hâtant, je déclare solennellement que je connais un écrivain qui met trente pages, trente pages magnifiques, à sortir du sommeil, et un autre qui en met je ne sais combien de plus à essayer de démontrer, à tort mais génialement, que la baleine est un poisson...

Or donc, au sixième étage de l'immeuble en question, dans un vaste bureau à la décoration aléatoire, qu'il serait vain de détailler, deux personnages se font face : l'un du bon côté de la table, l'autre, de l'autre. L'occupant en titre du bureau s'appelle Rui Vaz Alves, il est membre du conseil d'administration et dirige le département des « ressources humaines » de la boîte ; l'autre s'appelle Joel Strosse Neves, il est d'habitude installé à l'un des étages inférieurs, et a pour unique avantage sur le premier d'être le protagoniste de cette histoire. Comme, pendant ce court laps de temps, les deux hommes ne font guère que se regarder l'un l'autre, et que cela n'avance franchement à rien, je profite de l'occasion pour me prévaloir d'une vieille tradition littéraire et les présenter au lecteur, en ajoutant quelques circonstances éclairantes.

Rui Vaz Alves n'a pas encore chauffé sa place. Il a tout de suite été bombardé au top de la hiérarchie, après la belle réussite d'un licenciement collectif dans une entreprise dont il était le chef du personnel, et un célèbre article, publié dans un journal populaire, intitulé « Une main invisible sur la pointe des pieds », qui s'achevait sur une proclamation dont l'originalité avait été saluée « *Laissez faire ! Laissez passer*[1]* *!* » Il avait fait des études d'anthropologie à l'École d'Enseignement supérieur de Montpognon, en Suisse, après divers échecs à l'examen d'entrée des universités portugaises, dus à des critères de classement acrimonieux qui l'avaient indisposé, voire offensé. Fâché avec la Patrie, il ne se rappela pas le mépris de Scipion qui ne voulait pas que l'Ingrate eût sa peau, et décida au contraire qu'Elle devrait le supporter, avec la peau et les os, consentante ou pas. Et en route pour la Suisse, dont il revint licencié en anthropologie. Sa thèse, non publiée encore, a pour sujet « La distribution aux carrefours de Trifouillis da

1. Les mots en italique suivis d'un astérisque sont en français dans le texte.

Beira des sanctuaires aux âmes du Purgatoire » et a été accueillie avec bienveillance par les professeurs helvètes, insuffisamment qualifiés pour s'apercevoir de ses fautes d'orthographe. Les universitaires étrangers ne sont pas sensibles au fait qu'un licencié écrive *rénumération* pour rémunération, *aréoport* au lieu d'aéroport et *commissairiat* à la place de commissariat. Ils ont dû remarquer la même indifférence à l'égard de ces détails chez leurs collègues portugais... De toute façon, ils semblent éprouver un plaisir sardonique à nous expédier de là-bas des bataillons de licenciés et de docteurs comme s'ils avaient quelque bonne raison de ne nous aimer point. Avec la Suisse, pour autant qu'il m'en souvienne, on n'a jamais eu de guerre. On n'explorait pas les mêmes lacs et, pour ce qui est des montagnes, nous on a toujours été plus portés sur le Tibet. Reste donc inexplicable la mauvaise volonté que les éminents savants de Montpognon manifestent à l'égard de l'innocence lusitaine. Quelque repas en Algarve mal digéré par tel ou tel président d'université, un jardinier portugais par trop coureur de jupons et de femmes mariées, un touriste qui aurait jeté son noyau d'olive par terre et aurait été pris sur le fait... Une question à examiner de plus près...

M. Vaz Alves disait à ce moment-là, tout en caressant du bout des doigts le maroquin garanti sur facture de son agenda *CadSup*, qu'il avait commandé pour la modique somme de vingt-cinq *contos*[1], hors frais d'envoi, avec son nom imprimé dessus en lettres dorées :

— Moi je suis comme ça, moi j'aime les défis, et je suis sûr que vous aussi, mon vieux !

Cette phrase, écoutée avec dignité et circonspection,

1. Un *conto* : mille escudos, soit environ trente-cinq francs.

provoqua un tressaillement intime assez désagréable chez son interlocuteur, plutôt réticent, pour ne pas dire hostile à l'égard des défis. Sans risque d'exagération, en fait on peut même affirmer qu'il les avait en horreur. Mais au-delà de ce frisson intime, il avait été ébranlé par une consternation volcanique, tout intérieure elle aussi, qui se traduisit seulement par un geste machinal pour resserrer son nœud de cravate. Joel Strosse Neves supportait difficilement, si ce n'est dans le cadre d'une intimité minimale, qu'un inconnu lui dise « mon vieux ». On n'a pas gardé les cochons ensemble, que je sache...

La façon de s'adresser à quelqu'un, en portugais, est un problème d'étiquette qui a pu mener au duel, voire au meurtre. J'ai en tête un dénouement sanglant Rua do Carmo, quand un noblaillon arrogant s'était permis d'en traiter un autre sans respecter les formes. Les solutions violentes n'étaient toutefois pas à la portée de Joel Neves qui, outre qu'il avait la cinquantaine et un physique chétif, ne disposait pas d'une indépendance matérielle et sociale suffisante pour affronter son supérieur immédiat, et n'était pas anachronique au point de le provoquer en duel, au petit jour, dans les fourrés limitrophes du stade da Luz, où il y a encore des moutons qui paissent, un coup de dent dans l'herbe, un coup de dent dans le béton... De plus, il n'entrevit aucune manière de faire comprendre à Vaz Alves que ce dernier n'était guère au courant du code des bonnes manières en usage au Portugal. Ou, dit en d'autres termes, plus proches en somme de la pensée de Strosse, que le personnage était un pied-plat mal dégrossi, emblématique de l'époque minable qui était la leur. Il chercha dans sa tête quelque expression subtile qui manifestât un mécontentement non dénué toutefois d'une certaine délicatesse.

Mais il se contenta de maltraiter à nouveau son nœud de cravate. Ce cheminement mental était du reste oiseux car, même si Joel Strosse avait trouvé la phrase à la fois délicate et incisive qu'il voulait, son interlocuteur ne l'aurait probablement pas comprise.

— Les défis ? s'enquit pour finir Joel Strosse, avec toute la froideur courtoise dont il était capable.

Faisons place ici à une analepse, qui est la figure de style la plus ancienne de la littérature, largement utilisée par le brave Homère, quand il ne dormait pas, et même à mon avis par l'auteur de *Gilgamesh*. Je verrai cela plus tard. Les cinéastes — qui ont oublié Homère ou Camoens — sont candidement persuadés que c'est le cinéma qui a inventé l'analepse, à laquelle ils donnent le nom de flash-back. Et il y en a même qui manifestent de l'hostilité à l'égard des flash-backs, et en ce sens ils font penser à cette femme-écrivain qui avait autant de répugnance pour les dialogues que vous et moi pour la peste, ou les moines du Moyen Âge pour le grec : « Des dialogues ? Très peu pour moi »... Ce sont là des lubies étranges et particulières, excusables dans la mesure où notre défectueuse nature humaine ne peut tout embrasser. Il ne me vient à l'esprit en ce moment aucun écrivain qui voue les analepses aux gémonies, mais il doit bien y en avoir un. Il ne sera pas, à mon grand regret, lecteur de ce livre, ce qui en restreint dangereusement les chances de succès.

Et voici donc cette analepse, qui raconte ce qui s'est passé un moment auparavant (quatre minutes et demie exactement), lorsque, plein d'appréhension, Joel Strosse, prévenu par un coursier, est entré dans le cabinet de Vaz Alves, a pressé le bouton de son veston de sa main gauche, et la main droite de Vaz Alves de l'autre.

Vaz Alves a fait un large geste, ouvrant les bras en une élégante volte, a exhibé sa Rolex, qui a glissé légèrement sur un de ces bracelets à deux boules qui servent à vous donner de l'énergie, écarter la maladie et peut-être même le mauvais œil, et a souri abondamment. Une fois installés, il s'est lancé dans des considérations sur la décoration du bureau, traitant de surréaliste un inoffensif lampadaire italien, de ceux qui ont divers bras articulés, longs et filiformes, et qui se terminent par une loupiote halogène. Ensuite il a cherché le dossier personnel de Joel Strosse et l'a glissé entre les pages de son agenda spécial de cadre supérieur, dont il débordait amplement. Il s'est raclé la gorge, a pris un air grave, a contemplé le plafond et a rejoint ses deux mains en un geste que les spécialistes des gestes appellent « en ogive ». Bien qu'il ne fût pas, d'habitude, très perspicace, Joel à ce moment-là a été pris de panique, pensant : « c'est mal parti ! ».

Et en effet ! Alves explicitait déjà, avec vigueur, la profondeur de son concept de la Fondation. C'était clairement — pas de faux-fuyants — une entreprise. Comme toutes les entreprises, elle avait des clients. L'ensemble des destinataires des activités de l'entreprise, il préférait l'embrasser du terme « client diffus », qu'il préférait à celui de « client global », dessinant ainsi les « cibles » de l'« offre de produits ». Dans cette perspective (il disait « s'agissant de cela »), la première condition qu'il exigeait de ses subalternes était qu'ils fussent capables de faire preuve, d'abord d'efficacité, ensuite d'efficacité, et enfin d'efficacité.

Il avait attendu un instant en fixant des yeux d'aigle sur Joel, qui avaient semblé à Joel plutôt des yeux de vautour, pour voir l'effet produit par sa trouvaille. En vérité il n'y avait pas d'effet du tout, seulement un certain ébahissement, car Joel Strosse, malgré une mémoire défaillante, se rappelait encore parfaitement la triple audace de Danton, du temps où Danton, la Terreur et la Convention pouvaient encore être un sujet de conversation entre gens moyennement instruits.

« En termes » d'efficacité, Vaz Alves avait estimé que Joel Strosse n'était pas bien utilisé et qu'il fallait tirer parti de ses tendances intellectuelles, qu'attestait la présence quotidienne de l'élitiste *Público* dévotement plié sous son bras, dans une maison où tous les gens, s'ils lisaient, lisaient le populaire *Correio da Manhã*. Et c'est là qu'il avait casé sa question au sujet des défis, qui avait laissé Joel Strosse perplexe, à se demander si tout cela ne cachait pas un tour de cochon dont il dût se méfier. Eh oui, eh oui... Vaz Alves lui proposait en fait de s'occuper désormais de la bibliothèque de la Fondation, un endroit comme fait pour ses divagations spéculatives et philosophantes. On voyait d'emblée qu'il — Joel — était tout à fait du genre à aimer les livres. C'est ce qu'Alves appelait l'« optimisation des ressources » humaines. Pour les tâches urgentes, les jeunes pleins de mordant, pour les tâches de longue haleine, les vétérans couverts de la patine du savoir accumulé, ne serait-ce que par leur ancienneté.

Et comme le jour suivant, par une coïncidence inspirée, Joel Strosse partait en vacances, à son retour, eh bien il trouverait son bureau installé dans la bibliothèque. Et il avait été très content de faire sa connaissance, cela avait même été un véritable plaisir, et il comptait bien que d'autres occasions leur permettraient des conversations aussi instructives. Et il lui souhaitait de bonnes vacances. Il n'allait pas à Benidorm ? Il avait tort, car c'était très joli, Benidorm, encore que lui préférât les Seychelles. Et il lui tendait déjà la main, broyant la sienne avec un grand sourire, l'air de dire : « Copain-copain, et pour longtemps, pas vrai ? »

C'est seulement sur le palier feutré de l'escalier que Joel Strosse eut l'occasion de bougonner, mais seulement pour lui-même — car la porte capitonnée de l'autre s'était déjà refermée tandis que sa secrétaire venait de proférer un « bonjour » souriant, musical et inadéquat, étant donné l'heure avancée — que cela ne lui plaisait pas du tout d'être bibliothécaire et qu'il se sentait encore assez d'énergie pour rédiger des rapports et des comptes rendus. Un bibliothécaire n'avait aucun pouvoir. Il n'avait pas la moindre prise sur le destin des citoyens.

Il y avait des années que passaient par le bureau de Joel, à un rythme régulier sans être excessif, les demandes de subventions, qu'il était précisément chargé de satisfaire ou de rejeter, suivant en cela la politique de la Fondation, qui divisait le monde des sollicitations en trois continents de taille inégale. Les « hautement valorisantes » qui, à une époque de francophonie plus répandue, auraient été traitées de « *chic** » ou « *très chic** », les « intéressantes mais non prioritaires », et les « inexistantes ». Par exemple une exposition de couvre-pieds brodés à la main par la marquise de Valverde, un cours d'*ikebana*, ou une conférence sur héraldique et armoiries, seraient considérés comme « hautement valorisants » ; un spectacle de la *Cornucópia*, un récital de poésie d'Alexandre O'Neill, ou un film portugais en quête de subvention, entreraient dans la catégorie d'« intéressants mais non prioritaires ». Le livre de poésie d'un jeune auteur serait « inexistant ». La distinction exigeait parfois de subtiles explications et l'Institution avait toujours compté sur l'habileté de Joel Strosse Neves. Une proposition « intéressante mais non prioritaire » pourrait se transformer en « hautement valorisante » dès lors qu'elle serait sufisamment médiatisée, et propagée, en somme, par ce qu'on appelle la communication sociale. La « médiatisation » était ainsi une sorte de bain d'or, capable de transformer un chandelier de plomb décati en pièce de collection. Ce critère avait même conduit un certain Marco Paulo, relégué au début dans la catégorie des « inexistants », du fait qu'il se produisait dans les foires et les fêtes religieuses, à être promu *per saltum* « hautement valorisant » dès lors qu'il était apparu dans un programme (un shôwe) à la télévision.

Joel était fier de n'avoir jamais laissé une lettre sans réponse, et de, mis à part une unique exception qu'il regrettait mais passait toujours sous silence — et je le suivrai là-dessus —, n'avoir jamais répété les mêmes mots d'un rapport à un autre, ce qui était le fruit d'un labeur assidu sur le dictionnaire des synonymes. Il en était arrivé à se fier à son intuition pour évaluer les requêtes, les recevant ou les rejetant selon « l'air du temps », comme il le reconnaissait en privé. Il avait créé un style. La Fondation pendant des années et des années n'avait eu pour visage que sa prose. Et tout cela pour rien. Un blanc-bec parachuté, qui avait par-dessus le marché eu sa licence à Montpognon, spécialiste de « sanctuaires aux âmes du Purgatoire » avait le pouvoir de l'enterrer à la bibliothèque.

Dans un élan de révolte, il appuya sur deux boutons et appela les deux ascenseurs en même temps, violant effrontément une circulaire de l'administration. Dans quelques instants il lui faudrait choisir entre la cage tapissée de skaï blanc, avec des haut-parleurs qui émettaient *Les Quatre Saisons* de Vivaldi, l'*Adagio* d'Albinoni et le *Chœur des esclaves* de Verdi, et celle en formica gris avec des cercles de néon lumineux, dans laquelle on entendait *La Boîte aux lettres* ou le *Fado de l'embossé,* ou encore un chanteur de Coïmbre, devenu fonctionnaire du tribunal d'instance de Porto, qui fredonnait : « *Ah les beaux yeux qu'elle a/la fille de la meunière/Mais qu'est-ce qu'elle fait là/dans la farine en poussière...* »

C'est justement au son de « la farine en poussière » que Joel sortit à l'étage désiré et jeta à son bureau un regard ultime et mélancolique, presque aussi dramatique que ces condamnés à mort qui avant que le bourreau ne leur passe la corde au cou, et avant de proférer la phrase historique attendue, respirent à fond le parfum de la mère patrie et formulent mentalement des fadaises à l'adresse des villages alentour, des troupeaux, des romarins, des haies, du soleil, de la lune, du bon peuple, de l'épouse éplorée, du fiston avec son petit bras qui s'agite et, de façon générale, de tout ce qui leur semble doux et bon. Donc ces étagères, là, en ronce de noyer, cette *Grande Encyclopédie portugaise et brésilienne,* ce *Dictionnaire des synonymes* édité par la Tertúlia Edípica, le presse-papiers représentant la Vénus de Milo, malgré son socle fendu, la photographie de son fils Cláudio à dix ans, déjà bien jaunie, le tapis d'Arraiolos, avec le trou de cigarette caché sous le pied du bureau, tourné à la flamande, les piles de documents, brochures, prospectus et photographies à examiner, les courriers déjà enregistrés et prêts à partir : « En réponse à votre honorée du tant courant, nous avons l'honneur de vous informer que votre projet intitulé "Bibliothèque élémentaire de base", bien que tout à fait intéressant, ne fait pas partie actuellement des priorités de la Fondation... »

Plus jamais. Ces mains, si manifestement faites pour aligner des subtilités, devraient se contenter dorénavant de griffonner des phrases sèches, dépourvues de charme et de majesté : « Nous accusons réception de votre aimable don et vous en remercions vivement », ou « Nos services constatent que vous avez toujours en votre possession... »

Un avenir sombre, non créatif, monotone... Il s'assit, le menton entre les mains, refusa le café de trois heures et demie, fit des petits dessins plus ou moins idiots sur une feuille de papier (des papillons, et des maisons avec la cheminée qui fume), et ne rédigea pas une seule ligne jusqu'à l'heure de la sortie. Il considéra l'éventualité de faire part de la chose à la secrétaire du couloir, de prendre un air lamentable, en une sorte de poignant adieu. Mais la fille irait sûrement se moquer de lui aux toilettes, avec les autres. Prudemment Joel choisit de couver son écœurement en silence, jusqu'au moment de partir.

À cinq heures et demie, Joel Strosse ramassa son *Público*, le glissa sous son aisselle d'un geste brusque, héroïque, de façon que le titre fût bien visible, releva le menton, ne prit pas les ascenseurs, ne salua ni le gardien ni le gorille à la porte, et direction la maison. C'était désormais un homme meurtri, mais décidé. À quoi, on verrait cela plus tard. Dans la rue, il bomba le torse, rentra le ventre, le pavé résonna d'une semelle martiale. Cette assurance fut de courte durée. Il avançait, apercevait sa confortable Fiat Uno rouge sur le trottoir, là-bas au loin, parce qu'il n'avait pas droit au parking privé, quand il se vit interpellé désagréablement. Une agression en pleine rue à cinq heures trente-deux de l'après-midi ! Ces incidents sont très fréquents, bien que notre littérature en fasse peu de cas. Nous nous occupons plutôt en général d'histoires de familles, les grands-parents, les oncles et tantes, les cousins, les beaux-frères les belles-sœurs, les uns bons, les autres méchants, de correspondances antédiluviennes qui débordent de vieilles malles, de vétustes demeures que l'on retrouve au bout de longues années, ce genre de choses, et nous oublions d'arpenter les rues, l'œil aux aguets, et de laisser à la postérité une note de vérisme, bien documentée : en fin de millénaire, les générations futures doivent s'en convaincre, les passants, même en Europe, sont fréquemment dépouillés de leurs biens sur la voie publique, de façon illégale et terrifiante. Un jeune patibulaire lui barra la route et lui demanda d'un ton peu amical : « J'peux t'parler ? » Joel, surpris, balbutia n'importe quoi, mais l'autre s'énervait déjà : « Ho ! J'peux t'parler, oui ou non ? » Les yeux de Joel se révulsèrent comme ceux des grosses têtes dans les foires (par exemple la grande Dora : « Un escudo pour Dora, et tout a vous dira »), dans l'attente d'un secours salutaire, mais son corps, paralysé, impossible de le bouger. Les passants allaient et venaient, le mastodontique gorille de la Fondation faisait du sur-place à la porte, regardant la ligne bleue du Tage, et Joel planté là pendant que l'autre expliquait qu'il était arrivé la veille de Madère pour une visite chez le médecin, qu'on lui avait volé toutes ses affaires dans une pension de la Baixa, que cela l'avait indigné à tel point qu'il était capable des pires folies, et qu'au cas où, son couteau au fond de sa poche, armé des plus mauvaises intentions, confirmerait cela vite fait. Qu'en outre, étant séropositif, il avait aussi en sa possession une seringue infectée, prête à tirer vengeance de toute mauvaise volonté, tout geste brusque, et autre absence de coopération. C'était au choix : le couteau ou la seringue.

Joel, encore sous le choc, porta la main à sa poche, glissa

deux doigts dans son porte-monnaie et en tira une tremblante pièce de cent escudos, réticente et contrariée, qu'il allongea sans conviction. Le type ne prit pas du tout cette générosité comme il convenait, et sur son visage se peignit une sombre rancœur, offensée, dégoûtée de l'humanité, tandis qu'il exhalait une longue plainte d'homme sincèrement blessé : « Rhâââââàh ! mais y s'fout d'ma gueule ce connard... » Et à vrai dire cette figure hérissée de barbe, que la fureur rendait toute pâle, convulsée, tordue par la hâte de palper, ne correspondait pas exactement à l'idée que Joel Strosse se faisait d'un agresseur. Il avait toujours pensé, en lisant les faits divers dans les journaux, que les agresseurs ne devaient pas être si persuasifs que ça, et il avait même trouvé les victimes un peu pusillanimes. Pendant un court instant — il faut plus de temps pour le raconter que cela n'en a mis à se produire — il essaya de se souvenir de ses cours de judo, quand il était adolescent, au Lisbonne Gymnase Club : le bras droit tendu, les doigts bien serrés, il l'attrapait fermement par le col de sa chemise. Il lui tordait vivement le poignet. Il approchait sa jambe droite du pied gauche de son adversaire et alignait sa jambe gauche sur l'autre. Et du bras gauche, qu'est-ce qu'il en faisait ? il le laissait ballant, ou il empoignait la tête du bandit par-derrière ? En lui tirant les cheveux, peut-être... Non, le premier geste c'était plutôt d'approcher son pied droit du pied gauche du type, avec une légère torsion du buste ; ensuite seulement il lui attraperait la chemise avec les deux mains... Quoi, si l'autre se penchait en arrière ? eh bien, on avance la jambe dans un mouvement rapide, de façon à frapper d'un coup sec ce pli qu'on a à l'intérieur des genoux, que son professeur de judo, horloger de profession, appelait « le ressort de la jambe ».

— Alors tu t'grouilles, j'ai pas qu'ça à faire, gros con !

L'agresseur avait-il craché un nuage d'écume ? Ou de fumée façon dragon crétois ? Ou alors il irradiait du magnétisme hypnotique ? Ça, le professeur de judo n'en avait pas parlé, lors de ces lointains cours élémentaires pour passer ceinture jaune. Toujours est-il que son bras tendait sans plus attendre son portefeuille au type, tandis que son esprit essayait toujours de démêler les différentes prises japonaises. C'était quoi leur nom, d'ailleurs ? *Ko-to, Ko-to-ko, Ko-ro-to-ko* ? *Ta-ga-tê* ? *Ta-ga-tê-ka* ? *Na-ga-shi* ? *Na-ra-ga-shi* ? L'agresseur prenait déjà la poudre d'escampette, ni vu, ni connu, je t'embrouille, et disparaissait au coin de la rue. La vacherie...

Pendant ce temps, du troisième étage de l'immeuble, une jeune dame assistait à toute la scène, d'abord avec curiosité, ensuite avec stupeur, enfin avec indignation. C'était Florentina Palha, qui s'était appuyée à la fenêtre pour écrire son numéro de carte de métro et qui, de façon nullement désintéressée, quelque peu tendre même, avait suivi des yeux Joel Strosse dans la rue. Elle tenta bien d'ouvrir la fenêtre et de jeter un grand cri solidaire, mais ces vitres, scientifiquement étudiées, s'entrebâillaient de quelques centimètres seulement, et étaient ensuite bloquées par une traverse d'aluminium : « Ah mon Dieu, ce pauvre M. Strosse ! » s'exclama Florentina Palha, en secouant la vitre comme si c'était la faute de la vitre. Et elle cria encore : « À l'aide ! À l'aide ! », alors qu'elle courait vainement vers l'ascenseur en faisant de petits bonds sur la moquette. Strosse à ce moment-là était déjà au feu rouge et hop ! c'était vert, et il faufila sa voiture dans l'éternel embouteillage lisboète. Tout en remuant des pensées grisâtres il n'en consacra aucune, de quelque couleur que ce fût, à Florentina Palha qui, si elle l'apprenait par indiscrétion mienne ou du lecteur, lui pardonnerait cette ingratitude avec un léger soupir, dissimulé et d'une émouvante candeur. Parlerai-je maintenant de ce dévouement de Florentina Palha, d'elle, de thèmes approchants ? Non ! Cela viendra quand l'occasion s'en présentera.

Joel arriva tard chez lui, un appartement Rua Santo António dos Cavaleiros, dit T 3 (le salon en L comptait pour deux). Il avait beaucoup de choses à raconter à sa femme, mais il préféra montrer ostensiblement de la mauvaise humeur par de brefs grognements interrogatifs. Est-ce que tout était prêt pour leur départ, les valises, tout ça ? La bouteille d'eau de Luso ? La boîte de Kleenex sur le tableau de bord ? Elle était lavée, la peau de chamois ? Bien que toutes les réponses parussent satisfaisantes, Joel Strosse ne l'admit qu'à grand-peine. Il avait oublié, avec tout ce micmac, d'acheter *A Capital* et il lui manquait de quoi s'occuper les mains, l'exercice routinier des mots croisés (ceux du *Público*, il les avait faits le matin, pas complètement, à cause d'un substantif en sept lettres qui signifiait « habitant du Dekkan », et je profite de l'occasion pour dire que c'est « dekkani »). Il se venga sur la télécommande, zap ! zap ! tout en jetant des regards furtifs à sa femme qui feuilletait un magazine espagnol très en vogue, écrit en castillan, qui ne parle que de comtes, de magnats, de toreros et de maffiosi et dont je ne veux pas me rappeler le nom. Je cherche toujours à me rappeler celui d'un certain village de la Mancha, alors je me venge en oubliant le titre du magazine huppé de nos voisins ibériques. Cremilde Strosse Neves, habilement, sut maintenir un silence indifférent, légèrement hautain et dédaigneux et ne donna guère à son mari l'occasion de déclencher son ire, ce qui, au début, ne l'améliora pas, ruminée qu'elle était intérieurement.

Les rares fois où Joel arrivait dans cet état, le sourcil en berne et l'air rébarbatif, après avoir forcé sur la clé pour un quatrième tour que la serrure ne comportait évidemment pas, Cremilde savait qu'il ferait la tête pendant un bout de temps et s'efforçait d'éviter les conflits. Un petit mensonge, parfois, était bien utile, même par omission, comme aujourd'hui. La bouteille d'eau de Luso, par exemple, n'avait pas été achetée. Mais il y avait le temps.

Tandis qu'il vérifiait les bagages, entassés à côté de la porte, la fureur de Joel Strosse s'estompa. Il posa des questions. Il défit toute une valise et en rerangea le contenu à son idée, sans amélioration valable. Quand il rouspéta contre l'excès de choses, ce fut presque avec bonhomie, pour respecter une tradition, car l'autorité sur la matière le rassérénait. Au dîner, il émit quelques commentaires dépréciatifs à l'égard des feuilletons-télé brésiliens (*« Mais, Joacyr, quel avenir vois-tu pour nous à Quitadupiè ? — Mais, que veux-tu dire par là, Milton ? — Mais, Joacyr, qu'en penses-tu, toi ? »*), et finit par raconter, sans exagérations ni dramatismes, l'agression, le couteau, et les douze *contos* quatre cent cinquante qui lui avaient été subtilisés. Heureusement son carnet de chèques, sa carte bleue et ses papiers étaient dans le portefeuille de sa veste. Après une brève pause (et le feuilleton brésilien, pire que jamais : *« Mais, sois plus clair, Milton, où allons-nous, toi et moi ? — Mais, Joacyr, que veux-tu dire exactement par là ? »*), tous deux échangèrent des remarques apeurées sur l'insécurité dans la rue, et en conclurent que ce n'était pas la peine de donner de l'argent pour la patrouille.

— Ils ne viennent que quand on n'a pas besoin d'eux, soupira Cremilde faisant allusion aux autorités.

Joel fit un geste d'assentiment, en levant sa fourchette et il pensa (alors seulement) que cette secrétaire, là, à la Fondation, qui s'appelait Adelina, et qui avait goûté une fois avec lui (deux tartelettes de Belém et un petit noir), aurait sans doute fait des commentaires plus percutants s'il lui avait raconté ce qui lui était arrivé. Et de penser à Florentina adoucit son esprit, bien que sa pensée se fût trompée de prénom.

La télévision, ce soir-là, offrait un choix varié : un concours où un type devait prendre un bain dans une épaisse mixture de saindoux et excréments de moineau, et devait ensuite se lécher partout, avec pluie de fraises et applaudissements nourris d'un vaste public ; un film où le héros démolissait un type, lui zébrait le dos de cinq ou six coups de couteau à l'horizontale, lui sortait les côtes et les éclatait, l'une après l'autre, avec des bruits secs et un giclement de matières rougeâtres ; un téléfilm où un marin revenait après vingt années d'absence, avec une jambe en moins dévorée par un requin, et que sa femme recevait à bras ouverts en s'écriant : « Je t'aime encore plus comme ça, bon sang, mais c'est bien sûr ! » ; un court métrage sur le sens de l'orientation de la mouche drosophile.

Joel opta pour la mouche drosophile, contre l'avis de sa femme, qui préférait le marin unijambiste. Il n'arriva pas à s'endormir, même avec le Rohypnol. Dans son bureau, une pièce impeccable, étincelante, jamais fréquentée ou presque, il alluma son ordinateur et se brancha sur un jeu où un ectoplasme, une espèce de crapaud écarlate, moitié ver de terre, moitié lézard, sautillait à travers un champ de mines. Dès la seconde impulsion, bing, sur la mine ! Pif ! Paf ! Une pétarade et des morceaux sanguinolents du crapaud éparpillés sur l'écran. Sur fond d'accords de la *Marche funèbre* de Chopin. Joel éteignit l'appareil et regarda longuement son reflet dans le moniteur. Il fit des grimaces. Prit la pose. Se prit en grippe. L'agression de l'après-midi lui revint en mémoire et il l'analysa rétrospectivement. Il aurait dû frapper sèchement son adversaire au cou, du tranchant de la main, en pleine veine jugulaire. Lui faire un... *ta-ra-ka-to-ko* ou alors un *na-shi-ta-ra-ta-ga*.... Cause toujours, tu m'intéresses...

Il s'attrista en se rappelant toutes les choses pénibles de son existence, si déprimantes que je ne les raconterai que plus tard, pour ne pas ajouter, pour l'instant, d'autres dysphories à la dysphorie dont ce chapitre est farci. Respectons le personnage et ses effusions.

Il en était arrivé à des considérations philosophiques sur l'état de régression de la société, et sa tendance à empirer, sujet d'intérêt général, qui donne lieu à questions, à échange. Reconnaissons que Joel avait raison et méditons intérieurement sur quelques topiques à propos de la décadence de la civilisation, mais sans le perdre de vue.

Il s'éloignait de l'ordinateur quand il fut surpris par son propre reflet qui, cette fois, toute mimique cessante, le contemplait, absorbé et meurtri. Il eut encore plus pitié de lui-même. Et il secoua la tête, de gauche à droite, de bas en haut, un hochement machinal mais inspiré.

À un bout de la bibliothèque, tout en haut, bien éclairé par la lumière rosée de la lampe Art nouveau, un héritage, se détachait le dos d'un livre, et pas n'importe lequel : *Tchapaïev,* de Dimitri Fourmanov. Joel dut se hisser sur un pouf marocain, fragile et déséquilibré, pour atteindre le volume, couvert de poussière, inaccessible au plumeau.

Tchapaïev ! Il y avait si longtemps... Il se rappelait vaguement les chevauchées du vieux cosaque, moustache au vent, à travers les steppes, le sabre toujours prêt à tous les excès, n'était la pondération de son commissaire bolchevique. Lui revinrent même en mémoire certains accords du chœur de l'Armée rouge qui ponctuaient la vibrante chanson dédiée au héros : « Quand Tchapaïev est arrivé dans l'Oural. » Et c'est l'instabilité du siège maghrébin qui, l'obligeant à se remettre d'aplomb et à dévier les yeux vers une autre étagère, lui permit de dénicher un austère *Anti-Dühring*, relié en toile grisâtre, coincé entre un Sartre et un Frantz Fanon, dans la zone, largement majoritaire, des livres oubliés... Même de guingois, il réussit à réunir le *Tchapaïev* et l'*Anti-Dühring*, en bonne harmonie et serrés contre sa poitrine, tandis que le pouf branlait, ulcéré par le poids de tous ces kilos européens augmenté de celui des livres, s'agitait de soubresauts vengeurs, et menaçait de crever nuitamment à grand bruit.

Au lit, il feuilleta Engels, ouvert au hasard, tandis que le comprimé ne lui faisait aucun effet. Cremilde sentit la lumière, émit une protestation fâchée et s'enquit :

— Mais qu'est-ce que tu peux bien lire à cette heure-ci ?

Joel récita lentement, se tournant de l'autre côté : *« Ce qu'il y a de sûr, c'est qu'on voit bien à la pensée dühringesque et à la langue qui l'exprime à quel point cette pensée est peu faite pour une langue quelconque, et la langue allemande peu faite pour cette pensée. »*

— Laisse tomber la pensée et dors, demain on se lève tôt...

Elle avait raison. Et Engels, refermé sans ménagements, s'en fut discuter à voix basse avec Tchapaïev, qui gisait déjà sur la moquette.

C'est parce que cet épisode est déjà bourré de procédés littéraires que j'en épargne un de plus au lecteur. C'était le moment d'introduire un rêve, avec foules enthousiastes, hymnes, drapeaux et interventions loufoques, avec des clairs de lune surréalistes sur de gigantesques échiquiers dont les pièces auraient été des rhinocéros en tutu, pour donner de la vraisemblance au rêve qui, par définition est invraisemblable et n'est donc admis que s'il est plein d'invraisemblances, même si la vraisemblance qui accompagne les invraisemblances est chargée de sens et de clins d'yeux, à moins que ce ne soit les invraisemblances qui tombent pile sur une définition du dictionnaire des symboles dont je n'ai par hasard aucun exemplaire à portée de main. Je me refuse à jouer à ce jeu-là et, même si Joel Strosse avait rêvé des choses (notez bien : des choses — plus tard, si j'en ai le temps, je parlerai de la légitimité de l'utilisation du substantif *chose* dans le journalisme et la littérature. N'est-ce pas Bernardim qui a écrit : *« Une chose m'était souci/cause de maintes autres choses... »* ?), des choses, ne craignais-je pas de dire, intéressantes pour cette histoire, je m'abstiendrais de les raconter. Question de principe, qui me dessert, mais que je défends teigneusement.

Il convient de savoir que jamais des drapeaux rouges n'étaient passés par les mains de Strosse. Pas parce qu'il ne l'avait pas voulu, en des temps anciens. Ça ne s'était pas présenté. Ce qui s'était présenté, en des temps plus récents, c'était des drapeaux orange, avec trois flèches sinueuses la pointe en bas[1], un plagiat abusif, pour ne pas dire éhonté du symbole du « Front de Bronze ». Heidelberg. 1932.

1. Emblème du PPD, parti de centre droit.

Bête terrifiante, qu'un doberman. Il faut croire que le ténébreux chien mécanique de Ray Bradbury, mélange de Cerbère, de chien des Baskerville et de moto japonaise, qui hululait dans les rues désertes des villes, prêt à trucider les lecteurs de livres, a été inspiré par le doberman. Ce qu'il aurait fait aux écrivains, l'auteur ne le dit pas, mais je soupçonne qu'il ne se serait pas contenté de les trucider.

Ces considérations ne sont pas les miennes car je ne voudrais pas blesser la susceptibilité des éleveurs de dobermans, mais elles étaient peu ou prou — mis à part Ray Bradbury — celles de Joel Strosse alors qu'il déambulait sans but, en faisant les cent pas devant le chenil de l'établissement pénitentiaire de Pinheiro da Cruz, du côté de Grândola. À peine avait-il frôlé de l'épaule la porte en solide grillage que de l'autre côté, tout au fond, s'était élevé une espèce de rugissement de moteur de hors-bord, de plus en plus ample. Il y avait là vingt ou trente dobermans réagissant au passage d'un étranger qui préféra aussitôt, à grandes enjambées, aller respirer loin de ces parages hostiles. Peu avant, devant le chenil des bergers allemands, tout à côté vraiment, il avait été reçu dans une indifférence somnolente, l'oreille qui pointe, le coin de l'œil plissé, typique de chiens de garde civilisés, capables de distinguer l'ennemi du simple passant. Alors que les dobermans, eux, ce qu'ils voulaient, c'était mordre, déchirer, mettre en pièces...

Donc Joel Strosse était sujet à cette troublante phobie moderne, comparable à la peur de l'avion, qu'est la crainte du doberman, déjà décrite et cataloguée dans divers travaux extrêmement sérieux, inexistante aux temps heureux où les dobermans n'avaient pas encore été inventés par cet Allemand auquel ils doivent leur nom.

Mais que fait Joel Strosse à cent cinquante kilomètres de Lisbonne, le premier jour de ses vacances, à se promener dans le terrain vague autour de la prison de Pinheiro da Cruz, à la merci d'abominables dobermans et arborant un air non seulement inquiet, mais qui plus est triste et soucieux ? Il voit passer le temps et ce n'est pas pour son plaisir...

Un peu plus loin, passé la porte en fer de l'enceinte que gardent des sentinelles, après une cour intérieure et une autre porte en fer, en faisant quelques pas de plus et en franchissant une grille, en tournant à droite et en passant une autre grille, après avoir traversé une vaste salle, gravi un escalier et longé une galerie protégée par des filets, se trouve la cellule où est prisonnier depuis deux ans son fils Cláudio Ribeiro Neves. Joel Strosse ne connaît pas tout ce parcours, dont on doit le détail au bon vouloir du narrateur omniscient, lequel, si la prison de Pinheiro da Cruz n'est pas exactement telle qu'il la décrit, prie dès aujourd'hui les Services pénitentiaires de bien vouloir se conformer au texte, ou en tout cas de s'abstenir de polémiques déplacées et contraires à leurs intérêts et au mien.

Un narrateur omniscient a son avantage. Si le narrateur n'était pas omniscient il ne connaîtrait rien de cette histoire car, quand son fils avait été arrêté, jugé et condamné à sept ans de prison, en tenant compte des amnisties et des circonstances atténuantes, Joel avait réussi à maintenir un secret à peu près total. Si on lui posait des questions, il disait que Cláudio était tantôt en Suisse, tantôt en Autriche, ou au Canada, toutes destinations parfaitement respectables.

C'était vraiment à contrecœur qu'il venait là depuis quelques années, plus sombre et renfermé que jamais, lui qui n'était déjà pas d'un naturel démonstratif. Pendant tout ce temps, il n'avait qu'une seule fois rendu visite à son fils, qui était encore à la Police judiciaire en régime de détention, convaincu qu'il s'agissait d'une erreur, d'une confusion, d'un sale coup de la Justice et de l'État. Quand, peu à peu, en prenant connaissance du procès et d'autres éléments, il perdit ses illusions, il sentit qu'avait coulé à pic l'une de ses principales — et rares — raisons de vivre. Et il n'avait jamais pardonné au garçon de l'avoir déçu aussi brutalement. Des visites, plus jamais. Il se contentait d'amener Cremilde — lui faisant toujours remarquer que c'était plus pour elle que pour le prisonnier — et il passait cette heure interminable à se balader dans le coin, les mains dans les poches, jusqu'au moment où la porte s'ouvrait et où les familles des détenus s'égaillaient, avec leurs ballots de linge sale, et Cremilde, toujours la larme à l'œil, avec eux.

Rien n'avait jamais été refusé à Cláudio. Joel était fier de ce fils, débrouillard, l'esprit et les façons agiles, avec des qualités de détermination que lui-même n'avait jamais possédées. Après une enfance harmonieuse et gratifiante pour son père — à part les résultats scolaires, auxquels, se rappelant son propre exemple, il n'attachait pas trop d'importance — Cláudio était devenu un adolescent vif et musclé, fait pour l'action et guère porté sur le flou mélancolique ou les complications intérieures. Parmi les jeunes du quartier il était très connu, il tranchait, c'était lui qui donnait les ordres. Strosse parlait de lui avec orgueil à son travail, il était alors à la Direction générale de l'aménagement du territoire, il montrait des photos, il racontait les courses-poursuites avec la police, les prouesses athlétiques. Il se persuadait, et voulait persuader son entourage, que Cláudio irait loin.

Cremilde, plus méfiante, et moins imaginative, observait l'évolution de son fils avec inquiétude. Là où Strosse voyait des affrmations de virilité, elle aurait voulu constater le sens des responsabilités. Tandis que le père en était à son troisième sommeil, la mère attendait souvent Cláudio à la fenêtre, angoissée, jusqu'au moment où il apparaissait, tard dans la nuit, au milieu d'un groupe bruyant aux tenues insolites, qui renversait les poubelles et grimpait aux réverbères. Il avait des tas de petites amies, il en changeait, il ne se fixait pas. Il était systématiquement, belliqueusement collé à la fin de l'année. Mine de rien, Cremilde regardait ses bras, cherchait des marques de piqûres, de seringue, mais il n'y avait aucun trou sur sa peau lisse et bien portante. (« Oh la la ! maman, laisse tomber ça, fiche-moi la paix... — Ne t'avise pas de redire “fiche-moi la paix” à ta mère... ») Un jour il était venu les trouver, la bouche en cœur, pour leur dire qu'il ne voulait plus continuer ses études, et Joel Strosse était tombé de son haut.

Il y avait eu une discussion tendue, d'homme à homme, n'épargnant aucune considération pratique, philosophique, sociologique, éthique même. Cremilde, ce soir-là, ne fut pas admise dans le bureau.

S'il ne voulait plus faire d'études, il voulait faire quoi ? — Des affaires ! Ah très bien, mais à part les caisses de supermarché et la livraison, qui le prendrait sans qualification et sans aucune expérience de l'existence ? Pour l'instant il n'en savait rien... Et il voulait passer sa vie à porter des pizzas à domicile ? Ou derrière le comptoir d'une blanchisserie ?

Le garçon s'impatientait, mais réussit à garder son calme, les mâchoires serrées, avec cette maîtrise de soi que Strosse avait toujours admirée et qui parfois l'irritait un peu :

— Je n'ai pas parlé de petits boulots de ratés, papa. J'ai parlé d'affaires. De bizness...

— Mais qu'est-ce que tu connais aux affaires ?

— J'en connais assez pour ne pas passer ma vie entière fourré dans un T 3, à supporter des petits chefs, au volant d'une Fiat Uno qui ne vous donne vraiment pas la classe.

« *Touché* *, pensa son père. Je ne suis pas un modèle pour lui et dans le fond il a raison. » Il comprit qu'il était inutile de disserter sur les vertus du savoir (finalement ils apprenaient quoi, à l'école ?), les avantages du bachot (quels avantages, au fait, puisque tant d'illettrés avaient le bachot ?), la sécurité d'un emploi qualifié (quelle sécurité, d'ailleurs, quand la rage de licencier devient presque un rite religieux ?), le prestige social d'un diplôme universitaire (quel prestige, à propos, immédiatement dévalorisé par les salaires moyens de n'importe quelle entreprise de pointe). Il avait d'autres arguments, bien sûr, mais ne savait les exprimer et, même s'il avait su, ils n'auraient guère fait d'effet sur ce jeune de dix-huit ans au sourire crispé qui n'hésitait pas à lui donner — d'égal à égal — de petites tapes complices dans le dos : les temps ont changé, bon sang, papa ! Il y a des chances à saisir, aujourd'hui...

— Mais tu vas faire quoi ? Je te préviens que la Bourse, c'est très risqué, et que mon argent n'est pas pour tes investissements...

— Je vais chercher des associés ! Aie confiance en moi, papa. Tu n'auras pas à dépenser un sou.

— Comment ça, des associés ?

— Aie confiance, tu verras...

Avoir confiance, il n'en était pas question, mais qu'il en eût ou pas, cela revenait au même. Inutile de s'appesantir sur les détails. On sait — hâte maladive de l'auteur — ce qu'il en a résulté pour Cláudio. Et peut-être est-il préférable, juste maintenant, de raconter seulement le dîner au cours duquel Cláudio présenta sa petite amie à ses parents, afin que nous fassions connaissance avec la jeune Eduarda Galvão, à l'époque plus jeune que jamais et quelque peu amoureuse.

— Un T 3 ? Ah bon, j'aurais pensé que vous aviez plus de pièces que ça...

Ce furent là les premiers mots d'Eduarda Galvão quand elle entra chez Joel Strosse, après les présentations et autres prolégomènes courtois. Cremilde tordit la bouche esquissant un sourire forcé et Joel trouva la fille assez plaisante, un sentiment qui ne dépassa pas le potage. Cláudio parlait de voitures (les Honda étaient à ce moment-là très populaires parmi les gens comme Cláudio) et Eduarda n'était pas d'accord avec lui. Son oncle avait une BMW qui laissait sur place n'importe quelle Honda et montait la rampe de Vilalonga en cinquième sans hésitation, ayant démarré en troisième.

Joel tenta d'élever le niveau de la conversation, évoqua la guerre des Balkans, mais cela fournit seulement à Eduarda l'occasion de briller dans le domaine des horoscopes. Cette année-là, 1994, était prévue l'apparition d'une planète jusqu'à présent inconnue, qui s'appellerait Proserpine, la déesse de la mort pour les Grecs, non les Égyptiens, enfin quelque chose comme ça. C'était de mauvais augure (« ougure »). Il y aurait une catastrophe, un déluge, avec une pluie de soufre, et après le monde serait meilleur.

— Et comment savez-vous cela ?

— Mais, tout le monde le sait, répondit Eduarda. Vous n'avez pas vu cette Brésilienne, Astragélsida Schmidt, l'autre jour, à la télé ?

Et la gamine, frêle, vive, avec son visage menu, et qui s'était dite toute prête à aider à la cuisine, et à donner sa recette de pudding aux pignons, avait commencé à parler sans discontinuer, monopolisant la soirée, donnant des conseils en veux-tu en voilà et faisant même des messes basses avec Cremilde, à propos de choses sans la moindre importance, ce qui amène à ne pas en tenir compte dans l'intérêt de l'économie de l'histoire.

— Comment tu l'as trouvée ? avait demandé Joel, le soir, dans la chambre, après une interminable querelle avec sa femme, dont le seul motif était d'éviter le sujet...

— Et toi ?

— C'est moi qui ai posé la question le premier.

— Tu sais, avait fini par dire Cremilde, songeuse, avec tout ce qu'on voit... Ç'aurait pu être pire.

— Elle est mignonne, mais ce goût pour l'astrologie et les horoscopes chinois, ça me paraît de bas étage.

— Si on y réfléchit, Cláudio n'est pas tellement au-dessus...

— Mais ça te plairait de l'avoir comme belle-fille ?

— Oh, ferme... la lumière.

Quelques semaines plus tard, à l'aube, une brigade de la police judiciaire, dépourvue de bonnes manières, frappa à la porte, bouscula Joel Strosse mal réveillé tandis qu'un des agents lui mettait un mandat sous le nez, et alla tirer Cláudio du lit.

Cláudio était à la tête d'un petit réseau de trafiquants de drogue, pas besoin d'en dire plus. La police trouva deux armes cachées dans sa chambre, des faux papiers et assez de matériel pour l'incriminer lourdement. Quand, les menottes aux mains, il passa devant son père, il lui fit un petit sourire résigné, du genre : « pas de chance, les aléas..., mais je tiens la forme, pareil. »

Après de multiples et pénibles démarches, impliquant de nombreux entretiens avec divers jeunes aux propos évasifs, Cremilde réussit à rencontrer Eduarda, dans un café de la Praça de Londres, et celle-ci fit semblant de ne pas la reconnaître. Abordée, elle se rappela vaguement, gardant ses distances d'un air excédé, et s'expliqua :

— Oh mais on ne sort plus ensemble... Je me doutais de quelque chose, il était devenu bizarre, ne s'occupait plus trop de moi, et donc vous comprenez...

Ils commirent l'erreur de la citer comme témoin de la défense au tribunal. Très à l'aise, portant une robe d'Ana Salazar de la saison précédente, elle dit aux juges qu'elle avait quitté Cláudio définitivement parce qu'elle se doutait qu'il frimait au-dessus de ses moyens. Pourquoi ? Parce que, étant allée dîner une fois chez ses parents, elle avait vu dans quelle petitesse ils vivaient. Pas un tableau de maître au mur, pas un meuble italien. Et elle avait conclu :

— Remarquez, comme dit le père Alves, de la paroisse des Mercês, tout le monde ne peut pas tenir le haut du pavé, n'est-ce pas ?

Eduarda était la fille d'une femme de ménage et d'un employé de mairie qui faisait aussi le taxi à ses heures, mais elle se refusait obstinément à regarder en face cet aspect de la réalité. Elle ne fit ni bonne ni mauvaise impression sur le tribunal, elle n'eut pour effet que de charger Cláudio un peu plus. Dans l'assistance, on considéra qu'elle avait été le témoin le plus brillant.

Pour ces raisons et d'autres, plus pour celles-ci que pour celles-là, sept ans de prison pour l'accusé.

Quand un homme de cinquante ans se met, inévitablement, à faire le bilan de son existence, et considère avec mélancolie qu'au Moyen Âge ou dans l'Antiquité il serait déjà un vieillard chenu le pied dans la tombe, il espère remplir une des deux colonnes du livre de sa vie de toutes les bonnes choses qui lui sont arrivées, ou au moins, s'il n'y en a pas, d'y laisser la trace minimum de son passage sur la terre. Comme les bonnes actions sont rares et s'oublient vite, les hommes mûrs, voyant presque vide la colonne du bien, finissent toujours par compter sur leurs enfants pour combler les lacunes, et les investissent dans la fonction de représentants ou mandataires de leurs géniteurs.

C'est pourquoi Joel Strosse, sans grandes effusions, avait toujours admiré la débrouillardise et la vivacité de Cláudio, qui était un garçon à forte personnalité, plein de ressources et d'habileté. Secrètement, si secrètement que lui-même ne s'en rendait pas compte, il aspirait à ce que son fils vengeât ses échecs, ses humiliations, ses malheurs.

Lorsqu'il vit le gosse en prison, et parce qu'il le méritait, il se sentit profondément désespéré, au sens plein, angoissant du mot — sans espoir. Et la fierté qu'il avait de son fils se transforma en rancœur, non pas tant parce qu'il brisait sa propre vie que parce qu'il retirait à celle de son père le soutien qui lui eût permis un paisible et suave déclin, jusqu'à ce point final où son corps se serait retrouvé six pieds sous terre.

Et c'est cette rancœur qui l'aida, à bien y réfléchir, à supporter le choc d'une surprise aussi brutale. Subtilités de l'âme humaine... Elle se défend et cherche son confort au sein même de l'enfer, comme le condamné au bûcher se tord du côté où la flamme est la moins violente ou la braise plus froide.

Il ouvrit la porte de la voiture et, à peine Cremilde fut-elle assise, s'installa rapidement au volant et accéléra, avant qu'un de ces minables parents de prisonnier lui fasse de l'auto-stop. Mais cela ne rata pas, et Cremilde dut mentir, expliquer qu'ils allaient vers le sud, supposant que les demandeurs voulaient aller vers le nord. Un peu plus loin, interpellée par un autre groupe, elle soutint l'inverse, par la fenêtre de la voiture.

Cremilde ne se résignait pas. Elle luttait. Elle s'entêtait depuis des mois à faire aboutir une revendication. Elle voulait que son fils fût tiré de sa cellule et placé en semi-liberté, avec la possibilité de se déplacer à l'extérieur de la prison et de passer éventuellement une nuit dehors, dans la zone autorisée. Toutes ses énergies étaient mobilisées. Elle passait des heures à établir des contacts, à constituer le dossier. Les autorités carcérales n'avaient pas une aussi bonne impression de Cláudio que Cremilde, elles ne donnaient pas suite aux diverses attestations, dépositions, requêtes, pétitions, et paraissaient d'une insensibilité marmoréenne aux pistons de gens hautement respectables, de l'armée, du monde politique, de l'Église.

Traditionnellement le voyage se déroulait dans un silence de plomb jusqu'au moment où la voiture montait, toujours avec quelque difficulté de manœuvre, sur le ferry du Sado. La maladresse de Joel était le prétexte qui permettait à Cremilde d'attaquer. Et en parlant d'autres choses, insignifiantes, personnelles, c'était de leur fils qu'ils parlaient, sans le dire.

Joel avait attendu la lecture du jugement pour déclarer qu'à dater de ce jour, son fils Cláudio avait cessé de l'intéresser. Il avait été sur le point de proclamer « mon fils est mort pour moi », mais il s'était contenu à temps, sentant la théâtralité ridicule de ce lieu commun et son hypocrisie, car la photographie de Cláudio était toujours sur son bureau à la Fondation.

— Pauvre type, misérable égoïste ! avait répondu Cremilde à ce moment-là.

C'était sa faute à elle, à Cremilde, avait répondu Joel. Et il s'était ensuivi une scène, cris, pleurs, insultes impensables, qui avait duré jusqu'à leur retour à la maison et dominé le bourdonnement de tous les téléviseurs de l'immeuble, au point de susciter des commentaires sournois plus tard, lors de l'assemblée des copropriétaires.

Ils n'avaient plus reparlé de la question. Mais ne cessaient d'y penser. Ils avaient repris leurs rapports et la routine environ deux semaines après, comme si rien ne s'était produit. Mais c'était là.

Et les voilà, qui se disputent pendant la traversée du Sado, sans remarquer les dauphins, en route vers leur premier jour de vacances, passées comme toujours sur la Côte de Caparica, à Santo António, dans un rez-de-chaussée qu'ils louaient depuis des années à une vieille renfrognée, propriétaire d'une multitude de chats, dont l'odeur continuait d'imprégner la moquette, bien qu'en été ils fussent regroupés tendrement quelque part, afin de laisser la place aux estivants.

Et pour le moment, point final.

Joel Strosse avait attrapé une revue française, *Ça ira !**, et tentait de se concentrer sur un article intitulé « *La gauche post-moderne, une déconstruction en marche** ? », mais il n'arrivait pas à dépasser le premier paragraphe. C'était l'après-midi, les mouches tourniquaient et, au milieu, des moustiques francs-tireurs, prêts à attaquer à la nuit tombée, avec leur bruit caractéristique de formule 1, plus irritant que les allergies à leur piqûre. Mystère, que cette présence d'insectes ailés, toutes fenêtres fermées et un flacon de liquide spécial, hors de prix, branché à la prise de courant.

Par la fenêtre grillagée, il voyait passer les vacanciers qui revenaient de la plage, ployant sous le poids des parasols, plutôt maussades, sur la route sans fin. On aurait dit des zombies, chair flasque, allure éteinte et regard vide. Notre époque oblige les gens à aller à la plage, et à supporter un sable poisseux, une eau glacée, des coups de vent, rafales multitudinaires, poissons venimeux, gosses turbulents, sel sur la peau, transpiration, brûlures, insolations, emmerdements, donnant la preuve que les pratiques rituelles ne sont valables qu'au prix d'un certain inconfort. Le conformisme social implique une contrepartie. C'est ce qu'établissent les lois d'airain de notre planète.

Si un citoyen, pour raison d'économie ou par phobie des médecins, entre dans une boutique de produits naturels à la recherche de quelque remède de bonne femme, infusion, ou chose du genre, qui aide à digérer, mais qui ait un goût agréable, c'est parce qu'il a en fait l'intention d'être remis à sa place et flanqué à la porte. Les vendeurs, lorsqu'ils vous donnent ce genre de mixtures, partent du vieux principe médiéval selon lequel ce qui a vocation à soigner doit être immonde, considérant qu'on doit pénétrer dans leur antre le cœur battant d'angoisse, car c'est — selon eux — très salutaire, c'est déjà la moitié de la cure. Si l'on dit qu'on veut aller bien, c'est qu'on allait mal, et pour ça il faut payer.

C'est ce qui se passe avec l'étrange rituel des migrations vers les plages. Un type fait sienne une pratique sociale reconnue ? Il veut vraiment être des nôtres ? Alors il doit souffrir. Encore heureux que ce rite-ci soit moins sanguinaire que d'autres, de peuplades éloignées, mais malheureusement plus long, et pouvant atteindre jusqu'à trente jours de torture ininterrompue.

Joel Strosse peinait donc durement sur cette barbante revue française, relisant sans cesse le même passage du même prolixe article, importuné par la mousticaille, et prévoyant des soirées de belliqueuse veille, où cette même revue, dûment roulée, servirait d'arme. Cremilde, assise sur un canapé à fleurs, dont on ne savait si les bruns et les gris étaient l'œuvre de l'artiste créateur ou d'une utilisation prolongée, feuilletait *Elle* et pérorait en ces termes :

— Ils disent que les varices ça ne se guérit pas. L'opération peut soulager un peu, mais guérison guérison, ça non. C'est un médecin qui le dit. Et il y a la photo et tout.

Joel s'approcha de la fenêtre avec l'intention de baisser le store, une tâche ardue, scientifique et compliquée, avec tous ces fils diaboliquement emmêlés. De vagues réminiscences enfantines lui faisaient penser que les mouches et autres bestioles aériennes ne circulent pas dans la pénombre. C'est une illusion transmise par nos ancêtres, qui tenaient pour inexistantes les mouches dès lors que l'œil humain, privé de ses bâtonnets, ne pouvait les distinguer dans l'obscurité. Peut-être les mouches elles-mêmes favorisaient-elles une telle croyance en se montrant plus quiètes, dans la torpeur des rideaux tirés, se frottant les pattes de devant avec un sourire à leur manière...

Joel se débattait avec les stores, retardant seulement le moment où il lui faudrait appeler Cremilde afin qu'elle se charge de la chose, et il considérait, pris dans un réseau de sensations complexes qu'il est bon de signaler, que la grille extérieure avait bien besoin d'un coup de peinture, parce que le blanc était envahi par la rouille, quand il aperçut, de l'autre côté, coiffé d'un panama, tristement courbé sous le poids de sacs divers, façon estivant, une silhouette qui lui parut familière. Malgré la barbe poivre et sel et les contours adipeux, il reconnut avec allégresse son ami Jorge Matos qu'il n'avait pas vu depuis vingt ans.

Cremilde eut presque peur au bruit qu'il fit en courant furieusement vers la porte. Abandonné, le store retomba, avec un cliquetis de lamelles métalliques, les mouches s'affolèrent et modifièrent en urgence leurs plans de vol, la moquette marron fit des plis. Joel ouvrit la porte sur la rue, traversa l'allée, avança dans la rue, essoufflé, regardant de tous côtés, scrutant la terrasse du café, le tabac. Rien. Jorge Matos avait disparu et la horde des zombies continuait, mollement.

Moi je sais où était Jorge Matos. Il était entré dans un immeuble à côté et était en train de grimacer devant la glace de l'ascenseur qui, cassée en trois grandes zones hâtivement mastiquées, lui offrait trois visages et invitait aux mimiques grotesques le citoyen le plus circonspect. Contrairement à ce qu'une vision superficielle pourrait faire penser, ce Jorge Matos, bien qu'estivalement vêtu, n'était pas en vacances. Il habitait précisément là. Il ne venait pas de la plage. Il arrivait des courses.

Quand il entra dans son appartement, sa tanière comme il disait, non sans opportunité, il jeta un sac plastique plein de yoghourts sur un fauteuil branlant et souffla : « Oh la la... » Ensuite il s'assit et se mit à notre disposition pour que nous puissions l'analyser tout notre soûl, au son du *O Vulnera Doloris* de Palestrina qu'il avait fait démarrer à distance.

Jorge António Carreira Matos, quarante-neuf ans, divorcé, détenteur de la carte d'identité n° 310477 AK, professeur dans l'enseignement secondaire, titulaire de diplômes variés, actuellement inspecteur de l'Éducation nationale et auteur clandestin d'une ribambelle de pièces de théâtre inédites. Homme de gauche et la dent dure. Une fille tombée dans la bigoterie, missionnaire à São Tomé, et une ex-femme dynamique, autoritaire et cassante, abonnée des congrès médicaux, à l'étranger, de préférence. Parents décédés. Fortune médiocre, qui aurait pu être pire.

Jorge se sentait de très mauvaise humeur parce qu'il détestait justement l'époque des vacances. Les rues étaient pleines de gens, les appartements voisins étaient loués à des estivants braillards, les conteneurs débordaient d'ordures avec des rondes de rats tout autour, quand ce n'était pas de chats tigrés, poil et caractère, à moins qu'il n'y eût assemblée de chiens errants. En plus il y avait la queue au supermarché et l'atmosphère était imprégnée de l'odeur de brûlé des poulets grillés, servis dans des restaurants improvisés, généralement tenus par d'immondes moustachus, la toque vissée de guingois et parfaitement réfractaires à toute inspection de l'Hygiène et de la Santé publique.

La pièce avait une bibliothèque Olaio, large, remplie de livres, les uns à l'horizontale, les autres à la verticale, produisant une surcharge qui incurvait les étagères, agrémentées de quelques vagues bibelots en verre coloré de Marinha Grande qui ne ressortaient guère au milieu des bouquins. Sur les murs, une reproduction du *Guernica* et une autre, énorme, de Delacroix, *La Chasse au lion*. À vrai dire quand, trente ans auparavant, Jorge Matos avait fait l'acquisition du Delacroix, ce n'était pas vraiment ce tableau-là qu'il voulait, c'était le seul qu'il y avait. Sur les conseils de camarades, il était allé chercher chez Brito, à Campo Grande, l'allégorie de la Révolution de 1830, avec la *demoiselle aux grosses mamelles** se détachant, toute blanche, par-dessus belligérants courroucés, baïonnettes, cadavres et désolation, mais quand il avait voulu acheter la reproduction, la PIDE[1] l'avait déjà saisie. Il avait acheté une *Chasse au lion*, sachant qu'en regardant ce Delacroix-là il penserait toujours à l'autre. Quant aux amis, il avait soin de les prévenir : « Ce n'était pas ce tableau que j'avais en tête, c'était *La Liberté guidant le peuple*, mais... » Et les habitués, là où il y avait des Arabes, des lances mauresques, des chevaux et des lions, voyaient en fait la Liberté poitrine nue, le drapeau tricolore, et le révolutionnaire en chapeau haut de forme fusil au poing. Dans le couloir, quand on entrait, on se trouvait nez à nez avec un Karl Marx hirsute, au mélancolique regard de plâtre. Sur la porte de la salle de bains à l'intérieur était collée, quelque peu défraîchie, les coins écornés par la vapeur, une reproduction de Che Guevara. Serré entre les livres d'une autre bibliothèque, ingénieusement construite avec des briques et des planches, selon une technique artisanale qui se perd, souriait un Lénine en buste, d'aspect un peu étrange, plus gros que d'habitude, car fabriqué en Chine.

1. Police politique de Salazar.

Il y avait un canapé et des fauteuils recouverts de tissu écossais, déjà un peu fatigués de l'existence, l'un d'eux criblé de bouloches dues au zèle acéré d'un chat ancestral, heureusement disparu, et une horloge à poids, rouge laqué zébré de griffures, qui ne marchait pas parce qu'elle était bruyante et que c'était très fastidieux de la régler. Dans l'autre pièce, sur la table de nuit il y avait le réveil à quartz affichant les heures en chiffres vert fluo.

La chaîne stéréo était de dimensions plus modestes que le grand plateau arabe en bronze, aux pieds en forme de griffe, sur lequel elle s'équilibrait. Il y avait aussi magnétoscope, télé, un ordinateur et ces machins japonais qu'on trouve chez les profs et les gens de la classe archimoyenne, même s'ils déchoient tous les jours un peu plus.

Sur l'un des fauteuils quelques bonnes rames de papier imprimé : trois ou quatre pieds d'une verticalité discutable étageant quatorze pièces de théâtre, dont deux historiques. Je n'ai pas tout dit du mobilier, mais je pense qu'aller plus loin serait exagérer...

Il faut savoir que Jorge Matos fut arrêté par la PIDE en 1973, et torturé. Et qu'en 74 il se laissa pousser la barbe, se maria avec une femme médecin informatrice du PC, et fut un activiste entreprenant, inventeur d'une méthode parfaitement novatrice de collage d'affiches. Record : quatre secondes ! Il passa par le journalisme, n'apprécia pas l'expérience, fut publicitaire pendant quelques mois, se lassa des campagnes sur les substituts de repas (« *Bourr-Fast sur soi/adieu le poids* »), demanda un poste dans l'enseignement, fut affecté à Alvalade-Sado, divorça, fut muté à Bragance, Santarém, et termina au lycée Gil Vicente dans le quartier de Graça. Concourut, postula, argumenta, joua des coudes, se bougea, s'impliqua, devint inspecteur pédagogique, chargé d'exercer des contrôles et d'instruire des procès disciplinaires. Dans son action en divorce par consentement mutuel, il parvint à garder, par le biais de négociations spécieuses, l'appartement de Caparica, celui de Campo de Ourique revenant à sa femme, alors qu'aujourd'hui il préférerait l'avoir pour lui. Après son ex-femme il y en eut quelques autres, mais sans engagement. La dernière venait de prendre congé, quelques jours auparavant, sans drame, sans émotion et sans gloire : « Bon, avait-elle dit, je crois que le mieux c'est que je m'en aille... — C'est aussi mon avis ! » Les valises bouclées : « Et marche à l'ombre, le soleil tape ! »

Qu'on me permette un commentaire à cette pléthore de pièces de théâtre, je promets de me contenter d'un maximum de deux lignes pour chacune. La passion de Jorge Matos pour le théâtre n'était pas banale. Il ne mettait pas les pieds dans une salle depuis au moins quinze ans (c'était son ex-femme qui aimait ça) non par insensibilité, mais pour une raison absolument futile et dérisoire : il trouvait les salles très inconfortables et il détestait les pièces où les acteurs interpellent le public et ne laissent pas un type comme vous et moi jouir paisiblement de sa soirée. Sa répugnance prit une tournure férocement emphatique le soir où un personnage descendit de scène et se mit à lui caresser la barbe tout en déclamant pompeusement.

La vie est comme ça : il suffit parfois d'un minuscule détail, d'une broutille insignifiante, pour engendrer des effets dévastateurs. Vous devez sûrement vous rappeler l'histoire du mur de quartz qui résistait à toutes les tentatives de démolition, jusqu'au jour où survient un gamin avec un petit tambour, qui produit un roulement avec ses baguettes, et le mur s'écroule. Vous devez, parce que c'est moi qui ai inventé cette histoire et que je la raconte à tout vent. En tout cas c'est comme ça. Si cet acteur ne s'en était pas pris à la barbe de Jorge Matos, il continuerait d'être un spectateur assidu comme nous tous. Et mon propos devrait donner à réfléchir aux metteurs en scène et acteurs portés sur l'improvisé et la gestuelle exubérante, lesquels doivent modérer sérieusement leur tendance à malmener les gens qui s'installent aux premiers rangs d'orchestre et ont droit à la paix de l'âme, sans parler du confort. Cette idée d'une paroi de verre entre la scène et les spectateurs — selon Jorge Matos — n'était pas mauvaise, et plutôt astucieuse...

Moi je préférerais que vous ne pensiez pas que Jorge détestait le théâtre. Au contraire, il lisait les pièces, les endurait, apprenait par cœur des monologues, rêvait de spectacles civiques où communieraient mystère, *logos* et *polis,* et se hérissait de fureur chaque fois qu'un technocrate frisotté, bombardé au pouvoir, prétendait détruire le théâtre portugais avec d'autant plus de frénésie qu'il ne faisait pas le poids pour le poste qu'il occupait. C'était les salles qu'il boudait, pour les raisons exposées, et voilà tout...

Ces pièces qui s'accumulaient, certaines fort volumineuses, les unes écrites lors de nuits d'insomnie hallucinées, les autres pesées, remaniées, réécrites à grand-peine au long des années, restaient là, elles appartenaient à ce salon, à ce fauteuil, parce que Jorge n'avait jamais ébauché le moindre geste pour aller les présenter à un metteur en scène ou à un éditeur. Peut-être plus tard... Timidité, peur de l'insuccès ? Peut-être. C'était comme ces amours que l'on préfère ne pas consommer parce que finalement, comme ça, ils restent prometteurs. Tant que ses pièces de théâtre somnolaient sur ce fauteuil, c'était la rénovation de la dramaturgie portugaise qui était là en puissance ; une fois mises à nu, interprétées, représentées et vouées aux gémonies, elles seraient une preuve de plus de notre ineptie congénitale en ce qui concerne la dramaturgie. Comme il maintenait avec obstination l'embargo, ne donnant même pas ses pièces à lire à quelque ami empressé, elles reposaient dans leur coin, sans doute grosses de potentialités, mais ne faisant l'objet d'aucune critique meurtrière.

Jorge chantonne, en latin, qu'il connaît médiocrement, le *O Vulnera Doloris*, se prépare à manger son yoghourt de l'après-midi et à s'asseoir à sa table (il y a une table à abattants avec une cruche d'Estremoz cassée qui l'égaie) afin de lancer le troisième acte d'une de ses théâtraleries, sur un médecin bosniaque que son propre fils (de mère serbe) séquestre pour qu'il soigne un copain blessé, et dont les premiers mots pourraient être « Tu te souviens, fiston, quand les marronniers étaient en fleur et que tu accourais en culotte courte et en criant... » Dense, dense, et émouvant, mais j'ai promis de ne pas en dire long sur ces pièces et je compte tenir ma promesse. Pour raconter ces horreurs de la guerre, Jorge a besoin de paix. Laissons-le tranquille, fixant d'un air concentré son papier format A4, un yoghourt fiché dans la main gauche, tandis que la droite titille le bouton *Power*, pour ensuite appuyer sur *Enter* tandis que l'ordinateur émet des bruits laborieux et irritants. D'ici peu, et au fur et à mesure qu'il écrira, Jorge fera des mimiques crispées, moues, clins d'yeux, rictus, donnant vie à ses personnages, comme s'il était médium, spirite. Il sera un peu ridicule et mérite la plus stricte intimité, c'est pourquoi nous allons le laisser, ne serait-ce que parce que le type n'est pas antipathique, sans toutefois valoir que l'on s'attarde davantage sur lui.

Revenons à Joel Strosse qui s'agite non loin et qui, très énervé, décrit des cercles dans son salon, les mains dans le dos. J'aurais voulu écrire « marche à grandes enjambées dans son salon », mais, franchement, j'ai peur que le lecteur n'ait déjà lu ça quelque part. Quand on écrit, une barrière hérissée de piques vous fait de l'ombre, dressée par ceux qui, plus malins, ou plus précoces, ont écrit avant vous. Il m'en coûte qu'il me soit interdit d'utiliser : « Par une sombre nuit de tempête... », par exemple. Quelqu'un d'autre s'est approprié cette phrase et s'en est fait le maître, de sorte que je me vois obligé de créer mes propres lieux communs, et Dieu sait qu'ils sont le fruit d'une inspiration que je n'ai pas.

Mais comme on n'était même pas la nuit, que l'été était chaud et paisible, et que je ne prévois pas de rigueurs hivernales dans ce livre, il n'est pas impossible que je puisse, exceptionnellement, me passer de la « nuit noire » ou de la « nuit de tempête » et ne pas me croire obligé de leur trouver un équivalent, ou de me lancer dans un plagiat suicidaire.

Cremilde n'en pouvait plus de voir tournicoter Joel :

— Arrête, tu me donnes mal au cœur !

Mais Joel ne voulait pas se lancer dans la conversation. Illuminé par une vision sur le chemin de Damas, il n'avait à se justifier devant personne. Dans la semi-obscurité du salon il n'y avait certes pas eu d'explosions pyrotechniques, aucune voix divine n'avait résonné, mais des réminiscences de chansons, aux paroles incomplètes et oubliées, s'étaient imposées, subitement, vibrantes et impérieuses. Et c'est comme si (ce « comme » ne peut introduire une métaphore, de toute façon je les réserve pour plus tard, comptant leur consacrer un demi-chapitre, voire un chapitre entier, pour conférer une touche de littérarité *petite-bourgeoise**, hautement vendable, à ce texte...), comme si le salon s'était rempli de petits groupes juvéniles, en velours côtelé et blouson de cuir qui, en chœur, et en se balançant de gauche à droite, auraient entonné un hymne entousiaste à la révolution d'Octobre, à Lénine, et au soulèvement de Maria da Fonte.

Il jeta au loin avec impatience la revue française, retira de sa valise, où ils étaient encore enfouis, l'*Anti-Dühring* et le *Tchapaïev* et partit aux toilettes.

Ce Jorge Matos, entrevu rapidement par une fenêtre grillagée, n'avait en fait ni la barbe grisonnante ni le dos courbé, il n'arborait nullement un ridicule panama, ne portait pas un sac en plastique ringard, ne se déplaçait pas lentement, le souffle asthmatique, fatigué de l'existence, ne traînait pas les pieds, mal chaussé de tongs éculées, en fait il fonçait avec détermination, poitrine en avant, vers on ne sait où, peut-être, si on y réfléchit bien, vers l'horizon de tous les soleils. Au souffle de quelque vent marin, une écharpe jaune flottait sur ses épaules, dont les deux pointes en liberté, une de chaque côté, claquaient à la façon d'un étendard au frémissement guerrier. À un moment donné de sa méditation, Joel Strosse aurait pu jurer qu'en passant, l'autre avait murmuré, sur le côté, clandestinement : « Salut, camarade ! »

Il se rappelait le temps où Jorge avait été arrêté, les quinze jours pendant lesquels il avait été roué de coups et interdit de sommeil, et le bruit qui avait couru à la fac, quelques semaines après, quand la police avait enfin permis qu'on lui rende visite : « Jorge n'a pas parlé. » À l'époque il n'avait pas contacté sa famille, par timidité, il n'avait pas eu le moindre geste de solidarité, ne lui avait pas envoyé de cigarettes, ne lui avait pas fait transmettre de messages, il n'avait même pas commenté la chose à voix haute, parce qu'on ne savait jamais qui aurait pu entendre et il fallait prudemment se méfier y compris de celui qui vous donnait des nouvelles. Mais si Jorge entra de plain-pied dans le panthéon des héros pour beaucoup d'entre eux, pour Joel Strosse aussi. Si le culte de la personnalité avait été alors admissible, et politiquement correct, il aurait eu droit à son buste en terre, avec son nom en dessous, dans un endroit en vue de son appartement.

Hachés, brefs, comme des flashes (un mot que, par incompétence, je n'arrive pas à traduire en portugais, parce que je trouve *instantanés* trop faible...), lui revenaient des situations, des interventions, des bouts de conversation.

Une situation. Après les inondations catastrophiques de 1967, Joel, bottes aux pieds, pataugeait dans les bourbiers, parmi les carcasses gonflées d'animaux morts, les détritus sordides et les décombres des maisons. Il n'avait pas vu un trou au milieu de la boue. Il était tombé, s'enfonçait. Une main chaleureuse, ferme : « Accroche-toi, camarade ! » C'était Jorge.

Une intervention. La police sur le campus. Mines patibulaires, casques métalliques noirs avec la petite étoile d'argent, mausers au poing. Les étudiants regroupés, criant leur protestation. Sur le toit de la fac de Droit quelqu'un était allé planter le drapeau rouge et avait aussitôt disparu. Joel l'avait reconnu et n'avait rien dit à personne. L'alpiniste révolutionnaire, c'était Jorge.

Un bout de conversation : Joel consultant la liste des obligations, décourageante, couverte de fatidiques chiffres en rouge, et une voix à son oreille : « Alors, demain, à six heures du matin, devant les Jerónimos, d'accord ? Le mot de passe est : “Le froid vient du fleuve”, et tu dois répondre “Mais la beauté est neuve”. » Une fille mince, à queue de cheval, s'était éloignée, des tracts sous le bras, et un copain avait surgi de derrière le panneau, se massant la barbe, comme si de rien n'était : Jorge !

Il avait alors essayé de se rapprocher de Jorge. Il guettait une place vide à ses côtés, à la cantine, il faisait semblant de le croiser par hasard dans les couloirs et lui posait des questions déplacées sur les cours, qu'il ne suivait pas assidûment. Il avait fini par disputer une partie d'échecs avec lui, au bar de la fac, et avait été lamentablement battu avant le dixième coup... Il espérait que Jorge lui transmettrait une partie de sa force, de son audace, de son enthousiasme pour les causes justes. Jorge lui parlait de BD qui venaient de sortir, *Astérix le Gaulois*, il avait son avis sur les interventions d'Alexandre Pinheiro Torres lors des rencontres organisées par l'École polytechnique, citait, parfois, opportunément, un poème d'Alexandre O'Neill (*Portugal, si tu n'étais qu'en trois syllabes/de plastique/tu coûterais moins cher...*), ou d'Eluard (*J'écris ton nom**), mais sur la révolution proprement dite, rien. Un jour, distraitement, il lui recommanda le *Tchapaïev* et l'introduisit dans la librairie de Brito, au Campo Grande. Joel se sentit tout fier et reconnaissant : c'était une preuve de confiance, une étape initiatique. Il circula dans une grande cave, obscure, mystérieuse, entre des étagères de livres interdits, des trésors, des merveilles. En plus du *Tchapaïev*, il avait acheté l'*Anti-Dühring*, *L'Être et la Conscience*, le manuel de Politzer, *Le Socialisme va bien...* et il avait dépensé la moitié de son mois.

Avec l'arrestation de Jorge, le contact s'était perdu, un

âge s'en vient, un âge s'en va, le vent tourne et il tourne, dans ses éternels circuits, sifflant, glacé et terrible comme le dit L'Ecclésiaste. La révolution aussi s'en vint et s'en fut. Joel n'avait plus jamais entendu parler de Jorge jusqu'au moment où il l'avait surpris, en personne, à deux mètres de lui, passant devant sa fenêtre.

En fin de soirée, il ressortit pour un grand tour. Il glissa un œil dans tout ce qui était pâtisserie, brasserie, café, lut le journal du soir chez Ninho, et y fit les mots croisés, dans l'espoir que Jorge passerait par là. Rien ! Jorge à cet instant souffrait, concentré sur un personnage qui s'interposait entre deux groupes de guérilleros en hurlant : « Halte, quelle raison avez-vous de me tuer ? » pour pointer ensuite un doigt accusateur à gauche et à droite : « Quelle raison avez-vous de vous entre-tuer ainsi ? » Les mots lui parurent redondants. Il s'arrêta, s'étira, regarda pensivement par la fenêtre du côté de la garrigue de Caparica.

Sous les arbres, Joel trouva que l'humidité commençait à tomber et revint sans se presser. Cremilde était à table, rédigeant une lettre de plus à l'adresse du Directeur général des Services pénitentiaires, elle avait allumé la télé : un type aux traits quadrangulaires, front dégarni, lèvres fines, derniers cheveux flottant en vagues étudiées sur le col de son blazer bleu marine, insistait d'une voix douce, avec dans l'œil des éclairs subits et intempestifs, et un sourire étincelant : « Ah non, ne dites pas "ma télévision". Me référant à M. Bordenave, celui de Zola, je préfère entendre "mon bordel". Je vous en conjure, dites plutôt "mon bordel". — Si vous y tenez... — Non, parce que, au diable les fondamentalismes, il faut reconnaître que la prostitution a aussi des côtés positifs, et pas qu'un peu... »

— Où tu étais ?

— Qu'est-ce qu'il y a à dîner ?

C'est seulement dans la nuit, moment privilégié des grandes révélations, que Joel réveilla Cremilde, d'ailleurs fort contrariée, pour lui dire :

— Tu sais quoi ? Je vais adhérer au PC.

— Bon, ben, quand tu iras, n'oublie pas d'enlever ta cravate.

Cremilde se redressa, tapota son oreiller, se tourna de l'autre côté et repartit au pays des songes.

Au fait, qu'est devenue Eduarda Galvão, la fille d'il y a quelques pages ? Elle n'était pas restée assise à la terrasse du café de la Praça de Londres, à fumer, ce n'était pas le genre de femme à se frapper. Elle avait élaboré divers plans de vie, des stratégies, des tactiques, et elle était disposée à les mettre en œuvre au millimètre près. Elle avait décidé que, dans l'immédiat, cela lui conviendrait peut-être d'être journaliste, parce qu'elle en avait marre de la *boutique** du centre commercial de Fonte Nova qui, tout en étant moins fatigante que la caisse du supermarché, ne vous posait pas dans le monde, sans compter que l'agence de figurants pour la télé ne l'avait jamais rappelée. Il faut dire qu'elle était allée chez un petit photographe de la Calçada da Picheleira, qu'il l'avait prise du mauvais côté, et ne l'avait pas assez avantagée.

Et donc, la voilà qui téléphone à plusieurs magazines et qui réussit à entrer en contact avec deux directeurs, l'un qui lui dit d'emblée : « Laissez tomber, jeune fille ! », l'autre qui susurre : « Il faut voir, envoyez votre photo. » Elle n'a pas envoyé sa photo et c'est ce qu'elle a fait de mieux. Elle y est allée directement, avec sa robe d'Ana Salazar, teinte en rouge cette fois, et elle a attendu des heures dans une pièce, sans que le directeur de *Model-Home* (habile contraction de *Mode* + *top-model* + *Home*) la reçoive. Elle est revenue le jour suivant, même chose. Le troisième jour, après avoir beaucoup patienté, elle a compris, aux gestes et aux regards de la réceptionniste, que le type chauve qui passait en rasant les murs était sa victime et elle s'est plantée devant lui, résolument, d'un air de défi : « Salut, c'est moi Eduarda, Eduarda Galvão, vous vous souvenez ? » Il ne se souvenait pas mais, grâce à quelque manœuvre de la Providence, où l'auteur n'a mis ni pied ni patte, quelques jours plus tard des gars en bleu de travail ont apporté un bureau, d'autres un ordinateur et mon Eduarda Galvão, assise devant, l'air grave mais décidé, en train de pianoter.

Comment pouvait-elle bien connaître l'*azertyuiop* ? Elle ne le connaissait en fait pas encore, elle apprenait, en complément d'un cours qu'une certaine personne lui payait. En effet ce directeur avait décidé, dans un de ces élans qui saisissent les directeurs d'une cinquantaine d'années qui se retrouvent face à une jeunesse, qu'il avait absolument besoin d'une stagiaire et que, moins elle serait intégrée au milieu et saurait manipuler la technique, « moins de vices elle aurait ». Cette affirmation, proclamée d'une voix solennelle à l'endroit d'une journaliste blanchie sous le harnais, qui se baladait toujours la cigarette au coin de la bouche, suscita de nombreuses chuchoteries sur lesdits « vices » et « manipulations » au café du coin et dans le bureau exigu de la rédaction de *Model-Home*, mais moi, franchement, je ne ne saisis pas ce que les autres insinuaient.

Le premier article d'Eduarda (4 200 caractères) commentait le naufrage du *Titanic*, elle l'avait proposé elle-même après avoir vu aux informations un reportage où on appelait le bateau « Taïtanic ». En cela elle n'échappa pas à la règle. Dès qu'on engage des stagiaires dans une publication, on voit surgir des articles sur le *Titanic*. C'est passionnant, suggestif, dramatique, il y a des survivants, des interférences religieuses et, surtout, un énorme matériau publié, que l'on peut plagier à son aise, parce que d'autres promotions de stagiaires, les années précédentes, ont choisi le même sujet, dont ils ont eu la révélation à titre personnel et individuel, pensant pouvoir étendre généreusement leur divine surprise à l'univers entier des lecteurs.

Mais voilà que la journaliste au clope éternellement fiché au coin de la bouche (on insinuait qu'elle était née comme ça) n'apprécia pas l'article, arguant de certaines subtilités orthographiques, du fait qu'il n'avait pas sa place dans un magazine féminin — les naufrages étaient-ils vraiment un thème prioritaire pour les femmes ?... — et surtout de la première phrase qui l'avait particulièrement crispée et qui était la suivante : « En premier lieu nous devons admettre au mieux... » Elle la trouvait pédestre, bureaucratique, primaire, et en plus avec une rime interne disgracieuse, alors elle l'avait coupée, ajoutant quelques commentaires acerbes, marmonnés un peu trop haut pour passer inaperçus. Ainsi le premier essai d'Eduarda Galvão conduisit à la guéguerre et consacra une inimitié. Elle, elle trouvait que son article était très bien comme ça et prit très mal que l'on abimât sa prose. Le directeur dut arbitrer une discussion extrêmement enfiévrée, émaillée de cris et d'incises qui n'avaient rien à voir avec la question : « Je suis journaliste depuis trente ans, j'ai travaillé à la *Crónica Feminina* et à *Maria* et je sais ce que je fais » ; « Ouais, tout ça c'est un conflit de générations, et alors, c'est pas parce que je suis jeune que », etc. Le directeur ne voulut pas contrarier la jeunesse, mais il maintint les coupures et les corrections. Il imposa seulement que l'article fût intitulé « Les femmes et le *Titanic* », ou « Le *Titanic* et les femmes ». Un Salomon, donc sage. En fin de compte il ne comprenait rien à tout cela — c'était au départ un négociant en fruits et légumes — mais c'était son rôle d'avoir l'air. Au cas où, le propriétaire de la publication trancherait en dernière instance.

Le patron du magazine, self-made-man qui avait commencé sa carrière comme ramasseur de vers de terre à la Cruz Quebrada et que je n'ose pas nommer parce qu'il a mauvais caractère, était à la tête d'une chaîne de publications méritantes (*Les Délices de Satan, Le Constructeur civil, Horoscopies, De l'épargne au gain,* et *Petites Chattes en folie*) et à vrai dire, ne détesta pas l'article sur le *Titanic* et les femmes. « Cette fille va se faire », commenta-t-il, considérant même que *Titanic* était un bon nom pour une revue de musculation. Eduarda sut qu'il avait apprécié. À partir de ce moment-là, dès qu'elle entrait dans la rédaction, elle commençait par ouvrir en grand les fenêtres et déclarait sèchement : « Quelle horreur, cette fumée. On ne peut pas travailler, ici. » Et ce n'était que rires entendus et complicités, avec petits cadeaux et confessions amoureuses, à l'endroit de la collègue qui rédigeait les horoscopes et le courrier du cœur. Celle-ci était amoureuse du photographe et Eduarda sut écouter ses confidences et sécher ses larmes. L'homme, marié, surmené, avec une tripotée d'enfants, présidant en outre une société de numismatique, n'était pas vraiment fait pour les idylles. Mais Eduarda sut inventer quotidiennement des indices, des réminiscences, des interprétations, qui donnaient des espérances à l'autre et scellaient leur complicité. Isolée, la journaliste plus âgée éclatait en sanglots, se réfugiait aux toilettes et en revenait la cigarette trempée de larmes.

Comme il serait intéressant d'approfondir le petit microcosme de ce local du quartier de Forno do Tijolo, compartimenté par des cloisons en agglo, où ronronnait constamment un fax quand les téléphones permettaient de l'entendre, et où l'alphabet défilait à toute allure sur les écrans des ordinateurs... Ce serait une leçon de vie. Mais je ne suis pas là pour ça. Ne m'intéresse qu'Eduarda Galvão qui, en seulement deux mois, a obtenu quatre victoires importantes pour son ego : son nom a été cité dans *Expresso*, dans une brève intitulée « Mais jusqu'où ira-t-on ? » ; la journaliste tabagique a fait une dépression et pris un congé de longue durée pour une cure de sommeil ; Eduarda a séduit le photographe numismate, sans rien en laisser ignorer à celle qui se voulait l'élue (« Tu peux comprendre, non ? On reste amies, on est adultes, hein ? »), mais a caché la chose à son directeur ; elle a martyrisé une jeune stagiaire, licenciée en chimie, qui avait été engagée avec un contrat à durée déterminée pour remplacer l'autre, lui lançant d'entrée de jeu, à la réception : « Tiens, chimie... Ah la la, ces vocations ratées... »

En outre il faut préciser qu'en deux temps trois mouvements les articles d'Eduarda Galvão (qui se mit à tenir un nouveau courrier du cœur, *La Chaîne des émotions*, et à signer une rubrique intitulée *À la découverte de votre corps*) ont adopté cette fluidité, cette élégance qui caractérisent la prose du magazine *Maria*, guide et phare de la presse de ce type, et ont tendance à contagionner les autres. Comment un tel miracle a-t-il été possible ? Je m'y connais mal en miracles, mais je pense, outre qu'elle avait de la facilité pour ce genre de choses, qu'elle a été l'objet d'une insondable intervention divine qui dégage l'auteur de toute responsabilité et lui facilite l'existence.

Entre-temps elle apprit à déclarer avec fermeté : « Ah non, moi, quand je me consacre à un sujet, je vais jusqu'au bout » et à prononcer généreusement le mot *blasé**, en l'appliquant à un univers de réalités dépassant largement le champ sémantique correspondant. Elle se considérait *blasée** du photographe, du patron, du gamin vêtu de rouge qui lui apportait des pizzas à l'heure du déjeuner et du chiot de la voisine qui essayait de se tenir debout sur les pattes arrière.

Elle se mit alors à trouver le directeur sans intérêt et pusillanime, s'aperçut que le photographe chuintait, perdit l'envie de taquiner la pauvre nouvelle, de plus en plus timide et l'œil cerné, et un beau jour se rendit compte que cette petite pièce obscure, ce magazine et cette direction ne lui convenaient pas. Une lectrice, correspondante assidue de *La Chaîne des émotions*, lui envoya un petit livre de sonnets pour le magazine (*« Ton regard, oh amour, est tel le crépuscule »*, comme ça d'un bout à l'autre avec la rime en *cule*). Eduarda rédigea une note, se montra sévère, soutint que les sonnets c'était « dépassé », la rime à jeter, et conseilla à cette lectrice de lire Alberto Helder[1] et autres poètes « modernes ». La brave dame doit encore chercher chez les bouquinistes cet Alberto Helder, simplement parce que Eduarda a mal retenu un nom qu'elle a entendu à la télé, dans une de ces émissions pour intellectuels, à quatre heures du matin...

Ce qui est sûr, c'est qu'à partir de ce moment-là elle se

1. Herberto (et non Alberto) Helder, un des plus grands poètes portugais et universels de notre temps.

mit à recevoir à son nom de plus en plus de recueils de poèmes, de *plaquettes** et même de livres en prose. Et elle pensa : « Ouais, ce qui m'irait bien, ça serait de me consacrer à la culture... » Elle ne trouva plus un moment libre pour le photographe et ne disait même plus bonjour à l'autre stagiaire.

Et où donc Eduarda avait-elle appris toutes ces choses ? *Blasé**, *interface, intertextualité, frontispice, new age, parallaxe, portique*, et toute une tapée de mots sophistiqués ? Dans une vaste université qui ne fonctionne que la nuit et qui a plusieurs départements dans les bars du Bairro Alto et de l'Avenida 24 de Julho. Qui l'avait emmenée là ? Le photographe, qui avait trouvé moyen, chez lui, de faire croire à sa femme que la numismatique exigeait de plus en plus de réunions, et que le journal l'accablait de tâches nocturnes. Le truc habituel. Je n'ai pas réussi à inventer mieux. Ces comportements humains, finalement, sont si codifiés... Si ça se trouve, la femme du photographe appréciait ces moments de relaxe. Exhalons un soupir plein de componction...

J'ai comme idée que le lecteur, à cet endroit, avide d'en savoir plus sur le futur de Joel Strosse, manifeste quelque impatience, que je vois d'ici sur son visage. Mais, s'irrite-t-il, qu'est-ce qu'elle vient faire ici, cette Eduarda Galvão ? Je lui demande un peu de sérénité, et de ne pas quitter le texte. La littérature est une chose très sérieuse, qui n'admet pas le zapping. Pour l'instant, je la dépeins en touches rapides, à la va-vite, je l'expédie, je ne m'attarde pas sur les détails, me passe de l'épaisseur, ne me laisse pas distraire par les couleurs et les lumières, et je vais droit au but. Mais qu'on ait besoin d'Eduarda, c'est sûr. Vous verrez après.

Nous en étions à la fréquentation de ces bars aux noms

imaginatifs, avec des délinquants baraqués et arbitraires jouant les Charon à la porte, et où l'on apprend pas mal de choses, au son rythmé de décibels maximum. Eduarda aimait beaucoup. Il y avait des couleurs, des lasers, des reflets stroboscopiques, et des gens positivement intéressants. Le photographe avait du nez pour choisir les bars. Cláudio, le fils de Strosse, le sixième fiancé de sa phase juvénile, passait son temps à palabrer avec des types qui débarquaient en Alfa-Romeo, ou à chuchoter dans des coins sombres, avec d'autres types, qui s'éloignaient en Lambretta, sans s'occuper d'elle. Quand elle travaillait au Centre commercial, les compagnies occasionnelles se contentaient de l'emmener dans des bistrots de loubards, où les soirées se terminaient toujours par des bagarres vers quatre heures du matin, le bruit et la lumière des ambulances contrebalançant au-dehors le raffut à l'intérieur. Mais maintenant à l'Europaaa !, au Trix et au Superclop, le photographe n'arrêtait pas de lui désigner, non sans avertir « ne regarde pas tout de suite », des gens importants, en vue, lancés... Par exemple M. Vaz Alves, un des administrateurs de la Fondation Helmut Tchang Gomes, que nous connaissons déjà, était là tous les samedis, appuyé euphoriquement au comptoir, exhibant sa montre dernière mode collée à son bracelet à boules.

Mais juste en ce moment M. Vaz n'intéressait que médiocrement Eduarda. Elle contemplait dans une sorte d'extase un autre individu, grosses lèvres, grandes oreilles, rougeaud, un sourire épais, l'air crâneur et voyou, le cheveu plaqué de chaque côté, des lunettes rondes sur son œil bleu, ventripotent et sujet aux sécrétions, au point que les cernes de sueur se voyaient sur sa chemise rose, presque à tordre. Et pour ceux qui y voyaient clair — tout le monde sauf le photographe — le regard d'Eduarda, fixe tout à coup, écarquillé et brillant de lueurs prometteuses avec un parfait sans-gêne, mettait en œuvre une technique dite « de fascination » qu'en vérité elle n'avait pas apprise mais qui était naturelle chez elle.

Au début, comme ça au débotté, l'individu lui avait paru un tant soit peu répugnant, mais le crapaud s'était vite transformé en prince charmant, quand le photographe, innocemment, lui raconta qu'il était le futur rédacteur en chef du département Société et Culture d'une nouvelle publication, *Reflex*, qui allait boucler son numéro zéro. La métamorphose d'Eduarda fut si rapide que je suppose qu'une fée se promenait par là, qui a agité sa baguette magique au moment précis, et a réalisé la métamorphose d'Eduarda juste après celle du batracien. Je ne sais si la victime s'aperçut du sortilège, mais Eduarda, qui n'était pas faite pour les renoncements, pensa : « C'est dans la poche, ouais ! »

Sans rien dire à son directeur, ni au photographe, elle attendit un jour ouvrable, se trouva un prétexte pour sortir et prépara au gars un guet-apens à la porte de *Reflex* (une plaque de métal : *Reflex, le monde en un tournemain*). Il venait juste de descendre, insouciant et post-prandial, quand elle lui porta l'estocade : « Encore heureux qu'on se rencontre parce que justement c'est avec vous (a'c vous) que j'voulais parler. » L'autre zigzagua, se gratta le menton, fit un sourire, le retira, mit la main derrière le dos, adopta un air pénétré et laissa Eduarda lui raconter ses projets. En moins de deux il était pris au piège. Il ne trouva même pas étrange qu'Eduarda entre au restaurant avec lui, s'asseye à la même table et commande un *filet mignon aux petits poireaux**, mais à point, avec du poivre en grains, quelques asperges et des chips. Eduarda connaissait bien la technique de séduction qui consiste à être une emmerdeuse au restaurant, surtout sans raison, à traiter le personnel avec hauteur et à plonger son cavalier dans l'embarras, l'inquiétude, la culpabilité même. Sur la table, d'emblée, un échafaudage de photocopies des contributions d'Eduarda à la revue *Model-Home*. Soupirs, grands airs étonnés, regards contemplatifs le menton au creux de la main, autant d'artifices utilisés par Eduarda tandis que l'autre pérorait et proférait apparemment les phrases les plus intelligentes du monde, et qu'elle attendait le moment de placer l'histoire de cette monnaie ancienne qu'on appelle le *ceitil*.

L'occasion ne tarda pas. L'histoire du *ceitil* ! Elle avait choisi celle-là comme elle aurait choisi celle du denier, ou du doublon d'or. Eduarda était désormais parfaitement capable de débiter de graves considérations sur la numismatique. Si on l'écoutait et qu'on s'abstenait de poser des questions, on la prenait pour une experte. Si le photographe avait été expert en sigillographie, Eduarda aurait su pontifier à propos de sceaux, s'il avait été un cinglé des rallyes, elle aurait jacassé sur les voitures, les turbos, les ABS et tutti quanti, s'il avait été chanteur dans une chorale, elle aurait eu de profondes révélations à faire sur la polyphonie et le plain-chant.

Je ne voudrais pas rentrer dans trop de détails psychologiques, parce que je suis pressé, et que j'ai promis de ne pas trop m'attarder sur ce personnage, mais peut-être n'est-il pas inutile de souligner ce que l'on aura déjà compris : Eduarda avait le don d'absorber toute information, si minime fût-elle, de la mettre de côté et de la ressortir au moment opportun. C'était une espèce de génie qui n'est pas encore classé parce que personne ne s'est donné le mal de s'intéresser au génie de seconde catégorie. C'est une page blanche, en attente de psychologues imaginatifs, ambitieux et doués pour la vulgarisation.

Au moment de régler l'addition, contemplant mélancoliquement une pièce de cent escudos qu'elle faisait rouler distraitement entre ses doigts, elle soupira : « Ah, ces pièces de maintenant, si insipides, si bourgeoises (attention, « bourgeoises », vous avez noté ?), rien qui puisse être comparé aux anciennes, au *ceitil*, par exemple... — Au *ceitil* ? » demanda aussitôt l'autre, à la fois curieux et méfiant, tant à l'égard de l'addition qu'à celui du propos. Et Eduarda d'expliquer que le *ceitil* était une monnaie très jolie : sur l'une des faces, les murailles de Ceuta ; sur l'autre, les quines du Portugal. Et ces quines pouvaient être placées verticalement, ou alors deux d'entre elles au centre, ce qui permettait, ça dépendait, de déterminer sous quel règne les pièces avaient été frappées.

Il est clair qu'Eduarda n'avait pas une idée très claire de l'endroit où pouvait bien se trouver Ceuta, et ne savait pas non plus que les quines étaient les cinq écussons ornant les armes du Portugal. Mais ces considérations, ajoutées à un « À Paris, on mange beaucoup mieux que ça », glissé entre deux coups de fourchette indulgents, augmentèrent son prestige auprès de la victime, qui accepta de lire ses articles et de lui en donner des nouvelles ensuite.

Les formules du type « je lis tout ça et je vous en parle », ou « je vous téléphone » doivent d'habitude être interprétées comme : « Écoutez, bonjour chez vous, on se reverra quand les poules auront des dents. » C'est là l'ordre naturel des choses et la corbeille à papier le destin normal des photocopies d'Eduarda.

Mais le rédacteur en chef, en revenant, était de bonne

humeur, son bureau paisible, le téléphone muet, une oasis, pas une mouche... Il jeta un coup d'œil aux articles, sourit et conclut : « Tout cela est idiot, mais la fille a de l'abattage... » Dans la foulée sa secrétaire invitait Eduarda à se présenter chez *Reflex* dès qu'elle pourrait. Elle pouvait tout de suite, et en un clin d'œil elle était plantée devant le rédacteur, nullement oppressée ou inquiète, l'air serein et naturel :

— Comme je devais aller dans la Baixa, j'en ai profité et je suis passée par l'Avenida Duque de Loulé...

— Vous savez le français ? demanda l'autre.

— Évidemment ! répondit Eduarda, fronçant le sourcil d'un air offensé.

Le rédacteur, d'un geste théâtral, lui flanqua sous le nez un article de *Paris-Match* qu'elle parcourut solennellement, sans rien comprendre à part les dessins humoristiques. Je n'exagère pas. Dans un sous-titre, le mot « scaphandrier » fut traduit sans hésitation dans le cerveau d'Eduarda par « *escafandrista* », « *escafundista* », ou « *escrafandista* », c'est à voir, enfin quelque chose d'approximatif en portugais, langue qui a perdu — au grand dam de certains et de moi en particulier — ce délicieux *ph.* On doit se contenter de fosfore, farmacie, diafane, aforisme... Pareil avec le *Y.* C'était si joli le myrte, enlacé dolemment à des vestiges de colonnes, au sein de forêts obscures, pleines d'humus et de champignons, et que traversaient des divinités ailées, à côté de ce « mirte » que nous vendons au marché, dans le plus grand des vacarmes, à côté des radis et du persil plat.

Et pendant qu'on y est, puisque je me suis savamment éloigné de mon propos, profitons-en pour donner quelques éclaircissements au sujet du magazine *Reflex.* Il avait été lancé — au cours d'une cérémonie brillante et fort mondaine — au Palais de Queluz, local que je déconseille parce qu'il est très cher, et que pour la circonstance on avait prévu des joueurs de trompe en costume, avec des pourpoints moyenâgeux loués chez Anahory, qui ne sont pas bon marché non plus. À l'heure dite, il s'est fait un silence relatif pour le discours d'un Canadien qui, s'entêtant à parler portugais, se trompa de genre à chaque fois (« nous vouloir une magazine avec une grande succès... ») et ne put cacher que les mousseux nationaux ne lui réussissaient pas, ou lui réussissaient trop bien, selon le point de vue où l'on se place. Lui succéda, devant une espèce de console tapissée de velours, un individu à la barbe foisonnante, le directeur pressenti, qui annonça « un pavé dans la mare de l'information au Portugal » qui devait se transformer à la fin du discours en un « grand coup de pied dans la fourmilière de la presse portugaise ». Les autres publications grognèrent, certaines se permirent des jeux de mots sur le nom du directeur, qui était Ramiro, d'autres glosèrent les mares, fourmis, coups de pied et pavés, avec des variations guillerettes, fourmis dans la mare, coups de pied dans l'information, pavés dans la fourmilière, et rat miro dans la mare...Mais c'était ce que les gens de *Reflex* voulaient. Ils se réjouirent de prêter déjà au commentaire. Ils affichèrent les coupures sur le *placard** de la rédaction et se tinrent les côtes plus que tout le monde.

Le capital canadien, glacé et impersonnel, n'avait évidemment qu'un objectif : le succès, la vente, le profit. La contribution portugaise, la matière grise, adhéra à cet objectif. Et ils décidèrent d'utiliser une formule expéditive, empreinte d'éclectisme, pour composer la rédaction : d'une part, des vétérans rompus aux micmacs des journaux et aux protestations citoyennes, avec quelque connaissance des règles de l'orthographe ; de l'autre une bande de jeunes, qu'ils appelaient « les mouflets », plus tournés vers les facilités de la vie moderne et le minimalisme orthographique. Ce fut une symbiose habile. À côté d'un article de fond austère, traitant de l'urgence d'introduire l'éthique dans la vie politique, il y avait la brève canaille, de « société », avec tournures chochottes et vaguement perfides du genre : « Dites donc, Necas était super bien habillée au bal des Vanzeller... Mais cette odeur de déodorant, c'était nature ou exprès ? »

Le numéro zéro était à peine sorti, dans le circuit restreint qui revient aux numéros zéro, que le magazine était célèbre et qu'Eduarda ne rêvait plus que d'une chose, faire partie de cette rédaction aristocratique à tant d'égards. Elle en appréciait même la décoration, la couleur des cloisons en contreplaqué, les canapés en skaï, l'horloge ronde avec son baromètre et les meubles austères, lourdauds, en bois massif, achetés aux bureaux de douane transitoires qui occupaient auparavant cet étage, Avenida Duque de Loulé... De sorte qu'elle parcourut *Match* d'un air entendu, plus longuement que ne l'exigeaient les connaissances qu'elle était censée avoir, et le rendit en demandant : « Pour quand ? » À quoi l'autre répondit dans un grognement : « Pour hier. » Ils étaient sur la même longueur d'ondes. Il n'y avait plus qu'à régler les détails, l'endroit où logerait le scaphandrier, son éventuel téléphone, l'organisation des contacts, la société qui sponsoriserait tout ça, etc.

Le scaphandrier était un intrépide Parisien (selon *Paris-Match*) qui, licencié de chez Renault, avait commencé une carrière mouvementée en voulant traverser le ciel de Paris d'ouest en est, propulsé par une catapulte géante. Les autorités l'avaient interdit. La trajectoire prévue frôlait la tour Eiffel et le monument risquait d'être endommagé. Alors il descendit dans la fosse aux lions du zoo de Vincennes. Il en sortit blessé, avec un doigt en moins, mais les journaux s'intéressèrent à lui. Le projet suivant consistait à traverser la Seine à pied, en scaphandre, par le lit du fleuve. Cette fois-là, les télévisions privées retransmirent la chose en direct, et lui, encore ruisselant d'eaux suspectes et de matières visqueuses, annonça qu'il traverserait pareillement, en les arpentant de pied ferme, tous les fleuves des principales villes d'Europe.

Le Français, dont le nom mérite d'être cité — Bertrand Léglise — avait élaboré un raisonnement qui péchait par son ingénuité. La France étant un grand pays, la Seine était un grand fleuve. Le Portugal étant un petit pays, le Tage devait être en proportion. L'idée était de commencer par le Tage et de terminer par la Moskova, d'une largeur sûrement impressionnante, étant donné les immensités russes. Entre-temps il ferait publier un beau livre illustré intitulé *Sobolos Rios*[1]..., « Au bord des fleuves... », tel quel, en portugais ancien, pour donner plus de mystère.

Il se trouve que la Géographie n'est pas toujours vassale de la Logique et que Bertrand fut très surpris quand il arriva au quai de la Ribeira. Il se sentit trahi. Se présentaient à lui cinq à six kilomètres d'eaux tumultueuses, au moins, qui pouvaient même être des milles. Mais comment renoncer, avec tous ces photographes et cameramen autour de lui... Il décida de s'installer dans une caravane, à côté de la tour de Belém, un endroit qui attire tous

1. Célèbre poème de Camoens, inspiré du Psaume 136.

ceux qui visitent Lisbonne, et commença à faire des exercices préparatoires, plutôt énergiques et spectaculaires. Il apprit que plonger dans le Tage supposait des autorisations rébarbatives d'entités diverses, mais ne mit rien en œuvre. Le jour annoncé, et alors que, revêtu de son scaphandre et accompagné d'un petit bateau avec des bouteilles d'oxygène, il saluait une multitude de badauds et se préparait à enfoncer dans l'eau ses énormes pataugas à semelles de plomb, la police fit irruption et l'en empêcha sans ménagements, au point de cabosser son scaphandre. Bertrand en fit tout un foin, se plaignit de l'absence de démocratie, menaça de faire appel au Parlement européen, remua beaucoup d'air, à la fois dramatique et gesticulant, pour autant que le scaphandre le lui permettait. Intérieurement, il se sentait soulagé et hilare. Encore heureux que bureaucratie et répression aient, pour une fois, bien marché. Mais, pour continuer à apparaître pour son plus grand profit dans le journal télévisé, il décida de s'asseoir à côté de la tour, sur la muraille qui longe le fleuve, et de débuter une douloureuse grève de la faim. Il se déclarait sincèrement peiné par l'incompréhension des autorités...

C'est dans ces conditions qu'Eduarda devait le rencontrer pour une interview de plus, et c'est l'air résolu et l'allure martiale qu'elle quitta la rédaction de *Reflex*. Le vin était tiré, il fallait le boire, bien qu'en français elle ne sût dire que *père**, *mère**, *mon pote** et *allons enfants de la**... Son dernier professeur de français, en quatrième, était un type grand, mélancolique, barbu, qui considérait sa classe d'un regard triste et, de temps en temps, soupirait : « *Ah quel bordel* !* », expression que les élèves supposaient concerner quelque mystérieux personnage qui s'appelait

Kelbordel. Ils finirent par lui donner ce surnom et il ne protesta pas. Kelbordel laissait faire, stoïquement, et donnait des notes dévastatrices en fin de trimestre.

C'est quelque chose qu'on fait, de téléphoner à un ancien professeur de français, parce qu'on n'a personne d'autre sous la main, après avoir bien réfléchi, en désespoir de cause, une fois qu'on a fait le tour d'une tapée de copains et copines, tous coupables avoués de lacunes idiomatiques crasses ? Je pense que non. Personnellement je n'en aurais ni l'idée ni la hardiesse. Mais cette Eduarda Galvão était un peu différente de moi :

— Monsieur Jorge Carreira est là ?

— Cette personne n'habite plus ici...

Elle trouva le moyen qu'on ne raccroche pas à l'autre bout exaspéré de la ligne, au ton agressif, féminin et méprisant, et qu'on lui donne l'adresse et le téléphone actuels de son professeur, sur la Côte de Caparica.

Et c'est ainsi que s'établit le contact entre Eduarda Galvão et Jorge Carreira Matos, ménageant une transition dans cette histoire qui se faisait attendre.

Aujourd'hui, non, ce n'était pas possible ! Demain. Elle pouvait venir demain. Le matin ? (soupir) bon, d'accord.

Jorge Matos raccroche, et s'en veut déjà. Cette fille pensait qu'il était à sa disposition, ou quoi ? Et justement le lendemain matin, quand il pensait insérer dans sa pièce sur la Croatie un émouvant monologue de douze minutes, parfaitement structuré, proclamant solennellement l'abandon des canons. Quelle barbe. Patience... Cette manie de ne jamais dire non, tout en repoussant toujours les choses... Et s'il ne s'exclama pas « le vin est tiré, il faut le boire », c'est parce que j'ai déjà utilisé cette expression quelques lignes plus haut.

C'était au début de l'après-midi et Jorge se préparait à sortir et à acheter de la bouillie *Cérélac* pour son déjeuner. Après huit jours au *Cérélac*, il envisageait de la farine de manioc *Fubá*, pour la semaine suivante. Avec des pêches au jus, ça risquait d'être comestible. Mais est-ce que cette farine *Fubá* (« la meilleure qu'il y a ! »), que sa mère l'obligeait à manger quand il était petit, existait toujours ?

Il ne savait pas que l'après-midi précédent et pendant toute la matinée Joel Strosse l'avait cherché partout anxieusement, humant le moindre recoin, et savait encore moins qu'il allait tomber dessus maintenant, à la porte du supermarché, radieux, lui barrant le chemin, les bras en croix :

— Jorge Matos, enfin !

Mais les grands rires et démonstrations ne purent déboucher sur les rituelles accolades, car Jorge Matos se montrait méfiant, reculant le buste d'un air soupçonneux, craignant d'être la victime d'une escroquerie, voire de la pire des arnaques...

— Jorge, mais tu ne te souviens pas de moi ? Regarde bien, vieux !

Les traits de Joel Strosse s'affaissaient et cela faisait de la peine de voir ce sourire se figer, se figer, tremblant et désemparé. Jorge se mit à feuilleter son livre de souvenirs, à une vitesse vertigineuse. À l'armée ? Non, le livre continuait à tourner les pages dans un tourbillon, s'arrêtait de nouveau : en prison ? Non. Au conseil de gestion ? Chez Zulmira ? Au lycée ? Dans son quartier ? À la fac ?

— Mais c'est moi Joel, vieux !

Et voilà toute la troupe des Joels qui défile, et Jorge qui ne sait plus s'il doit garder le petit sourire emprunté qu'il a ébauché, hésitant entre revenir en arrière, garder ses distances, ou éclater d'un rire amical. Il n'y avait pas moyen. Il repartit du côté de l'armée. Mafra, Troisième Compagnie, Premier Peloton !

— La fac, vieux, les associations d'étudiants ! J'ai changé, mais pas tant que ça... Strosse, vieux, Joel Strosse !

Et comme dans ces réclames où les merveilles de la technologie réussissent à superposer une image à une autre, ainsi le quinquagénaire avachi et bedonnant, au cheveu rare, couperosé, avec un double menton, épousa une image surgie du fond des temps qui, à vrai dire, n'en était pas si différente. Pour un film publicitaire, la technique n'aurait pas eu grand-chose à faire. Il ne manquait que quelques retouches pour reconstituer le Joel Strosse placide, studieux, sans avenir, indécis, mouche du coche et questionneur.

Jorge aurait souhaité que les retrouvailles fussent brèves et moyennement expansives — on se salue, on rigole un coup, on se quitte — mais Joel Strosse avait une autre idée, nettement plus fraternelle.

— Si on allait chez Ninho prendre quelque chose, vieux ? Qu'est-ce que tu en penses ?

Et Jorge de se laisser entraîner, et Joel de demander aussitôt : « Tu as lu l'article de *Ça ira !* sur “la déconstruction” je ne sais quoi ? » Jorge ne l'avait pas lu.

Entre Santo António et Ninho, franchissant un ponton au-dessus d'une tranchée malodorante, traversant les bois de pins rachitiques, des espèces de bonsaïs géants, inadaptés en tant qu'ornement de fenêtre, discutables en tant que forêt, longeant un minigolf plus ou moins vandalisé, leur conversation fut sans histoire. Peu substantielle, faite de réminiscences, remémorations : qu'est-ce qu'il est devenu... ? Tu te souviens de... ? Et Truc Muche ? et Machine ?... Et la fois où... ? Enfin des affaires à eux, très anciennes, compliquées à expliquer maintenant et pas spécialement intéressantes.

Et ceci fait, ayant renoué le fil, tous deux assis devant leur petit noir, ils devisaient de concert. Joel, après quelques hésitations, et des commentaires sur la mauvaise qualité des madeleines, s'enhardit, non sans crainte :

— Et... le Parti ? (sur la pointe des pieds)

— Le Parti, quoi ? (méfiance)

— Tu es toujours au... (geste)

— Oui, toujours (détachement)

— Ah... (approbation rassurée)

— Tu sais, moi... (générosité)

— Oh ça... Évidemment. (Solidarité)

« Qu'est-ce que ce type pouvait bien lui vouloir ? » marmonnait intérieurement Jorge, tout en remuant son café au rythme circulaire de sa fragile cuiller en plastique. « Je n'aurais pas dû me lancer comme ça aussi directement, je suis toujours aussi maladroit », se gourmandait Joel tout en caressant un jeune chien en vadrouille, nullement reconnaissant, car il lui gronda dessus. Il résolut de prendre la question sous un autre angle et opta pour une louange générique à voix haute, l'air rêveur et l'œil fixé sur la cime des pins qui, en cet endroit, sont plus hauts, plus résineux :

— Des sacrés types ! Des mecs qui en ont !

— Hm, hm, fit Jorge.

Et il porta son café à ses lèvres car il refroidissait.

— Et la situation politique, qu'est-ce que tu en dis ? La droite, de plus en plus agressive, non ?

La droite, indéniablement, était agressive, comme toujours, du moins depuis l'affaire Dreyfus, considéra Jorge avec une pointe d'ironie. Il n'avait aucune envie de discuter politique ce jour-là. Il ne connaissait pas, il ne voulait pas connaître la revue *Ça ira !* Ce qui le préoccupait c'était une Bosnie imaginaire, de théâtre, tout un monde de petits agacements, le départ de sa dernière femme, le remplacement de sa bouillie *Cérélac* par une autre qui fût aussi nourrissante, moins écœurante et aussi facile à préparer. Et ce type qui lui cassait les pieds avec la situation politique :

— Et le Parti, qu'est-ce qu'il en dit ? s'obstinait-il...

— Le Parti, il dit que ça va mal, évidemment, répondit Jorge, sépulcral et définitif.

Zut ! Raté ! Le chien, agitant la queue, léchait affectueusement la figure d'un bébé qui marchait à quatre pattes sous leurs pieds, tandis que ses parents distraits se pourléchaient de *croissants**. À côté deux harpies discutaient :

— Non, moi j'assume mon nez ! Je l'aime comme ça, tu comprends ? J'tiens à assumer mon nez.

Jorge regarda ce nez assumé et estima qu'il ne valait pas la peine qu'on se batte pour lui, même pas sa propriétaire... Une pomme de pin retardataire se détacha d'une branche de pin et, ploc ! tomba dans le sable. Le chien dressa les oreilles. Jorge chercha de la monnaie dans les poches de sa chemise. Joel se défendit d'une main autoritaire. Il voulait payer.

— Bon, bon, allez, on y va...

Et ils firent le chemin inverse, pinède, ponton, ordures, chaussée, passage protégé, trottoir, avec Joel estimant que le Parti devait intervenir de plus en plus, dans une perspective médiatique, pour dire les choses comme elles étaient, et Jorge ne voyant pas grande raison de le contrarier. Malgré tout, à une époque où le seul sujet de conversation était la télévision, ce n'était pas désagréable de rencontrer un type obsédé par la politique. Ils arrivaient à présent aux immeubles, aux commerces. Jorge, de toute évidence, n'allait pas montrer à l'autre qu'il cherchait de la bouillie... Il n'avait plus qu'à rentrer chez lui, attendre qu'il s'en aille et retourner subrepticement au supermarché.

— On aura l'occasion de se revoir...

— Tu habites ici ?

— Oui, au troisième, par là...

Joel fut plus précis, donna tous les détails sur sa location, juste dans l'immeuble à côté. Il n'avait qu'à frapper, on pouvait arranger un dîner, et il termina sur une déclaration qui désarma la méfiance de l'autre, l'émut même : c'était si chouette de s'être rencontrés comme ça, à l'improviste, au bout de tant d'années. Ç'avait été, ç'avait été... Il ne pouvait pas dire quoi, mais Jorge avait compris.

Et Cremilde, quand Joel revint, trouva bizarre son air triomphant, la façon dont il chantonnait des airs d'autrefois et redressait un abat-jour rebelle, chroniquement de travers. Elle ne lui enjoignit même pas de s'essuyer les pieds, comme d'habitude, parce que cette gaieté lui parut digne de respect.

À partir de là le destin, qui s'était montré distrait, s'est mis en tête d'étouffer son bâillement et d'intervenir davantage. Alors qu'il n'avait pas décidé que Jorge et Joel allaient se croiser, laissant leurs chemins se recouper par hasard, il s'est convaincu de leur ménager dorénavant des rencontres plus fréquentes sur la Côte de Caparica.

On y reviendra. À présent oyons, comme si nous étions là — car, entre-temps, la nuit s'est écoulée et le matin est arrivé — Eduarda Galvão dans le salon de Jorge, très sage, sur l'extrême bord du canapé, riant discrètement comme si elle était timide et sympathique. Jorge a l'air renfrogné, en face d'elle, il tambourine contre la table avec des mimiques d'examinateur.

— Alors tu étais en quoi ? En quatrième A ?

Jorge ne se souvenait pas, d'ailleurs il s'en fichait complètement et avait hâte que cette fille s'en aille. Il n'était pas le genre de professeur à prolonger les contacts avec les élèves. Après toutes ces années passées à faire classe, il avait même acquis une grande méfiance à l'égard de la plupart d'entre eux. Contrairement au charmant M. Chips, il n'était pas capable de s'émouvoir en se rappelant tel nom ou tel visage. Tout se confondait en une sorte de masse bruyante, un monstre visqueux dont émergeaient des yeux, des rires, des grognements et qui, lorsqu'il s'exprimait, débitait des âneries, des borborygmes ou des insolences. Alors qu'est-ce qu'elle voulait ? Lui vendre quelque chose ? Lui demander de l'argent ? Des explications concernant la CEE ? Un sondage pour la télé ? Démarcher une encyclopédie ?

— Je venais vous demander, monsieur (« m'sieur »), une grande faveur.

Mauvais, ça. Jorge commença à frotter nerveusement ses mains l'une contre l'autre. Faire des faveurs à d'anciens élèves, ça donnait mauvais genre...

— Je fais mes débuts dans le journalisme. On m'a commandé une interview en français, et, à dire vrai, j'ai tout oublié. En fait j'aurais dû profiter mieux de vos leçons, m'sieur... Ça, j'ai été bête !! !

— Hm...

Et elle lui raconta l'interview prévue avec Bertrand,

l'homme qui traversait les fleuves à pied, feignant un enthousiasme destiné à faire vibrer les anciens professeurs de nature morose.

— Quelle stupidité, se scandalisa Jorge.

— C'est ce qu'ils me demandent de faire. Ils sont comme ça. Des ploucs. Vous savez, en début de carrière, je dois accepter. C'est extrêmement important pour moi. J'ai... j'ai si peu d'expérience...

Elle ne lui parla pas de son passage par le magazine *Model-Home*, ni des articles grâce auxquels elle avait enrichi dans ses colonnes la prose nationale. Jorge, vu la façon dont il avait réagi au scaphandrier, ne devait pas apprécier. Et puis, on savait qu'il était communiste, et ces types-là ont toujours un fond de férocité naturelle, même s'ils savent le français. En le regardant, Eduarda essayait d'ajuster le tir, sans négliger une possible opération de diversion. Le bonhomme, à ce qu'elle se rappelait, était grognon et mal luné. Il risquait de prendre de travers des avances galantes aux visées séductrices ou une excessive désinvolture. Le couplet de la petite malheureuse devait lui plaire davantage, surtout avec ses manies sociales. Elle baissa la tête et croisa les mains en les serrant contre sa poitrine en un geste de désespoir. Elle pouvait perdre son emploi, compromettre dès lors son avenir — si incertain encore — si elle ne réussissait pas cette interview. Et son père, le pauvre, qui était ouvrier, au chômage et couvert de dettes. Et sa mère, qui avait reçu quelques jours auparavant des résultats du labo si inquiétants...

Jorge, plus aimable, mais pas vraiment impressionné, lui déversa des tas de conseils :

— Écoute, ne t'affole pas. Pas la peine de donner des perles aux cochons ! Tu lui soutires quelques phrases et après tu arranges... De toute façon, tout ce que dira ce type n'a aucun intérêt. Et puis n'importe qui... à part toi et le reste de mes élèves, apparemment, se débrouille en français. Tiens, tu n'as qu'à demander à un flic qu'il t'aide, il paraît que maintenant il y a des flics instruits...

Eduarda se prenait la tête à deux mains, faisant mine de pleurer, avec une moue de bébé, et Jorge ne savait plus où se mettre, se reprochant d'avoir été rude avec elle.

— Bon, alors quoi, tu veux que je t'aide à poser les questions, c'est ça ?

— Et puis après, si vous pouviez me traduire les réponses sur le magnétophone.

Jorge exhala un grand soupir, du type qui finalement est brave, se frappa la paume de la main gauche de son poing droit et finit par ordonner :

— *Alors, prends ta plume et assieds-toi là* !*

L'interview du Français, dictée par Jorge, enchaînait question sur question, et il n'avait même pas évité la plus éculée, « *Aimeriez-vous rester au Portugal* ?* » qui recevrait la non moins classique réponse : « *Mais bien sûr je resterais là toute ma vie dès que...** » Voilà ce qu'Eduarda devait demander à un moment donné, et voilà ce que le scaphandrier devait répondre, car aucun des deux ne rivalisait d'originalité. Mais ces artifices prévisibles et banals demeureront pour l'instant hors de cette histoire. C'est pourquoi, et tandis qu'Eduarda, juchée sur le mur du Tage, sentant les vagues qui lui éclaboussent les pieds et les éclats du vent dans son micro, fourbit son interview qui, en toute justice, était plutôt l'interview de son professeur, quittons rapidement Belém, après un regard respectueux à la tour, et revenons chez Jorge qui a déjà mangé toute sa bouillie, en l'accompagnant d'une banane, qui est le fruit le plus facile à éplucher.

Jorge est passé à sa boîte aux lettres et, tout en mangeant, il lit une lettre de sa fille, candidate missionnaire à São Tomé. « *Mon petit papa* », écrit-elle avec des gros ronds à la place des points sur les *i*, d'une façon qui n'est visible que sur le manuscrit et que ni moi ni le typographe n'arriverons à reproduire : « *Mon petit papa, comme je suis heureuse ici.* » S'ensuivait de la prose poétique et recopiée au propre sur les cocotiers, les faucons marins et les couchers de soleil, et une description détaillée de ses activités évangéliques et paramédicales des derniers mois. Des déclarations d'amour au peuple de l'archipel : « *comme j'aime ce peuple* », et finalement la partie substantielle : « *j'ai beaucoup réfléchi et consulté Dieu et je continue de penser que votre séparation à toi et à maman est une mortification que vous ne méritez pas vous deux* (sic). *Pour moi je peux supporter, car je me dévoue à une œuvre qui transcende le monde, mais je me rends compte de la souffrance que vous devez éprouver vous deux* (sic)... etc... *J'écris à la lueur d'une bougie car le générateur est en panne* », etc., etc.

Se déroulait ensuite une leçon de morale à sa façon, et cela se terminait par « *j'ai espoir en Dieu que...* » Jorge se sentit triste. « Cette gamine ne tourne pas rond, songea-t-il. Un de ces quatre elle envoie les missionnaires sur les roses, se colle dans un avion, et fait à sa mère — j'espère seulement à sa mère —, un emprunt à fond perdu et, dans la meilleure des hypothèses, elle monte une *boutique.* » Il décida de ne pas répondre précipitamment et de se donner le temps de réfléchir. Quand il aurait oublié cette lettre, il lui enverrait la réponse, avec des trucs évasifs, sympathiques et paternels.

Il avait à peine jeté à la poubelle ses restes de nourriture et était en train d'imaginer la dernière phrase de sa pièce, avec le père bosniaque sanglotant au pied de la tombe de son fils tué d'une balle, et s'écriant : « Plus jamais ! » juste avant que le rideau ne tombe, quand la sonnette de sa porte retentit, impertinente, abusive, encore pire que dans les romans policiers. Joel Strosse était devant lui, radieux, dans l'ombre du palier, qui rendait visite à son ami pour bavarder un peu : « Je passais par là... »

La conversation fut d'abord vague, générique et somnolente. Il y eut des bâillements. Joel s'obstinait sur les thèmes politiques. Il voulait tout savoir des élections, des perspectives sociales, des directives. Jorge, un peu embarrassé, faisait face avec ce dont il disposait, c'est-à-dire des banalités. Peut-être serait-il préférable que son personnage finisse sur un cri : « Le coupable, c'est moi !! » Ou alors, montrant le public : « Les coupables, c'est vous ! » Ou même, avec un grand geste circulaire : « Les coupables, c'est nous tous ! » Et pourquoi est-ce que Joel ne se taisait pas et ne dégageait pas ? « C'est quoi, ça ? » demandait Joel, au bout d'un moment, désignant du menton la pile de feuilles sur le fauteuil... « Tes travaux ? — Oui », répondit Jorge, pressentant que Joel n'était pas prêt à entendre des élucubrations théâtraleuses et pouvait même prendre ça mal. Quant à Joel, il pensait que Jorge restait sur la réserve qui devait être la sienne, en tant que membre du Parti, et il admirait sa prudence et sa retenue, qui convenaient parfaitement à son statut. Il était tout simplement pétri d'admiration, loin de deviner l'impatience et l'agacement qui dévoraient l'autre. Ce fut un dialogue de sourds, en porte-à-faux, sans que Joel s'en rende compte.

— Tiens, la *Chasse au lion*, de Delacroix...

— En fait ce que tu vois là on dirait la *Chasse au lion*, mais ce n'est pas le cas. C'est *La Liberté guidant le peuple*. La révolution de 1830, Paris, tout ça...

Jorge raconta l'histoire, l'acquisition du tableau et son objectif, et Joel trouva que ça se tenait :

— Bon, bon...

— Je suis retourné plusieurs fois chez Brito, voir si je pouvais l'échanger, se justifia Jorge. Mais la PIDE saisissait toujours la *Liberté*...

— Ah, Brito... C'est toi qui m'avais introduit dans sa librairie. Tu m'avais recommandé le *Tchapaïev*, de Fourmanov, et je suis tout de suite allé l'acheter.

— Moi, je t'avais recommandé le *Tchapaïev* ? Je me demande où j'avais la tête !

Joel hésita un peu, ouvrit et ferma les yeux, très vite, passagèrement surpris comme le boxeur qui vient d'encaisser un direct, mais il récupéra vite et se mit à pérorer. Engels, disait Joel, et Lénine, disait Joel, et Marx, disait Joel, et Marx encore, et Marx à nouveau, et même Plekhanov et Zinoviev. Jusqu'au moment où, interrompant ce fatras d'un geste perplexe de la main, Jorge, pensif, proféra d'une voix qui émergeait des profondeurs :

— Toutes ces cuillers en bois, tous ces bols...

Là Joel s'interrompit et s'autodemanda s'il avait bien entendu. Le truc du Delacroix qui, étant une chose, en représentait une autre, passe, mais ces ustensiles devaient être explicités :

— Des bols ? des cuillers en bois ?

— Ces magasins énormes avec des millions de gamelles et de cuillers en bois, suspendues partout... À des crochets, en paquets...

Joel ne comprenait toujours pas. Jorge se donna alors le

mal de dérouler son raisonnement en faisant un grand effort.

— La suppression de l'héritage, dans le *Manifeste*... Tu vois l'État récupérant les biens des damnés de la terre et les mettant de côté ? Qu'est-ce qu'ils pouvaient bien avoir ? Des chaises bancales, une lampe à huile, des bols, des cuillers en bois. Comment est-ce que l'État se serait débrouillé pour garder tout ça ? On aurait construit un dépôt uniquement destiné aux cuillers en bois, un autre seulement pour les tasses, et ainsi de suite ? Un tableau plutôt bizarre, non ?

— On aurait pu trouver aussi des... des calèches, des... candélabres en argent..., risqua Joel timidement.

— Peut-être, mais moi, c'est les bols qui m'impressionnent...

— C'est vrai que, tiens, je n'avais jamais pensé aux bols, condescendit Joel, pensif.

Il y eut un silence prolongé que je ne sais comment qualifier. Peut-être, en expliquant comment les personnages étaient placés, et ce qu'ils faisaient, quelqu'un de plus habile que moi pourrait-il trouver comment qualifier ce silence qui est, de la langue portugaise, le mot le plus difficile à adjectiver de façon nouvelle.

Jorge s'étirait, languissant, à côté de l'ordinateur et, sur un coin de table, il faisait pivoter lentement, de la pointe du doigt, la lettre de la missionnaire. Joel, assis sur le canapé, les jambes croisées, balançait sa tong, qui était déjà tombée à plusieurs reprises sur la moquette. Appuyé sur l'accoudoir, son coude s'enfonçait, soutenant gracieusement une main repliée sur l'avant-bras qui à son tour équilibrait un menton méditatif et rêveur. Au-dessus tout n'était que dignité, concentration et savoir. Le frigo eut au loin une détonation, suivie d'un petit bruit de grelot insistant, et le téléphone sonna, un peu de la même façon, quoique plus soutenue et intermittente. Joel, qui avait sursauté, abandonna sa pose, décroisa les jambes, perdit sa tong, la rattrapa, et attendit que le coup de téléphone finisse, prenant l'air distrait, et suprêmement intéressé par un cadre qui était sur une petite table, où il n'y avait pas de photo, seulement une vue chiffonnée d'Acapulco, avec légende et tout.

C'était Eduarda qui au bout du fil demandait d'une voix plaintive d'enfant gâtée : « Si vous me permettiez de passer chez vous pour vous montrer l'enregistrement... » Jorge durcit la voix et le visage. Il était extrêmement occupé. Mais il ne voulut pas avoir l'air antipathique en face de son ancien camarade et finit par soupirer : « Bon, allez, venez quand vous voudrez. » Il raccrocha et se justifia :

— Une ancienne élève, qui ne me lâche pas !

— Hm, murmura, évasif, Joel, qui n'était pas sûr que c'était le moment opportun pour introduire le propos qu'il avait mis au point.

Et il opta, hypocrite, pour une phrase aimable :

— Un professeur laisse toujours une empreinte...

— Laisse tomber tes conneries, coupa Jorge soudain grossier.

Il adoucit cet excès de langage d'un grand éclat de rire, le premier vrai rire de cet après-midi. Et ils recommencèrent à se regarder.

Joel marcha jusqu'à la fenêtre, sifflant entre ses dents une musique indiscernable, balbutia une phrase quelconque qu'il laissa en chemin, se replia sur lui-même avant de finalement se dévoiler d'un coup :

— Je veux entrer au PC (décision)

— Toi ? (stupeur)

— Moi, oui. (détermination)
— Maintenant ? (incompréhension)
— Maintenant, oui ! (fermeté)
— Mais c'est... (inquiétude)
— Parfaitement ! (héroïsme)

Dramatique et surprenant ! Si l'heure avait été propice à l'aigreur Jorge lui aurait répondu, dans l'esprit du temps : « Mais qu'est-ce que j'ai à voir là-dedans, moi ? » Mais Jorge n'était pas un mauvais type, comme je l'ai d'ailleurs moi-même fait remarquer quelques pages plus haut, de sorte qu'il préféra marquer une satisfaction modérée :

— Eh bien, écoute, je suis très content. Tu sais, c'est dans les moments difficiles que... Tu vas t'inscrire, alors ?

— En fait, je compte sur ton appui.

— D'accord, mais c'est si difficile que ça de s'inscrire au Parti ? Tu t'adresses à l'un des sièges et...

— J'aurais voulu que tu parles, là-haut...

Si Joel était embarrassé, Jorge l'était encore plus. Quelle aide pouvait-il bien lui apporter ? Parler de quoi ? Pourquoi l'autre n'allait-il pas remplir une fiche dans une permanence, ou lors d'une fête, quelque chose du genre ? D'ailleurs cela faisait plus de six mois qu'il ne mettait pas les pieds dans une réunion du Parti. Cela aurait-il un sens, de se montrer un beau jour, de demander la parole lors des « questions diverses » et de faire savoir que Untel, un ancien camarade de fac, voulait devenir lui aussi militant ?

— Ils demandent toujours des références aux gens, n'est-ce pas ?

— Ah oui ?

Jorge, sincèrement, n'en savait rien. Il était militant de base du PCP depuis plus de vingt ans, avec des périodes de plus ou moins grande assiduité, et il n'avait jamais pensé à ces minuscules tracasseries bureaucratiques. Mais il remarqua que, pour l'autre, les détails étaient très importants, hautement chargés de signification rituelle, et il ne voulut pas le décevoir. Il prit l'air de conspirateur que Joel attendait et qui le tranquilliserait sûrement plus qu'un : « Écoute, vieux, débrouille-toi. Passe au siège ! », et il hocha la tête gravement, avec une solennité initiatique :

— OK, je vais m'occuper de cela !

— Je t'en serais très reconnaissant.

— Allons, je t'en prie...

— Vraiment...

Et à ce moment-là on eut l'impression que, sur le tableau, les féroces lions de la chasse et les Bédouins trémulants s'effaçaient pour laisser la place à une jeune personne épanouie, aux seins nus, qui avançait en tête de la Révolution. Tourbillonnèrent dans la salle les accents du *Temps des cerises**. Le buste de Lénine fronça légèrement le soucil. Et les deux hommes se quittèrent sur une poignée de mains farouche, l'un ému, l'autre moins, mais admettant l'émotion comme une possibilité intéressante.

Joel arriva chez lui, dans un rêve, ayant oublié la liste des commissions qu'il avait dans la poche. Quelle liste ? Quelle poche ? Il fit face avec bonhomie aux récriminations de Cremilde pour lui déclarer, serein, le doigt pointé :

— Tu sais, il n'y a rien de tel que de s'expliquer.

Plus ou moins à la même heure, ou peut-être un peu plus tard, Eduarda toquait à la porte de Jorge. Il y avait une sonnette, mais il lui sembla plus opportun de frapper avec la main pour donner à son désarroi, à sa petitesse d'orpheline perdue dans une mer de dragons le rythme des coups du destin. Elle avait perçu un certain agacement chez son professeur, elle savait bien qu'il ne l'aidait pas d'enthousiasme, son instinct la poussait à se nicher comme dans un berceau au creux des bons sentiments de Jorge Matos, désarmé devant toute démonstration de détresse ou de fragilité. Et son visage, qui était au début irrité et dédaigneux, changea peu à peu, devant l'air accablé, la tête basse de la jeune fille, épuisée de fatigue, appuyée au mur blanchi à la chaux, juste sous une applique fendillée :

— Mais qu'avez-vous, Armanda ?

— Eduarda ! je suis tellement éreintée, si vous saviez...

Elle entra, lança son sac dans un coin, se jeta sur le canapé et se mit à raconter tous les menus désagréments de son aventure, les bus bondés, la bande de voyous provocants sur le bateau, le Français qui jactait comme une pie, ajoutant des complications et du drame là où elle n'en avait pas trouvés et se conciliant effrontément la bienveillance de Jorge, plutôt ingénu sur ce plan-là. Attentifs comme vous l'êtes, vous avez remarqué qu'Eduarda a subrepticement laissé tomber le « m'sieur », se contentant de « vous », voire de « Jorge » pour passer, qui sait, au « tu ». C'est ce qu'on appelle, en langage populaire, qui sait rendre compte des stratégies, « ferrer le poisson ». Et lui s'agitait, compréhensif, désolé, proposant une eau chaude avec un zeste de citron (il n'avait pas de citron), un calmant (il n'en avait pas non plus, sa compagne les avait emportés), un vermouth, un café, jusqu'à ce qu'Eduarda consente à un verre d'eau bien fraîche, tandis qu'elle s'éventait avec un bout de journal qui traînait par là. Et le temps que Jorge aille à la cuisine, elle se métamorphosa, s'étira longuement, sortit son magnétophone de son sac et le plaça à portée de main, reprenant son air abattu quand son professeur revint, avec un verre décoré de feuillages jaunes et verts, rempli d'eau du robinet.

— Bon, dit Jorge à un moment donné, manifestant un intérêt solidaire, voyons cette interview...

Eduarda tripota avec célérité les boutons, rembobina, produisit des crissements métalliques, et mit en marche le discours de Bertrand. Mais cette fois les éléments et le matériel japonais se liguèrent contre Eduarda. Dominées par le clapotis, n'émergeaient que des phrases incomplètes. Tout n'était que clapotis du fleuve, bourrasques et bruits de pots d'échappement de motos. Manque de chance. Même en tendant l'oreille on ne pouvait descendre au niveau de son des propos du Français, des murmures hachés.

— Merde ! se fâcha Eduarda, jetant par terre le magnétophone.

Et aussitôt après :

— Oh, pardon !

— Tout cela n'est pas grave, marmonna Jorge Matos, que la dure expérience de la vie avait habitué aux défaillances des appareils électroménagers.

Je me rends bien compte que ces personnages sont à un moment relativement agité de leurs vies. Les événements les ont provoqués, ont bouleversé le cours naturel de leurs habitudes, de leurs pensées. Si on continuait sur la même ligne, ça déboucherait sur des torrents véloces, des cataractes déferlant de rocher en rocher par secousses aventureuses et risquées, avec force chutes hululantes et dégringolades à se rompre les os.

En fait je suis plutôt enclin aux proses paisibles et me défends des frénésies littéraires. Je raconterai ce qui se passe entre Eduarda et Jorge, d'une part, Joel et Cremilde, de l'autre, mais en prenant mon temps. Pour l'instant j'ai envie d'un dérivatif qui calme les nerfs. Connaissez-vous Caparica ? C'est une classique et fébrile plage portugaise à l'est de laquelle se dresse une falaise abrupte avec ses trouées de sable ; que baigne à l'ouest la mer mystérieuse avec ses vacanciers flottant ventre en l'air ; au sud, le cap Espichel, de glorieuse mémoire et mystique tradition ; et au nord, mais je me tais, car Silva Gayo à propos de la Beira Alta se tait lui aussi.

La Côte attire un bon nombre de nos concitoyens qui adorent ça. Imaginez-les en train de déambuler dans le coin, sur le mode hébété que l'on a décrit, et nos personnages en train de passer le temps. Moi je préfère me rendre à Lisbonne et entrer dans le bureau du rédacteur en chef de la section Société et Culture du magazine *Reflex* qui, à l'inverse de Caparica, est présentement un éden de calme, propre à une méditation bénie et compensatrice.

Le magazine est « bouclé », prêt, la fabrication s'en occupe, et le jeune rédacteur, dont je précise qu'il s'appelle Bernardo Veloso, éprouve cette bienheureuse volupté du devoir accompli que le ronronnement de l'air conditionné rend encore plus agréable. Il est quatre heures de l'après-midi et on est plutôt bien là. Le dessus cuir du bureau est même des plus confortables pour ses jambes allongées, délivrées des chaussures de marque prétendument italienne.

Transporté dans ce genre d'ambiance, et pour être un créateur d'atmosphère vraiment rigoureux, je ne devrais jamais mentionner d'objets sans en décliner marque et origine. Le bureau, par exemple, a une marque, et il a été acheté dans tel magasin, et les chaussures, parfaitement à la mode, ont été commandées dans la boutique telle et telle, rue machin, à Calçada da Estrela. Et, pour parler de la pendule et du presse-papiers, produits d'un disaïgne arrogant, je devrais aussi trouver les qualificatifs appropriés. Il se trouve malheureusement que je ne suis pas compétent dans ce domaine. Bien sûr, je pourrais perdre mon temps quelques jours à apprendre par cœur des marques et des labels, en accord avec ce principe, que l'on énonce ici en première exclusivité, « si tu ne domines pas un sujet, deviens-en le spécialiste », mais, franchement, je trouve que mes personnages ne méritent pas qu'on leur fasse cette grâce, et on épargnera au lecteur ce dont il n'a pas besoin car, comme moi, il se moque éperdument des estampilles commerciales.

Bernardo Veloso se trouve donc dans un moment de tranquillité, étendu de tout son long entre son fauteuil pivotant en cuir vénitien (avec circuits électriques, actionnés par des boutons et des manettes) et le dessus, tendu de cuir lui aussi, de son bureau. Dans quelques instants la pendule, une reproduction des horloges de marine du XIXe siècle, aura la bonté d'égrener, dans un zonzonnement sirupeux, les notes de *Oh Gwendolin, sweet Gwendolin...*, annonçant sept heures du soir car, pendant que je décrivais et pérorais, trois heures se sont écoulées. Bernardo Veloso boit du thé glacé à même le pack et médite sur son magazine : « Manque d'âme. » « Encore un peu compliqué. » « Simplifier tout ça. » « Trop pour intellos. » Il se rappelle sa consigne préférée : « En finir avec la clique des années soixante », et s'avise qu'elle n'a pas été vraiment respectée ces derniers temps. Il caresse alors l'éventualité de l'élimination de ce collègue moustachu, chauve, qui se prend pour un écrivain et qui est au bord de la crise cardiaque chaque fois qu'il lit *warning* à la place d'*avertissement*, et qui en plus arbore des chemises de pêcheur en flanelle, aux manches retroussées, et achète ses chaussures au Paradis de la Chaussure, Rua da Palma.

Il ne faudrait pas considérer que ce jeune rédacteur est la proie d'instincts de satrape, ou que le destin l'a particulièrement doté de méchanceté ou de vacherie. Si on lui faisait remarquer dans quelle situation se retrouverait ce journaliste congédié, avec femme et enfants, difficultés dans l'existence, problèmes de reclassement, dettes, il serait capable, aujourd'hui même, de s'émouvoir jusqu'au tréfonds, quoi que cela pût signifier. Mais il n'irait pas au-delà. Il s'attendrirait, compatirait, hocherait la tête d'un côté et de l'autre, émettrait un « tchhh... », et deux minutes après ne penserait plus à la chose. « Le pauvre gars, il est fichu, ce que c'est que d'être un emmerdeur... » Il était comme ça, d'une sentimentalité concise. Les remords, le sentiment de culpabilité et l'examen de conscience ne correspondaient pas au caractère de Bernardo Veloso et ce n'était pas de sa faute, mais celle de toute une société que l'on se doit de fustiger sévèrement dans les ouvrages écrits à cet effet.

Bernardo Veloso avait lu trois livres dans sa vie, ce qui, si l'on considère la moyenne des lectures de beaucoup de ses congénères, doit être considéré comparativement comme un avantage indéniable. Il y avait *Le Seigneur des anneaux* de Tolkien, *Le Rhinocéros* de Ionesco, et *Le Faucon maltais* de Dashiell Hammett, et l'on peut assurer que peu de livres au monde avaient été mieux lus. La mémoire et l'imagination de Bernardo Veloso trouvaient toujours le moyen de tirer des citations, des associations d'idées, des comparaisons et autres effets de cette éclectique trinité littéraire, qui montrait le bout de l'oreille dans ses articles, quand ce n'était pas entre les lignes. Les auteurs restants, d'Homère à Saramago, il les considérait inutiles et rasoirs. Une fois, dans une fête, un individu nanti d'héraldiques moustaches lui signala que Camilo Castelo Branco était bien aussi, et il prit la ferme résolution de le lire aux calendes grecques. Discrètement, il se mit à y faire allusion avec respect, quand l'occasion s'en présentait.

En tout cas il tirait parti de ses auteurs, ceux qu'il avait lus et ceux dont il avait entendu parler, ce qui n'était pas le cas du journaliste à la chemise de pêcheur qui, bien qu'il se fût normalement initié en des temps lointains avec *Tom Sawyer*, *Alice*... et Trindade Coelho en entier, et pût dresser une liste astronomique d'œuvres lues et relues, en remontant jusqu'à Paio Soarez de Taveirós, avait scrupule à convoquer ses auteurs dans les textes qu'il rédigeait. Il en éliminait d'ailleurs toute référence personnelle, s'interdisant le pronom « je ». Rien à en tirer ! considérait Bernardo, ce type mal fagoté n'avait pas le chic pour ce genre de choses. Il ne savait pas se mettre en valeur, ni mettre en valeur le magazine. Il fallait sans nul doute le virer, le pauvre. On lui donnerait une indemnisation...

Je m'apprêtais à décrire mieux le bureau de Bernardo, et je m'essayais à divers angles, avec des mouvements cinématographiques du regard, passant évidemment par la contre-plongée, quand tout à coup quelqu'un, toc, toc ! a frappé à la porte et a contrecarré mes préparatifs. La porte s'est entrouverte, est apparu un visage féminin, avec le plus large des sourires. Eva, la — comme on dit — fiancée de Bernardo, entrait triomphalement avec deux pots de confiture, un dans chaque main.

Ce que je vais raconter maintenant est incroyable. Je poursuis à contrecœur, après une hésitation perplexe. La vie souvent romance, délire, absurdise et je dois m'y conformer, au-delà du pacte de vraisemblance signé avec le lecteur. Mais penchez-vous sur le contenu des pots, pour ne pas me dire que je mens. L'un est vide, d'accord, il ne compte pas. Mais l'autre ? Quelles sont ces formes noires, minuscules, collantes qui rampent, bavent, irisent, tournoient et bourdonnent ? En gros plan on les voit mieux. Ce sont des mouches, parfaitement. C'est un pot de confiture plein de mouches qu'Eva brandit dans sa main euphorique, et soignée il y a quelques instants à peine par une des manucures les plus réputées des Amoreiras.

Et au lieu de ce monotone jeu sur ordinateur où il faut assassiner un bonhomme en évitant d'atteindre ses centres vitaux, avec un compteur qui indique les décilitres de sang perdus, Eva propose aujourd'hui à Bernardo sa distraction favorite : attraper à la main les mouches libérées du premier pot pour les introduire dans le second. Et la voilà qui enlève un couvercle, et les premières mouches qui s'échappent. Bernardo est tendu, attentif, dans la position du samouraï, prêt à balayer l'air de sa main en coquille. Ce passe-temps dure juqu'au dîner, et il reste encore quelques mouches pour le jour suivant. Un écrivain styliste consacrerait trois bonnes pages à décrire la chose, avec mimiques, bonds, fous rires, hurlements et chute d'objets. Moi j'en reste là. Je ne veux pas abuser des facilités. Il me suffit de scruter le regard de Bernardo et de remarquer qu'il est sincèrement reconnaissant à Eva, encore que là tout au fond palpite une lueur presque indiscernable qui pourrait signifier un début de malaise...

Il convient de rappeler que cette manie d'attraper les mouches, bien que peu fréquente et encore moins avouée, a eu des précédents illustres. L'empereur Domitien, par exemple, selon Suétone, qui raconte même une petite histoire à ce sujet. D'après moi, il s'agit seulement d'une gaminerie stupide et non de quelque perversion intime qui, si c'était le cas, n'aurait pas droit de cité dans ce livre, lequel se veut on ne peut plus sérieux et raisonnable. En plus, si tout ce qu'il y avait à dire de Domitien se résumait à la chasse aux mouches...

Sur ce, retournons à Caparica pour assister au dîner d'Eduarda et de Jorge Matos qui viennent de s'asseoir à une table en bois, après de longues et pénibles minutes de queue devant un restaurant à l'air libre, qui pue la sardine et le poulet grillés. Le vent coulis fait battre le papier peint, recouvert d'étiquettes de vins et qui cache les planches clouées à la va-vite. Dans une soucoupe en plastique, trouée de brûlures de cigarettes, à côté des restes d'entrecôte laissés par les dîneurs précédents, il y a trois petites pièces de cinq escudos, pourboire approprié au lieu et à sa clientèle. Le serveur traîne les pieds, il a une sale tête, un tatouage au bras avec une tête de mort par-dessus l'inscription « *Nampoula/71* », et on voit bien qu'il est homme à vous répondre de travers. Rien qui permît à Eduarda des comparaisons, mais l'endroit lui parut peu adéquat pour des exigences gastronomiques du type : « enlevez-moi immédiatement ce beurre qui sent le rance », et Jorge Matos peu enclin à admirer ingénument des snobinards nouveaux riches. Eduarda était prête à manger « n'importe quoi » et Jorge aussi, d'autant qu'il s'était mis en peine d'emmener la fille au restaurant alors qu'il se serait contenté personnellement d'une bouillie, un yoghourt et une banane. Ils mangèrent donc n'importe quoi, qu'il n'est pas nécessaire de préciser.

Eduarda sentit qu'elle devait montrer ostensiblement une profonde gratitude à l'égard de Jorge, qui l'avait aidée à concocter la moitié de son interview du Français. Après avoir constaté que l'enregistrement était inutilisable, Jorge avait haussé les épaules et déclaré, réconfortant :

— Ce n'est pas grave. On invente deux trois trucs. Du moment qu'on le flatte, le type sera même content. Allez, assieds-toi à l'ordinateur et écris. Je corrigerai les fautes d'orthographe après.

Et il s'était mis à dicter les questions et les réponses : « C'est la première fois que vous venez au Portugal ? », « Oui, et je suis absolument sous le charme de votre pays, où je pourrais m'installer pour la vie si les circonstances s'y prêtaient » ; « parlez-moi de vous, dites-moi qui est, en vérité, le vrai Bertrand Léglise... » « Tout enfant déjà, l'aventure m'attirait, et blablabla, et blablabla » ; « En somme, vous êtes incapable de résister aux défis ? » ; « Tout à fait ! Je me précipite sur les défis, au sens littéral du mot », etc., etc.

Quelqu'un de moyennement sensé se donnerait-il le mal de lire une interview de ce genre ? J'en doute fort ; c'est pourquoi je passe le reste sous silence, et ce n'est qu'à titre documentaire que je laisse cet échantillon, à peu près un tiers de ce qu'Eduarda et Jorge produisirent en cette fin d'après-midi, un sixième de ce qu'ils devaient produire ensuite, à peu près jusqu'à minuit, après le dîner.

Les coudes sur la table, le menton sur le dos des mains, prenant une pose rêveuse, Eduarda pensait que cet intellectuelloïde pouvait encore lui être utile, ne serait-ce qu'en ce qui concernait le français et l'orthographe. Elle décida d'en mettre plein la vue. Elle décrivit une vie nocturne trépidante avec petits matins instructifs à l'Europaaa ! et au Superclop, où l'on pouvait croiser des pédégés, des journalistes et des directeurs généraux. Mais l'euphorie de cette exhibition de mondanité s'éteignit progressivement au contact du regard terne et absent de son cavalier qui lissait de son ongle les reliefs de la nappe en papier. Elle estima alors opportun de raconter l'histoire du *ceitil*, sur un mode plus humble toutefois que lors du dîner avec le rédacteur de *Reflex*... Malgré cela, Jorge ne manqua pas de penser : « Mais dis donc c'est qu'elle continue à te faire du gringue. » Il savait pas mal de choses sur le *ceitil*, parce qu'il avait eu à étudier la numismatique médiévale pour une pièce de théâtre historique sur l'affaire de la Beltraneja et les implications socio-politiques afférentes. Mais il prêta une oreille attentive, hochant gravement le menton en signe d'approbation. Et il ne fit aucun commentaire au fait qu'Eduarda avait introduit deux « Jorge » dans la conversation parce que, enfin, même ici, c'était lui l'amphitryon.

Vint sur le tapis, je ne me rappelle déjà plus pourquoi (peut-être Eduarda avait-elle posé des questions...), la fille de Jorge, et je profite de l'occasion pour dire qu'elle s'appelait Eufémia, Catarina Eufémia, prénom lourd de réminiscences politiques dont le choix n'avait pas été innocent. Jorge se dépêcha de dire qu'elle était à São Tomé, et travaillait pour une mission internationale.

— L'Union européenne ? L'Unicef ?

— Oui, quelque chose comme ça..., conclut Jorge appelant le garçon en claquant dans ses doigts.

Dans l'échelle d'appréciation d'Eduarda, son interlocuteur monta d'un cran, ou même d'un cran et demi, du fait d'avoir une fille internationalisée.

Après le flan aux œufs ils regagnèrent l'appartement de Jorge pour passer la soirée, terminer l'interview et la journée. Eduarda, tout sourire, bondissante, fredonnant des chansons d'Amália, cueillant ici et là de pauvres fleurs rabougries, pleines de poussière et d'huile de moteur, pensait : « On va bien voir où ça nous mène tout ça. »

Jorge, raisonnablement, voyant la jeune fille jouer les nymphes en bordure de la pinède, dans les phares des automobiles, marmonnait intérieurement : « Pourvu que ça ne prenne pas une drôle de tournure... » Et il se sentait vaguement embarrassé.

L'une des paires de phares qui avaient illuminé Eduarda, de façon d'ailleurs confuse et décalée parce qu'ils n'étaient pas bien réglés, appartenait à la Fiat Uno du couple Strosse qui revenait après son petit café au Centre commercial, tout en bas, au bourg. La tête penchée en avant, les yeux fixés sur le pare-brise, irrité par les reflets dans les taches d'huile et les cadavres écrasés d'insectes nocturnes, Joel ne voyait rien. Mais Cremilde eut tout de suite un soupçon :

— Cette fille, ce n'était pas Eduarda ?

— Quelle Eduarda ?

— La fiancée de Cláudio...

— Je ne connais aucun Cláudio.

— Ça y est, ça recommence !

Et sans le moindre respect pour la concentration de Joel, obligé de garer la voiture entre un poteau en ciment et une jeep rutilante, dont on voyait qu'elle ne souhaitait pas être rayée, elle se mit à lui en dire des vertes et des pas mûres, n'obtenant pour toute réponse que des ahanements. La réponse de Joel était particulièrement mal tombée, juste le jour où Cremilde avait appris que Cláudio venait enfin d'être admis dans la chorale de la prison de Pinheiro da Cruz et qu'il répétait déjà « Petite Laura » et « Romarin, beau romarin ».

Indifférent aux récriminations (pluie éparse et passagère de légers flocons noirs, allons-y pour la métaphore...) Joel allait fermer la voiture quand il remarqua finalement Eduarda, qui venait de plus loin, ondulant des hanches, et rasant un réverbère. La suivait immédiatement son ami Jorge Matos, pensif, les mains dans les poches.

— Il est déjà en train de prendre des renseignements sur moi, s'effraya Joel. Ce qu'*ils* peuvent être rapides et efficaces !

Et un frisson électrique parcourut son corps de bas en haut qui, s'échappant par la partie supérieure et se perdant dans la brise du soir, fut tôt remplacé par une sensation de vanité chaude et flatteuse. On s'occupait de lui. Lui, Joel, était la cible de toutes les attentions !

Cremilde continuait à déblatérer et à énoncer des choses désagréables, et pas toujours justes. Mais Joel, cette nuit-là, ne cessa de penser à toutes les questions inquisitoriales que Jorge pourrait sévèrement lui poser. « Cette fille est indigne de votre confiance ! » affirmerait-il. Et il lèverait solennellement son poing droit.

À ce moment-là, Jorge Matos, cachant ses bâillements dans sa main, dictait les dernières questions et réponses au/du scaphandrier français. Dernière question : « Et l'Amazone, c'est pour quand ? » Dernière réponse : « *Ah ça,* vous vous rendez bien compte, *c'est une autre étape, voyons**. » « Hein ? s'étonna Eduarda. — Ne t'en fais pas, celle-là c'est moi qui la tape. » Jorge attaqua le clavier, leurs mains se touchèrent, Eduarda eut un sourire et Jorge, faisant semblant de ne pas la voir, de ne pas la sentir, tapa (« entra ») le point final.

— Ah le plaisir du travail accompli !

Eduarda s'affalait, languide, étirant paresseusement les

bras, et sa chaussure lui quittait le pied. On doit croire qu'une des vertus de ce canapé était de déchausser à demi ses occupants. C'était arrivé à Joel, cela arrivait à Eduarda et il n'y avait qu'à Jorge que cela n'arrivait pas car, comme il était le propriétaire, il prenait grand soin du matériel.

Elle eut l'air de remarquer pour la première fois la *Chasse au lion*. Elle se redressa, jambes croisées, recula la tête, au risque de se déséquilibrer, pour mieux voir, et hasarda un commentaire :

— Tiens, des lions, et tout ça. Un truc du Sporting, non ?

Jorge fut à deux doigts de s'ouvrir, d'expliquer l'histoire de l'achat de la reproduction. Mais il fit à temps machine arrière et dit la seule chose à dire :

— C'est un tableau d'un Français, un type nommé Delacroix. Ce n'est pas ce que tu penses, mais laisse tomber...

— Hm, murmura Eduarda en se balançant sur le canapé et en jetant à toute la pièce un regard critique :

— Et vous n'avez que des reproductions, hein ? Aucun original ?

L'imprimante mettait toute l'interview en caractères *Times New Roman* avec des hennissements irritants de cheval en tôle ondulée, et Jorge regardait au plafond, dans l'attente. Il feignit de ne pas avoir entendu la question accusatrice. Ensuite il se dépêcha de ramasser toutes les feuilles avec d'impressionnants moulinets et de les tendre à Eduarda :

— Tiens, c'est prêt !

— Je ne sais comment vous remercier, m'sieur.

— Ni moi.

S'ensuivit un silence de petits gestes méticuleux de l'un et de l'autre, centrés sur des insignifiances, tirer plus par ici ce cendrier, le repousser par là, tripoter le rideau, ramasser du bout du doigt la poussière de l'écran de l'ordinateur, ouvrir et fermer des dossiers. Chacun voulait faire comme si le silence n'existait pas et l'enfreignait.

— Bon, sourit Eduarda, prenant sa serviette où palpitaient désormais les excitantes déclarations de l'aventurier français. Je crois que c'est l'heure...

Jorge l'accompagna jusqu'à la porte, soucieux. Il y avait quelque chose là qui clochait... Eduarda était déjà sur le seuil, l'ascenseur montait, quand il marmonna, les yeux baissés :

— Heu, mais tu rentres comme ça, toute seule, à Lisbonne, avec tous ces endroits mal fréquentés ?

— Je ne sais pas s'il y a encore des bus. Mais ne vous en faites pas, je ferai du stop.

La déclaration était parfaitement mensongère pour un autre que Jorge Matos :

— Du stop ? Pas question ! Non, attends !

Il médita, se grattant la tête. Sa voiture était garée à cent mètres, elle avait les bougies encrassées, démarrait difficilement la nuit, les lampes de frein étaient mortes, les pneus sous-gonflés. Surtout, cela ne l'enthousiasmait nullement de l'enlever d'une place qui bénéficiait en plus de l'ombre d'un palmier et qu'il avait conquise au prix des plus grandes difficultés, ridicule dispute avec un autre candidat comprise. En plus il avait peur de conduire la nuit.

— Tu sais, je t'aurais bien emmenée, mais ma voiture est en panne : une bielle, la tête de delco, tu vois ce que je veux dire, tout le toutim.

— Oh mais je n'aurais pas accepté. Ne vous en faites pas...

Eduarda tirait déjà vers elle la porte de l'ascenseur, quand le bras de Jorge s'interposa.

— N'y vois pas d'intention mais, si tu veux, tu peux rester jusqu'à demain matin. On se débrouillera d'une façon ou d'une autre.

« Pas trop tôt, pensa la jeune fille. Ah la la, c'est le genre de mec timide qui a tendance à se compliquer la vie. » « Mais pourquoi est-ce que je dis toujours oui à tout ? » se hérissait intérieurement Jorge, tout en essayant de se rappeler comment il avait réussi à dormir dans le salon après sa dernière dispute avec sa compagne.

Ils bavardèrent encore un bon moment. Eduarda monologuait et Jorge faisait semblant d'écouter, sombre, réfléchissant sur les choses de la vie. Il était hors de doute qu'il n'avait aucun intérêt à se lancer dans une aventure avec une ancienne élève. Il avait cinquante ans et il savait qu'il ne pourrait suppléer par l'expérience ce qui lui manquait sur d'autres plans. En outre, à en juger par l'air désinvolte de la fille, tout indiquait que l'expérience n'était même pas forcément de son côté à lui. Ça serait une nuit désastreuse, à se réveiller fâché avec le monde entier, pour entendre par-dessus le marché des quolibets ironiques ou les deviner sur ses lèvres. Mais, même en supposant que, par miracle, tout se passe à merveille, le résultat serait plus catastrophique encore. Elle reviendrait d'autres fois. Après elle amènerait des amis. Après elle apporterait des petits objets utiles pour la maison. Après elle changerait la disposition des tableaux. Après elle cacherait la *Chasse au lion* dans le débarras. Après elle fourrerait les pièces de théâtre sous le lit. Après ses visites seraient de plus en plus espacées. Après il y aurait une voix d'homme qui la demanderait.

— Non !

Le refus fut si vigoureux, si vibrant, qu'Eduarda sursauta et porta une main à sa poitrine :

— Pardon ?

— Rien, rien... Je pensais à... Laisse tomber. Ça ne regarde que moi.

— Vous avez fait une si drôle de tête, Jorge (ça y est, elle l'a dit !) — Eduarda secoua la tête en souriant — Je ne sais pas pourquoi je me sens si attirée par les hommes plus âgés...

« Bon, il ne manquait plus que ça », s'alarma Jorge. Et pas question de donner une suite à la conversation. La passe suivante, dans ce genre d'échange, c'était : « Mais étant donné tous les hommes âgés qui courent les rues, pourquoi moi ? » Et elle, de deux choses l'une : ou elle dirait, provocante et garce : « Oh mais je ne parlais pas de vous » ; ou elle hausserait les épaules et murmurerait, avec un soupir et un léger tortillement : « C'est comme ça ! » Ce serait alors le moment d'étendre vers elle une main lente, douce et paternelle et de lui faire une petite caresse sur la joue, du bout des doigts, très légèrement. Elle inclinerait davantage le visage vers sa main et, de deux choses l'une... Suffit ! Mille sabords ! Jorge se leva d'un bond et adopta la jovialité du scout de base :

— Allez, on va mettre tout ça au point, il est tard. Tu dors dans ma chambre. Et moi je m'organise un truc ici avec les fauteuils et le canapé. Il y a des draps dans l'armoire, il n'y a qu'à les prendre.

Il était neuf heures du matin quand le téléphone sonna chez Jorge encore dans les bras de Morphée, plus virulent que d'habitude. Il se traîna jusqu'au salon, revint sur ses pas et mit son pantalon de pyjama, car il n'en avait pas et tenait à une certaine pudeur pour répondre au téléphone.

Voix anxieuse de Joel Strosse à l'autre bout. Petit rire nerveux, déplacé :

— Salut... je t'ai réveillé ? Tu n'as pas oublié, évidemment ?

Jorge essaya de se rappeler ce qu'il aurait pu oublier. Un engagement quelconque ? Avait-il promis quelque chose ? Fixé un rendez-vous ? Dit qu'il prêterait, quoi ? Sa perceuse ? Il se contenta de grommeler : « Non, bien sûr » — et c'est seulement après qu'il se rappela que l'autre voulait entrer au PCP.

— Hé, hé, je sais même que tu fais des recherches à mon sujet, non ?

— Moi ?

Se réveiller en butte à des questions entraîne de nombreux malentendus. Ce n'est pas un hasard si le sommeil, les questions et la torture sont associés dans certains souvenirs. Cloué sur la porte avec une punaise, un papier, en lettres énormes : *MERCI POUR CETTE NUIT INOUBLIABLE ! EDUARDA*. Jorge avait besoin de se concentrer, de rassembler mentalement les événements. Qu'est-ce que ça voulait dire ? Mais l'autre, à l'appareil, insistait, sur un ton devenu très encourageant :

— Allez, fonce, en avant, vieux ! J'attends de tes nouvelles.

Et quand Joel raccrocha, Jorge s'assit et essaya de comprendre ce qui se passait. Finalement il avait couché avec Eduarda. Elle n'avait pas de temps à perdre avec des problèmes d'espace, de lits et de canapés, et elle l'avait presque renversé d'une sorte de manchette. Tout avait été très désordonné, lui était nerveux, elle plus que détendue et efficace. Enfin, ça avait eu lieu, ce qui était fait était fait... Maintenant, patience. Il n'y avait plus qu'à attendre la prochaine attaque et à défendre son terrain.

Quant à ce Joel, qu'est-ce qu'il allait bien en faire ? s'interrogeait Jorge Matos sous la douche, agacé parce que Eduarda avait changé le savon de place. Pauvre Joel Strosse, cette obstination, complètement dépassée, mais si tenace, si constante. Et si désespérée. Pauvre Eduarda, aussi. Et pauvre de nous tous, si on y réfléchit, et c'est comme ça que s'achève un chef-d'œuvre de Graham Greene, qu'il avait lu dans sa jeunesse et que je recommande.

Et quand il ferma le robinet, Jorge, très concentré, se laissa envahir par une profonde compassion à l'égard des autres qui n'allait pas sans une certaine complaisance à son propre endroit. De temps à autre il avait de ces élans de pitié, très intenses, lourds de pardon et de compréhension, avec un sourire intérieur attristé, porteur d'absolutions et rayonnant d'indulgence. C'était de brefs éclairs, heureusement, car s'ils avaient été de plus longue durée, ils lui auraient garanti l'accès à la sainteté, et interdit toute participation à ce livre.

Il fallait en parler à Vitorino Nunes. Vitorino, depuis des temps ancestraux, était chargé par le PC de contrôler les inspecteurs pédagogiques. Une fois l'an, il réussissait à réunir autour d'une table somnolente Jorge lui-même, une dame déjà mûre, au cheveu jaune et qui cultivait un amer contentieux avec l'existence, et un retraité, très gentleman, qui débitait d'interminables discours, truffés de citations d'intellectuels russes, dont il essayait de prononcer les noms comme il convenait, en faisant d'étranges contorsions avec la bouche : *Ba-khhhoúnin'*; *Essiénin'*, *Maïa-khhhóf*... Quand il évoquait Vitorino, Jorge disait, par habitude ou pour blaguer, « le revizor », mais il ne savait plus très bien comment on désignait ce genre de fonction. « Revizor », ça sentait un peu trop les coins sombres, les cols relevés, les messes basses, ordres et contre-ordres, espionnite, ce qui ne correspondait plus du tout à la conjoncture, ni au brave Vitorino, qui était vaguement musicien, névrotique et tout à fait paisible. « Coordinateur », on ne pouvait pas non plus l'appeler ainsi, car dans d'autres partis, semble-t-il, c'est comme ça qu'on appelle les hommes de l'appareil. De sorte que pour être rigoureux et manier un langage approprié, il le définissait généralement devant des étrangers comme « ce camarade, là, qui a des moustaches, plutôt fort, et qui est chargé de notre cellule ».

Et comme ces choses le faisaient sourire, et que sa mélancolie compatissante s'était estompée, Jorge, de meilleure humeur, attrapa le téléphone et fit le numéro de Nunes. Tout en pianotant, il arracha le papier d'Eduarda sur la porte, le froissa et le jeta dans un cendrier.

Nunes va répondre, parce que les livres ce n'est pas comme dans la vie, les gens sont toujours chez eux quand il le faut, à portée de main de l'auteur totalitaire. C'est comme ça aussi dans les films, où les automobilistes trouvent toujours une place épatante pour stationner, même en plein centre de Lisbonne. Imaginez les tours et les détours, les efforts que j'aurais dû mettre en œuvre si Nunes n'avait pas été disponible. Il aurait fallu inventer d'autres coups de téléphone, trouver d'autres situations, d'autres ambiances, d'autres prétextes, d'autres conversations et en même temps que j'aurais usé du papier j'aurais usé la patience du lecteur, qui fait partie des biens rares. Et à supposer que Vitorino ait été souvent absent, j'aurais dû répéter je ne sais combien de fois le dialogue suivant :

« Vitorino est là ? — Non, il est sorti ! Merci. Ding ! » Totalement dénué d'intérêt...

Donc Vitorino est là. Il sort de son lit, crie : « Laisse, tata, je réponds ! » et s'approche, de mauvais poil, de la petite table du téléphone. Et moi, pendant ce temps-là, je le croque :

Vitorino Pereira Nunes, chômeur chronique, vivotant de petites rentes, mélomane appliqué, habite avec une tante âgée, progressiste et intellectuelle (elle peint, fait de la poésie, écrit), dans une vieille maison, avec un grand couloir et un vestibule, dans le quartier des Avenidas Novas. C'était une bâtisse que n'aurait pas déparée un chat, et sa soucoupe de lait avec une marguerite dessinée, mais il n'y en avait pas, à cause du perroquet qui était très apprécié et qui savait parler. Il suffisait qu'on lui dise : « Pauvre petit Chiquito, pauvre petit », et la bestiole vous jetait un œil de côté et s'égosillait de sa voix nasillarde, dépourvue toutefois d'expression et de volonté innovatrice : « Pauvre petit, pauvre petit Chiquito. » Il chatoyait en liberté dans toute la maison, avec une arrogance chaloupée de propriétaire, donnait des coups de bec partout, et en particulier au vernis des pianos, et lâchait à profusion et sans prévenir des excrétions jaunâtres qu'il était très difficile d'enlever et qui laissaient des marques.

Le célibat de Vitorino n'était pas dû à des raisons constitutionnelles, mais à une grande paresse et au manque d'occasion. « Ça ne s'est pas trouvé », disait-il, ce qu'on dit habituellement dans ces cas-là. Sa tante faisait bien la cuisine et était très dominatrice. Elle faisait passer aux relations de Vitorino un examen si glacial accompagné d'un baratin si snob que les malheureuses se disaient qu'il valait peut-être mieux s'abstenir de toute vie intellectuelle, propos spécieux inclus, « tant que la vieille serait là ». Les guillemets précédents sont absolument authentiques et reproduisent fidèlement les pensées que deux d'entre elles se sont formulées. Le perroquet bavard n'aidait pas beaucoup non plus à une vision constructive de l'avenir.

Vitorino se résigna et grossit. Il disposait pour son usage personnel d'une chambre et de deux salons où se trouvait une sarabande de partitions musicales empilées et de photographies dédicacées de chanteurs d'opéra célèbres. Des portraits de Di Stefano, Gobbi, Mario Del Monaco, Teresa Stich-Randall, Maria Callas et autres que je ne me rappelle pas, alternaient sur les murs avec des pochettes de disques encadrées. Pavarotti et Plácido Domingo, Nunes ne s'y intéressait guère, parce qu'ils étaient trop « grand public », et s'abaissaient à des pitreries sur les chaînes privées de télévision. Pour ce qui est de José Carreras et de Montserrat Caballé il avait un drôle de geste de la main, ambigu, associant rotation du poignet et frémissement des doigts à l'horizontale. Sa tante approuvait. Elle ne le contredisait que s'ils recevaient des amis. C'était une habitude.

Vitorino était aussi naturellement au PCP qu'il était naturellement portugais, corpulent et mélomane. Il l'était jusque dans ses veines. Son grand-père était anarchiste et propriétaire, ce qui n'est incompatible que pour des esprits ignorants de la réalité et de Fernando Pessoa. Son père et ses oncles avaient passé leur vie entre le cachot et la conspiration. Du côté de sa mère, se profilaient un grand-père prisonnier politique à Tarrafal, un cousin agitateur ouvrier à Barreiro et un militaire qui avait participé à la révolution de Beja. En regardant cet arbre généalogique et en écartant un certain nombre de francs-maçons barbus, ce n'était que du rouge dans toute la ramure. Vitorino avait été bercé au son de *L'Internationale* et du *Fado du Journalier.* Son apprentissage de l'alphabet avait commencé alors qu'il tenait la main de son grand-père maternel et qu'ils se promenaient Rua Rodrigues da Fonseca, découvrant une inscription barbouillée au nitrate d'argent qui proclamait : À BAS LE PACTE ATLANTIQUE. Quant à cette tante avec qui il vivait depuis de si longues années, il n'y avait révolutionnaire qu'elle n'eût caché et dorloté. Le plus souvent — sifflaient des langues bifides — avec un zèle exagérément affectueux.

Vitorino avait grandi, conspiré, souffert, résisté. Il avait été victime d'une bastonnade pendant une manifestation, mais il n'avait jamais été arrêté. Et ça non plus il ne l'avait pas pardonné à la dictature. Peu après le 25 avril il prenait un air malheureux, infériorisé, quand il croisait des gens qui avaient passé en prison dix, vingt ans ô combien enviables, et il se sentait presque coupable de n'avoir pas eu aux yeux de la police politique l'importance qu'il méritait, ne serait-ce qu'en vertu de ses archives familiales.

À mesure qu'il vieillissait, sa moustache, qui était retroussée aux extrémités, blanchissait sur le pourtour. Sa voix ne se prêtait plus à ces fureurs sonores qui, lorsqu'il écartait entre ses doigts les coins de sa bouche, lui permettaient d'ébranler des quartiers entiers et — affirmaient certaines flatteries mensongères — de briser quelques vitres. Ces derniers temps il avait pris l'habitude, plus douce mais non moins rébarbative, de chantonner entre ses dents le grand air de Papageno, celui où l'oiseleur avoue qu'une jeune fille, une petite femme, serait une félicité pour lui.

Et c'est ce susurrement musical que Jorge Matos entendit avant toute chose quand Vitorino Nunes décrocha le téléphone, alors qu'il se préparait à dire « Allô ? »

— Mais dis donc, ce Joel Strosse, il n'est pas politiquement douteux ? Je vois, je vois très bien qui c'est, mais je pensais que...

La conversation avait déjà bien avancé, une fois épuisées les salutations et questions propres aux retrouvailles. Jorge était entré dans le vif du sujet, faisant savoir qu'un certain Joel Strosse, un copain de fac, qui sortait avec une Marília, auteur elle-même de poèmes pleins d'ouvriers, de tramways et de soleils, était disposé à prendre sa carte du PC.

— D'accord, d'accord, tu penses que ce n'est pas un mauvais type, bon. Mais tu ne trouves pas bizarre qu'au bout de vingt ans et quelque il s'avise... *Ein Mädchen oder Weibchen/Wünscht Papageno sich...* Enfin, écoute, moi en tout cas je ne peux pas décider seul... C'est vraiment un cas, vraiment. Je vais téléphoner à Vera. Bon, salut, et ne t'inquiète pas, je m'en occupe. *Wünscht Pa-pa-ge-e-no-o sich...*

Je n'ai pas réussi à capter ce que Jorge a dit, mais je pense avoir deviné par les réponses. Ils prirent congé, un autre petit bout du grand air de Papageno, et le « revizor » se remit au lit : « C'était qui ? brailla sa tante. — Rien de spécial. Un gars du Parti », clama Vitorino Nunes, juste avant de fermer les yeux.

Encore heureux qu'il n'ait pas téléphoné tout de suite après. J'aurais été obligé de rendre compte de sa démarche, et ça aurait eu l'air d'un roman par téléphone. Ce ne serait pas une mauvaise idée, une autre fois, mais dans le cas précis cet enchaînement téléphonique aurait introduit des rythmes répétitifs, lassants et m'interdisant de raconter ce qu'il me tarde de faire : l'arrivée décidée et fiérote d'Eduarda Galvão au magazine *Reflex*, ce matin-là.

Elle traversa la rédaction, sans bonjour, ni bonsoir, se planta dans le bureau de Bernardo Veloso et lui jeta :

— Voilà, c'est fait ; j'avais demandé à un petit prof que je connaissais de tirer quelque chose du magnétophone, mais ce crétin ne m'a fait que des bêtises. Il ne comprenait pas un mot de français, le pauvre. Enfin, voilà !

Triomphale, elle jeta les feuillets de l'interview sur le bureau, et attendit, les bras croisés, les éloges. Son vis-à-vis ne bougea pas. Il restait là, la bouche ouverte, les yeux fixes, regardant au-delà d'Eduarda. Ils demeurèrent ainsi pendant un long silence, jusqu'à ce qu'Eduarda, inquiète, fasse un vague signe dans l'air et demande :

— Vous ne vous sentez pas bien ?

Et lui se contenta de répondre, d'une voix trémulante de médium en transe :

— C'est arrivé, nom de Dieu, c'est arrivé...

Absorbée par les tâches auxquelles nous avons eu le privilège d'assister, Eduarda avait laissé passer l'événement fondamental de la nuit précédente et de toutes les nuits à venir jusqu'à la fin des temps qui, d'après toutes les indications, ne devraient pas être très nombreuses : l'évêque de Grudemil avait planté sa mâchoire dans le chien de son voisin.

Dans les écoles de journalisme, les vraies, ou celles de la vie, ou celles de la plage, on dit en général avec cette emphase catégorique des vérités inébranlables que, si un chien mord un évêque, ce n'est pas une nouvelle mais que, si c'est un évêque qui mord un chien, alors là, c'en est une. À ce moment-là, tous les élèves et stagiaires se mettent à rire : « Non, mais, un évêque qui mordrait un chien... », comme si c'était un événement aussi extraordinaire et sensationnel que de croiser un psychiatre qui se déplacerait chez les malades ou un électricien maniaque de la ponctualité. Le jeune Bernardo Veloso, par exemple, en resta pétrifié et s'il ne considéra pas qu'il s'agissait là d'une intervention divine c'est uniquement parce qu'il n'était pas religieux. D'où la convulsion hypnotique qui l'avait frappé, et précipité dans une frénésie de coups de téléphone, un délire d'ordres, mimiques, hurlements et vociférations, qui font partie de la scène précédente, antérieure à l'arrivée d'Eduarda Galvão et dont nous avons été écartés.

— Voilà mon travail ! hasarda Eduarda, presque craintivement.

— Quel travail ?

Ses yeux clignotaient, vagues, inquiétants, derrière ses lunettes aux montures bleues, achetées dans cette boutique, là, Avenida de Roma, en face du magasin de disques, qui a une succursale à Campo de Ourique, pas loin de la Maison Fernando Pessoa. Il y avait de quoi penser, et c'est ce qu'Eduarda pensa : « Mais ce mec est complètement à la masse ! »

— Sur le scaphandrier français...

— Un scaphandrier ? Français ? Mais... Mais qui êtes-vous ? Qu'est-ce que vous faites ici ?

Là-dessus la porte du bureau de Bernardo s'ouvre à deux battants et un individu, de haute taille et de volume imposant, s'appuie au chambranle, vacille, halète, comme s'il était dans un film américain avec deux balles dans le buffet. C'était un colosse dans un état physique pitoyable, moral n'en parlons pas. Une tache rouge, tumescente, cachait l'un de ses yeux, que seul laissait deviner le rai ombré de la paupière, rebelle à l'enflure. Sa lèvre inférieure grossissait à vue d'œil, couvrant la moitié de la bouche, au moins. Ses cheveux étaient entremêlés de plâtras, de détritus. Ses habits si déchiquetés que le mieux est de les passer sous silence.

Une tête de photographe, agitée, se glissa par la porte et expliqua :

— C'est Vasconcelos, le pauvre. Je crois que trois types l'ont rossé pour lui voler sa montre.

— Je ne veux pas le savoir.

Bernardo sortit de sa catalepsie d'un bond, frétillant d'énergie, et pointa un doigt catégorique sur Vasconcelos :

— Je ne veux rien savoir de tes histoires ! Tu es mon seul reporter disponible. Tu pars immédiatement pour Grudemil et tu m'interviewes cet évêque, les voisins, le propriétaire du chien, les autorités...

Vasconcelos essaya de lever la main droite dans un élan démonstratif, oscilla et, blam ! tomba raide sur le sol :

— Il s'est évanoui ! observa le photographe avec perspicacité.

— Pas de problème, intervint Eduarda, héroïque. Je fonce à Grudemil.

« Ma chère fille, je te remercie beaucoup de ta lettre et je m'empresse d'y répondre, bien que je ne sois pas particulièrement en forme en ce moment. Tu sais que je n'ai jamais approuvé ton départ pour São Tomé et ta mère non plus. Sur le chagrin que tu nous as fait nous sommes donc tous deux en parfaite harmonie, aussi tes remarques à propos de nos relations sont-elles un tant soit peu alarmistes.

« Bien que je ne sois pas un adepte de ta religion, et moins encore de la façon exagérément fervente dont tu la pratiques, je te rends cette justice que tu ne fais de mal à personne, ce qui, par les temps qui courent, me remplit de joie. Mais demande-toi s'il ne

faudrait pas que tu rentres, pour céder la place, la chance à d'autres enthousiastes qui y ont droit eux aussi, les pauvres.

« Quant à cette idée d'une Grande Croisade de la Paix, avec le Pape en tête, tenant haut la croix, suivi des évêques, des prêtres et autres clercs et laïques, en route vers le Caucase, avec un détour par les Balkans, tous récitant des prières à voix haute pour en finir une fois pour toutes avec les guerres, je pense que tu pourrais la communiquer au Saint-Père. Mais, je ne sais pas bien pourquoi, je crains qu'il ne te suive pas. D'abord parce que cette initiative entraînerait un embouteillage gigantesque ; ensuite parce que les combattants ont des sentiments parfaitement dévoyés ça leur serait bien égal d'exterminer la Chrétienté en bloc, or on en a bien besoin ; enfin parce que, semble-t-il, et juste après le miracle d'Ourique, la Divinité s'est lassée d'intervenir dans les querelles humaines ; et pour conclure, je n'aimerais pas du tout que ma fille se balade dans ces montagnes à faire des momeries et à s'attraper une balle perdue. Ne vaut-il pas mieux rester chez toi, et prier ? Peut-être Dieu, entre-temps, changera-t-il d'avis...

« N'attache aucune importance à ce style apparemment désinvolte. Tu sais bien que c'est ma façon de parler.

« Ton père qui t'aime beaucoup », etc.

Jorge Matos relut cette lettre griffonnée à sa fille et se sentit triste. Il s'était laissé aller à une prose agressive et rancunière. Cette manie incurable du sarcasme perfide... Ce n'était pas d'ironie que la gosse avait besoin. C'était plutôt de quelque chose qu'il n'avait jamais été capable de lui donner ou que sa pudeur naturelle l'avait toujours empêché de montrer.

Il déchira la lettre, la jeta dans la corbeille débordant de papiers, de peaux de banane et d'emballages de yoghourt et en commença une autre : « *Ma chère fille, tu ne peux savoir le plaisir que m'a fait ta...* »

Coup de sonnette, Jorge Matos qui ouvre, et Joel Strosse qui sourit sur le palier. Jorge correspond au sourire de l'autre en tordant vaguement la lèvre inférieure :

— Entre, j'écrivais à ma fille.

— Ah, tu as une fille ?

— Oui, elle fait sa maîtrise au Canada.

— Ah c'est curieux... mon fils Cláudio est en Suisse.

— Il fait des études, lui aussi ?

— Bien sûr.

Qui n'absoudra ces deux menteurs ? La conversation est venue comme ça, ce n'est pas eux qui l'ont choisie. Pourquoi auraient-ils dû se révéler mutuellement leurs plus intimes souffances ? Tous autant que nous sommes, à certains moments de notre vie, nous voyons contraints de passer sous silence certaines vérités, pour éviter des commentaires qui ne feraient que redoubler notre amertume. Il y a sûrement dans le Grand Livre du Jugement dernier des codicilles prolixes qui exemptent de péchés de cette nature. Je le sais, le lecteur le sait, Dieu le sait, mais ces deux hommes, n'étant pas sûrs de la chose, changèrent rapidement de sujet et se lancèrent dans un échange totalement imbécile et sommeilleux, à propos de la chaleur qu'il faisait et de l'état lamentable des trottoirs. Et la voirie, la municipalité et la température ambiante en prirent pour leur grade jusqu'à ce que Joel Strosse ose dire :

— J'ai vu que tu te procures des informations auprès de certaines personnes...

Jorge dressa l'oreille, ramené à l'idée fixe de son interlocuteur. Il toussa, se gratta la tête, avec un geste bizarre qui consistait à faire passer son bras droit derrière sa nuque afin de se racler l'occipital gauche :

— Moi, je...

— Oui, cette fille, Eduarda...

— Ah, mon ancienne élève.

— Elle est au Parti, elle aussi ?

— Mais non, quelle idée !

— Tu sais, tout ce qu'on raconte n'est pas forcément vrai...

— Qu'est-ce que tu veux dire ? Mais tu la connais ?

L'air qu'avait Jorge était celui de la stupeur manifeste et alarmée. Le nez froncé, les sourcils en équerre au-dessus des yeux tournés vers le ciel, le menton partant dans l'autre sens, avec décrochage du maxillaire découvrant largement les incisives inférieures, ne laissaient aucun doute sur le fait que Jorge était en proie au plus grand trouble. Sa mimique était ridicule et la conversation mal engagée. Joel réussit à comprendre que l'intimité entre Eduarda et Jorge n'avait rien à voir avec la procédure mise en œuvre à son endroit. Et, pareillement à ces promeneurs qui s'avancent intrépides et joyeux par un matin baigné de rosée, où les libellules volettent et les oiseaux pépient, qui sautent par-dessus une haie afin d'aller cueillir là-bas au loin, au milieu du pré, le brillant coquelicot dont c'est le plus bel ornement, et qui, s'ils sont surpris par le féroce taureau, lequel, importuné, se met à racler le sol de la patte et à baisser les cornes en projetant des mottes de terre de tous côtés, se hâtent de sauter la haie en sens inverse et de s'éloigner de l'endroit en sifflotant, pas très sûrs que la haie en question résistera à l'offensive de cette masse brute, pareillement, disais-je, Joel Strosse décida de dévier la conversation.

— Tu vas plutôt déjeuner au Pop-Corn ou à Comme il vous plaira ?

— Je déjeune chez moi.

— Ah bon.

— Mais réponds à ma question : tu connais Eduarda, toi ?

Jorge le regardait maintenant par en dessous, envahi par la méfiance.

— Oui, oui, de vue. Elle est amie avec une fille de notre quartier.

Il y eut des silences, des allées et venues dans le salon, faussement décontractées. Joel tenta d'aplatir un pli de la moquette avec le pied et inspecta dans le détail la collection de disques de Jorge. « Ah tiens Adriano », « Ah tiens les Aquaviva », « Ah tiens Schubert », « Ah tiens... » La visite tournait court, prenait mauvaise tournure. Joel fit ses adieux. Mais il avait sur son visage défait un air si embarrassé, si humilié, si déprimé, que Jorge n'hésita pas à lui souffler, le retenant par le bras avec un air de conspirateur :

— Je m'occupe de ton histoire. J'ai déjà passé des coups de téléphone...

— Tu sais, demain je ne suis pas là...

C'était le jour de visite à Pinheiro da Cruz...

— Mais enfin ! Ça demande du temps, ce genre de choses, voyons !

Si quelqu'un, trois ou quatre heures plus tard, s'était posté au milieu de la route qui relie Grudemil à Braga pour attendre de pied ferme, les bras croisés, une voiture arrivant aussi vite que la pensée, comme chez Cardoso Pires, et en fait plus rapidement encore que dans n'importe quelle exagération inventée par l'imagination populaire, il aurait à coup sûr fait une grande bêtise. La lumière des phares aurait à peine frôlé son costume qu'il aurait été écrabouillé. L'on n'aurait entendu le bruit des os brisés que longtemps après.

En conduisant sa Rover, la main nerveuse chaussée de gants spéciaux, effleurant légèrement le volant minuscule recouvert de vrai cuir, le photographe Gracindo Vicente, vedette de *Reflex*, habillé chez Tapioca, désigné simplement plus haut comme « le photographe », donnait l'impression d'être beaucoup plus grand, à côté de — mission accomplie — la journaliste stagiaire Eduarda Galvão. Celle-ci dodelinait de la tête au son d'un tube anglo-saxon, en cassette, que son chauffeur considérait comme une « musique achté bien ». Eduarda avait le cœur bien accroché. Comme elle ne savait pas conduire, elle trouvait normale cette rage de dévorer du kilomètre.

Du photographe on ne sait s'il appréciait plus particulièrement les accélérations pour ensuite faire crisser ses pneus au moment du coup de frein, ou les coups de frein pour ensuite faire gueuler le moteur au moment des accélérations. De source sûre le hennissement des pneus dans les virages lui plaisait à l'extrême. Les week-ends il allait jusqu'à s'entraîner à des « dérapages contrôlés » du côté du Guincho.

Et moi je l'accompagne par obligation professionnelle, tandis que montent en moi de fortes tentations de criminalité littéraire. Les phares, argentant le feuillage des arbres, excluent le reste du monde, plongé dans l'obscurité. L'atmosphère est sinistre. Les branches sont enchevêtrées comme celles de la forêt du film *Blanche-Neige*. Il pourrait en jaillir des mains végétales, noueuses, desséchées, malfaisantes. Et n'était le bruit du moteur, on entendrait peut-être des hululements de mauvais augure ou un tonitruant éclat de rire. L'occasion rêvée pour que je mette fin aux jours d'Eduarda et, pendant qu'on y est, du photographe, car on ne perdrait pas grand-chose non plus. Cet eucalyptus qu'on vient de dépasser avait même le tronc idéal pour ce genre de chocs...

Mais ma bonté naturelle veut que j'accorde ici un bienveillant moratoire. Laissons-la vivre. Si je ne la châtie pas dans le roman, la vie se chargera de faire justice. Et si la vie passe à côté, distraite, il y aura toujours un Justicier, là-haut, dans l'infini, assis entre un quasar et un trou noir, pour lui demander des comptes. Pour cette fois, Eduarda s'en tire. Je me rends compte que je n'ai pas raconté l'histoire de monseigneur l'évêque de Grudemil et que, si je continue à danser d'un pied sur l'autre, la Rover, profitant des avantages du temps narratif, aidé par les accélérations du photographe, sera bientôt en train de déraper non loin d'Alverca.

En fait cet évêque était un individu pacifique, et qui s'adonnait même avec ferveur aux choses de la religion. Il bénissait abondamment, consentait qu'on lui baisât l'anneau, élucubrait de paisibles homélies, bien abstraites de l'exorde à la conclusion, en prenant soin de ne laisser aucune idée en suspens, et il gérait sa charge pastorale — si l'on m'autorise cette expression technocratique — de façon à ne gêner personne. Sa vie, avant cet incident, n'avait connu de secousse — et forte — qu'aux environs du 25 avril. Il était alors chanoine, et il avait été très perturbé.

Le monde était parfaitement en place, avec ses petites maisons blanches laissant échapper leur fumée par de mignonnes cheminées ; les Ave Maria s'élevaient doucement dans l'air du soir ; les Notre Père, murmurés à la croisée des chemins, étaient la rumeur respectueuse d'un peuple docile et craintif. Et il y avait les fermières poussant leurs canards, les rossignols gazouillant dans la ramée, les bœufs, les gentils bœufs, lions au cœur d'oiseau accompagnant d'un regard tendre l'honnête carrure des laboureurs, le fumier partout, dans les rues, les commerces, les maisons, humus du temps, en couches successives, au moins depuis le roi Dom Dinis, engraissant l'atmosphère d'effluves fades, et aussi l'âtre dans la tiède obscurité des pierres noircies, où mijotait la substantielle soupe aux choux, et les gamines naïves dont les seins étaient si durs qu'ils en auraient fait craquer leurs blouses de lin, et les malheureux avec leur besace, au soleil comme à la pluie mendiant leur pain et leur salut pour l'amour de Dieu, enfin, tout un tableau harmonieux rappelant la crèche et qui plaisait beaucoup au Seigneur, car c'était à Sa louange que tout cela existait. Parfois — car il y avait aussi des chagrins résignés — les cloches sonnaient le glas et passait le cercueil d'un jeune homme sur un affût de canon recouvert du drapeau national, après une cérémonie simple mais significative. La mort en Afrique faisait alors un tour par Grudemil, à contrecœur, et faisait peur au peuple. Mais c'était rare... Ceux qui mouraient le plus, c'était les vieux.

Et ne voilà-t-il pas que des bruits se font entendre du côté de Lisbonne et que, par un matin fatal, surgissent du brouillard des militaires hirsutes, le poing dressé et l'arme en bandoulière, accompagnés d'étudiants hurleurs, clamant que c'était la révolution, ouais, et que la révolution, ben, c'est comme une bicyclette, ouais, si tu pédales pas, ben, la bicyclette, elle tombe, vu ? Et qui écrivent des trucs sur les murs ? Et qui veulent apprendre à lire à tout le monde du jour au lendemain ? Et qui agitent des drapeaux rouges ? Et qui débitent du haut de camions des pièces de théâtre auxquelles personne ne comprend rien ? Et qui arrêtent un citoyen très assidu à la messe sous prétexte qu'il est agent de la PIDE et a torturé des gens ?

Monseigneur l'évêque de Grudemil, simple chanoine à l'époque, se répandit alors dans un journal des missions en proses indignées qui furent applaudies à Lisbonne comme des modèles de réactionnarisme ultramontain, et prodigua ensuite ses conseils à des bandes de jeunes qui transportaient sur la frontière espagnole de lourdes caisses d'où s'échappaient parfois, au clair de lune, des scintillements métalliques. Si l'on avait su cela à Lisbonne, on aurait montré moins d'enthousiasme... Certains disent qu'il fit plus que donner des conseils et l'on cite plusieurs affaires qui, si elles ont réellement profité de la complicité d'un prêtre, obligent à un mea culpa triple et patenté, dont l'absolution reste toutefois plus qu'incertaine au plus haut des cieux.

La révolution a fait ses ravages, les années ont passé, le chanoine a été promu évêque, les cheveux de monseigneur, quand ils ne sont pas devenus blancs, ont été emportés par le vent, et cette fureur de prosélyte, nourrie de vigueur juvénile encore, s'est accommodée des temps nouveaux qui, si l'on y regardait de près, n'étaient pas si éloignés des anciens. Était venu le moment de la vieillesse tranquille, des travaux de jardinage, de la bureaucratie et de la chasse. Rengainé le glaive de Dieu, le Beretta à deux canons était désormais manié par un utilisateur plus serein, dont les victimes aux longues oreilles n'étaient protégées par aucun code pénal.

Peut-être doit-on légitimement se demander si un ecclésiastique, homme de paix, et qu'on attache à la notion de bonté, est en droit d'expédier du plomb fumant à des animaux minuscules, timides et faibles, de les transpercer, crucifier, éventrer, de leur éclater la tête, faire gicler les yeux, pendant des orbites par des filaments terreux et, finalement, de les accrocher à sa ceinture, encore frémissants de souffrance, rauques de douleur, vidés de leur sang. Si c'était moi qui avais la haute main sur les ecclésiastiques, je ne les y autoriserais pas. Je penserais que cela fait mauvais genre. Et je soutiendrais toujours que la vision de ce drap replié aux quatre coins, enveloppant des animaux, avec une voix qui tonne : « Allons, Pierre, immole et mange ! » est un délire du prophète en proie au jeûne, et non la révélation d'un hiérophante incitant aux exterminations. Mon évêque ne l'interprétait pas ainsi, malheureusement, et utilisait d'autres passages des Écritures, sur lesquels je ne suis pas compétent. Quoi qu'il en soit, s'il se soustrait à mon interdiction, il ne se soustrait pas à mon avis sur la question. Faire violence à des animaux n'est pas une action dont on puisse se vanter. Et il a donc eu son châtiment sur terre.

Il arriva en effet qu'au cours d'une de ces parties de chasse, et alors que toute une tablée d'hommes faisait ripaille de boudins et saucisses, une dispute s'éleva concernant des problèmes municipaux. Le vin vert versé de très haut — une dénivelée qui, si l'on en croit le lieu commun, en augmente les effets — ajouta à la mauvaise humeur ambiante, personne n'ayant ce matin-là atteint la moindre bestiole autorisée par la loi, et les répliques se firent cinglantes. Quand l'évêque de Grudemil, s'apprêtant à dispenser la bonne parole, levait une apaisante main droite, l'un des convives frappa le sol de la crosse de son fusil pour souligner son argumentation. L'arme, vétuste et bégayante, voulut argumenter elle aussi. Pim ! Pam ! Poum ! une branche d'arbre s'effondra, les chiens se mirent à aboyer et l'évêque retira sa main car quelques plombs l'avaient transpercée.

Je passe sur les épisodes suivants, l'évêque s'écriant, sous le coup de la frayeur : « Mais je ne lui en veux pas, je lui pardonne, je lui pardonne ! » et saute directement au moment où, quelques jours plus tard, le bras encore en écharpe, il franchit la grille de son petit jardin et se trouva face à l'ennemi.

Ce n'était pas la bête immonde, car celle-là l'évêque savait s'en débarrasser grâce à un sonore charabia latiniforme dont l'efficacité est prouvée dans les siècles des siècles. C'était le chien de son voisin, un braque au museau fendu, mais piètre chasseur, qui était venu creuser dans son parterre de fraises, par pure méchanceté et mauvais esprit, car il n'y avait rien là qui pût intéresser les canidés. Ce n'était pas la première fois, mais ce serait la dernière. Et notre évêque d'attraper une planche dans son inhabile main gauche, et de se précipiter sur l'animal, proférant des injures désagréables et contraires à sa dignité.

Là-dessus intervient le citronnier, avide de jouer les arbres maudits. Or ce sont les figuiers qui sont marqués par le sort et la fatalité, comme c'est dit dans les livres. Ils ont tout pour être réprouvés, ils sont laids, et même propices à d'éventuelles pendaisons, dans ces paysages bénis de la Méditerranée, par manque d'un végétal moins élastique. Mais le tronc qui dévia l'épiscopale offensive était celui d'un citronnier, renonçant à tout pacifisme, et impatient de livrer bataille.

Le citronnier est un arbre bénin, mais masochiste. Pour qu'il produise ces rugueux agrumes plutôt chers sur le marché, il faut lui sonner les cloches avec la plus grande énergie. Lors des gelées, il bat en retraite, perd courage, défaille. Il faut alors le secouer, lui crier dessus. Certains, et c'était le cas de celui-ci, exigent qu'on les transperce de clous rouillés, enfoncés à coups de marteau à ailettes. Il avait bel et bien été traité à coups de *rrr* et de *kkk*, comme l'attestaient l'instrument contondant et le clou bien planté et saillant qui s'étaient vilainement ligués contre l'attaque de notre évêque. Le premier s'était glissé entre ses jambes et l'avait déséquilibré, le second l'accrocha fermement par la manche gauche de sa veste et le jeta à terre. Et le bon père gisait là, immobile, le nez dans les plantations, le bras en écharpe par-devant, le bras indemne désormais paralysé et tordu par-derrière, dans une situation plutôt inconfortable et nullement naturelle. Il eut alors l'idée d'appeler au secours.

L'envahisseur trouva tout cela assez bizarre et s'en vint flairer les choses, ni très agressif ni très aimable. Devant les protestations de l'ecclésiastique, il lui colla sur le visage un bout de museau mouillé, et émit un grondement porteur d'une affreuse mauvaise haleine. Avec son unique organe défensif disponible, l'évêque interrompit ses clameurs, emplit d'air sa poitrine, redressa le menton et happa une patte de la bête qu'il faillit casser, si l'on en juge par le glapissement que le chien produisit. Il y avait des gens qui épiaient par-dessus la clôture, parmi les curieux, le correspondant d'une radio locale et, en un clin d'œil, la nouvelle était connue jusqu'en Chine. Enfin un évêque avait non seulement regardé un chien, mais l'avait mordu. Miracle !

Caché chez lui, l'évêque ne voulait pas se montrer. La foule des journalistes présents, multicolore et multilingue — celui-ci en tenue négligée, cet autre sapé pour un mariage, dans une tumultueuse promiscuité entre le blazer de Rosa & Teixeira et le décrochez-moi-ça de la rue machin — protestait qu'il se refusait à « faire face », ce qui, pour les médias, était une véritable déroute. Ils se sentaient tous sincèrement offensés.

Du siège épiscopal on avait appelé la GNR[1] et une patrouille était arrivée qui montait la garde devant le portail avec panache, et se prêta aux interviews en prenant la pose. Le braque, qui n'avait même pas de nom, devint une vedette nationale. La municipalité indignée exhiba la patte bandée du « meilleur ami de l'homme ». Le sergent de la GNR déclara, la moustache menaçante, que le cas (« la circonstance ») relevait de la compétence des tribunaux, était « nonobstant non dénué de gravité » et le propriétaire du chien affirma que « c'était pas Dieu possib' une chose pareille », déclaration contristée qui devait faire la une d'au moins un JT de la soirée.

Quand Eduarda arriva, c'était un capharnaüm de collègues, populo, flics, gitans mus par la curiosité, plus quelques bonnes sœurs qui priaient en regardant leurs pieds, sans bien savoir pourquoi, mais en souhaitant que cela serve à quelque chose. Il était une heure de l'après-midi. Lorsque l'horloge de Grudemil sonna, les journaux télévisés se répandirent dans l'air. Et diverses voix crièrent précisément, et fort à propos : *« On the air !!! »* Eduarda, qui circulait entre ses collègues, attentive, observatrice, écoutait et enregistrait. On approchait un écran de contrôle

1. Garde nationale républicaine.

d'une des fenêtres de la maison et le journaliste, derrière la caméra, expliquait, le sourcil en berne, avec les accents vengeurs de la citoyenneté outragée : « C'est derrière ces volets que se cache monseigneur l'évêque de Grudemil... » Une autre caméra, un autre journaliste : « Manuela, Manuela, tu m'entends ? Eh bien nous avons à nos côtés le capitaine... hein ? comment ? Ah le sergent ? bon, le sergent Durval de la GNR qui va nous raconter... » Un journaliste radio, au propriétaire du chien : « En termes d'indemnisation, vous allez exiger quoi ? » Un autre : « Antenne Beta de Grudemil, couverture du cas de l'évêque qui mord. Durant toute la matinée... »

Le sac en bandoulière, deux pas par-ci, trois par-là, l'air absent, dissimulant la crispation mobile de ses sourcils, Eduarda comprit que le moment n'était pas ordinaire et que ses collègues se fourvoyaient tous amplement. Était-ce de la perspicacité ? Non, pas vraiment. C'était du flair. Qu'est-ce que le flair, en pareil contexte ? C'est une intuition subtile et favorable, qui ne regarde ni l'expérience, ni l'intelligence, ni le discernement, ni le talent, mais seulement une intervention fulminante des dieux qui — personne ne saura jamais pourquoi — confient toujours à la personne erronée le soin d'agir utilement sur la conjoncture.

Le photographe faisait crépiter son flash, cadrant la fenêtre, le mur, les bonnes sœurs, les gardes et les gitans. Ça n'avait pas de sens... Eduarda l'agrippa brusquement par le bras :

— Va tout de suite chercher la voiture et attends-moi derrière la maison !

— Non mais, dis donc, je suis un travailleur indépendant, et personne ne me donne d'ordres ! s'énerva le type.

— Tu fais tout de suite ce que je te dis, ou je te démolis ton bazar de merde !

Eduarda tira sur son appareil et le cou du photographe vint à la suite, à cause de la courroie. Elle avait le visage en feu et le périmètre atmosphérique de son corps était convulsé d'étincelles phosphorescentes qui se voyaient à l'œil nu. Le ton de sa voix avait été si sec, si aigu que plusieurs micros se dirigèrent de ce côté-là. Le photographe prit peur, se soumit et se mit à courir, les clés de la voiture à la main.

Quelques instants plus tard, dans une rue sur l'arrière de la maison, au moment où l'évêque, aidé de l'intérieur, réussissait à se tenir en équilibre sur le mur, il reçut une aide inattendue d'en bas. Eduarda lui tendait le bras, accueillante, avec un grand sourire :

— Venez, venez, monseigneur. Je pense qu'on a réussi à s'en débarrasser.

Elle assura comme elle put la descente de l'évêque et s'empara de lui. Un vieux domestique se penchait encore à la fenêtre, essoufflé, les mains en avant pour aider, qu'Eduarda faisait monter l'ecclésiastique dans la voiture du photographe :

— Mais qui êtes-vous, mon enfant ? demandait l'évêque, paniqué, époussetant son costume.

— Je suis votre ange gardien, ne vous faites pas de souci, répondit Eduarda, faisant chœur avec le photographe dans un grand éclat de rire.

Et elle donna une petite tape complice sur la main de l'évêque.

— Je pensais aller chez ma mère..., hasarda l'ecclésiastique, timidement.

— Mais bien sûr, mon chauffeur suivra vos indications. N'ayez crainte. Vous êtes sauf !

L'évêque, encore méfiant, se déchaîna contre la communication sociale et cita plusieurs passages des encycliques de Pie IX, qui flétrissaient la liberté de la presse, cette porte ouverte à la débauche. Arrivés à un croisement, il expliqua minutieusement le chemin. Puis il respira à fond, épuisé, installa commodément son bras en écharpe et demanda la permission de dormir (il disait : « de se concentrer ») un moment. Mais Eduarda tirait déjà son stylo et son bloc et questionnait, autoritaire :

— Et alors la patte de chien, ça a quel goût ?

Il y a maintenant un passage très rapide où l'on raconte des détails d'importance que cela m'arrange de ficeler avant de finir la première partie du livre. D'ici peu j'ai besoin d'interpeller discrètement Joel Strosse et, avant cela, il est préférable que rien ne reste dans l'ombre. Si ce n'était pas abuser, je me contenterais de tirets les uns en dessous des autres, et de substantifs. Mais comme ces artifices à la moderne m'insupportent en général, qui laissent trop voir où le bât les blesse, et que l'on risquerait de les confondre avec ma remarquable concision, je tiens à débiter du texte, mais brièvement. Mais où en étais-je ?

J'en étais à Eduarda qui, profitant des avantages de sa position, viola toutes les réticences de l'évêque, le harcela de questions et, à la fin, eut même un peu de mal à le faire taire, quand il se mit à évoquer — ce qui n'avait plus le moindre intérêt — sa répugnance à l'égard du séminaire lorsqu'il était petit, et le partage de l'héritage paternel avec ses frères, émigrants et nantis d'une sale mentalité. L'évêque remis aux mains de sa mère, en route pour Lisbonne à bride abattue, c'est en tout cas ce que souhaitait le photographe. Vrrrroummm !

Eduarda avait rempli au moins vingt pages de bloc. Elle

avait besoin de certaine personne pour l'aider à organiser le matériau et à corriger l'orthographe.

— Non, non, va tout droit sur Caparica !

— Mais quelle idée ! Moi j'allais faire les tirages...

— Continue, j'te dis !

Il n'y a rien comme les fortes personnalités pour convaincre les faibles. En rien de temps, Eduarda descendait sur l'autre rive du Tage, à la porte de Jorge Matos, et congédiait le photographe, sans plus de ménagements.

Surpris chez lui, sans défense, en train de tricoter la deuxième page, de simples indications pour l'instant, d'une autre pièce, dont le thème passionnant était les conditions sociales de la toxicodépendance, Jorge ouvrit la porte, soupira, fit asseoir, prit un air contrarié et écouta.

À un moment donné, après qu'Eduarda s'était répandue, ravie, sur l'interview de l'évêque (« une exclusivité ! »), Jorge déclara, irrité :

— Abuser de la bonne foi de ce pauvre homme, c'est franchement inique !

Eduarda eut l'air absolument enchanté. Elle se passa la main dans les cheveux, sourit, se tortilla légèrement, mouilla ses lèvres de la pointe de sa langue et susurra, provocante :

— Vrai de vrai ? (et, aussitôt :) Je viens seulement d'arriver, et on me fait déjà du charme ? Jorge, vous êtes un amour.

Jorge, stupéfait, la regarda attentivement. Il n'y avait pas la moindre ironie dans ses propos, ni dans son attitude :

— Mais, Eduarda, « inique », c'est péjoratif...

— Péjo... quoi ?

— Cela vient du latin, *pejus.*

— Ah, les hommes mûrs, toujours à vous faire des compliments... C'est comme ça qu'on se laisse prendre...

Il urge maintenant de considérer Joel Strosse qui tourne en rond dans son salon, les bras derrière le dos. Cremilde s'est couchée de mauvaise humeur. L'après-midi avait été de disputes continuelles, plus précoces que d'habitude, débutant tout près de la prison :

— Fais attention au bas-côté !

— Ah, parce que tu tiens toujours à m'apprendre à conduire ?

— Oh ça tu n'apprendras jamais.

Arrêt brusque. Crissement des freins. Pneus qui fument. Un cycliste qui regarde, inquiet...

— Eh bien vas-y, conduis, conduis !

— Mais je n'ai pas le permis...

— Haaaaaa...

Cette discussion, malheureusement, ne brille pas par son originalité. J'ai retranscrit les vitupérations que les couples de la classe moyenne qui possèdent une voiture, échangent au moins dix fois dans leur vie. Je ne serais pas étonné qu'il y ait même un opéra sur ce thème. Mais enfin les opéras, c'est l'affaire de Vitorino.

Il convient de dire que l'aigreur de Cremilde redoubla ensuite, lorsqu'elle apprit que Cláudio, par sanction disciplinaire, avait été retiré du chœur de la prison et que c'est seulement par faveur spéciale qu'elle avait eu l'autorisation de lui rendre visite ce jour-là. Les autorités avaient interprété défavorablement certaines attitudes, la présence de certains objets, certains mots, et certains projets du jeune reclus. Cremilde bouillait de rage. Pendant tout le trajet, au dîner et après, Joel en entendit de toutes les couleurs avant qu'elle finisse par aller se coucher.

Et maintenant il déambulait et il déambule. Et en le voyant comme ça, désemparé, plus prisonnier que n'importe quel prisonnier, clôturé entre ces quatre murs, la pensée tourbillonnant, mais sans penser à rien, marchant, marchant, mais sans pouvoir aller nulle part, j'ai pitié de lui. Je baisse ma garde, j'ai même envie de l'interpeller et même, pendant de brefs instants, d'utiliser à son endroit la deuxième personne du singulier.

Je me laisse glisser depuis mon Olympe et je m'installe pas loin dans ce salon minable, peut-être dans le coin supérieur gauche, contigu au toit, du côté mansardé, qui est un endroit idéal pour tout voir, malgré la tache d'humidité. C'est tout ce que je peux faire, le geste qui est à ma portée, ma solidarité maximale... Je m'aperçois qu'il est inutile d'entrer en contact avec Joel Strosse. Ma voix ne serait pas entendue, mes mains le traverseraient, comme celles d'un fantôme. Dans ce salon, je ne déplace même pas les particules de poussière, je ne fais pas reculer l'air, ne dévie pas la lumière, ne décompose pas les ombres. Je dois donc me contenter de scruter, de conjecturer, de m'étonner, en me sentant cependant plus proche de lui que dans cette froide neutralité assis à mon bureau. Joel existe, moi pas. C'est à cet état de choses que je dois me faire.

DEUXIÈME PARTIE

La deuxième partie j'aurais voulu la commencer tout de go, et en fanfare. J'avais préparé à cet effet une vaste ellipse, de proportions conformes aux règles définies par la Rhétorique et la Géométrie. Mais avant, un scrupule millimétrique m'a envahi, celui d'indiquer, sous forme de synopsis, ce qui s'était passé dans l'intérim, au préjudice de cette figure de style redevable de perfection. J'aurais eu la vie facilitée si l'action avait évolué de telle sorte que je puisse dire comme Camilo « dix mois s'écoulèrent sans événements dignes de mention... »

Mais ce qui est arrivé est arrivé, et a sa pertinence. Cela se raconte en quelques traits de plume. L'ex-femme de Jorge Matos s'est remariée avec un orthopédiste réputé qui était lui aussi un sacré consommateur de congrès et un collaborateur acharné de revues médicales. Sa fille Eufémia, qui a appris la chose par la publication des bans, a envoyé des tas de lettres d'Afrique, tantôt enflammées, tantôt douloureuses et a pris résolument — et peut-être définitivement — le parti de son père. Dans un élan de générosité, ou d'indifférence, l'épouse a emménagé chez son nouveau mari, à Lapa, et a abandonné l'appartement de

Campo de Ourique à Jorge, à condition qu'il paie les charges de copropriété en retard et fasse estimer une armoire du XVIIe siècle, qu'elle viendrait reprendre un jour. Eduarda Galvão a cessé de publier dans les colonnes de *Model-Home* et on l'a entendue en dire du mal dans de nombreux endroits publics. Imprudemment, le directeur l'a congédiée par lettre et Eduarda a introduit une action auprès des tribunaux compétents pour absence de motif, avec la perspective d'une indemnisation peut-être pas somptuaire, mais agréable. À *Reflex*, elle est toujours bien cotée. Elle a été l'héroïne du jour quand le patriarcat, dans une note offensée, et grave, a fait connaître sa réprobation concernant l'article sur l'évêque croqueur de chiens. *Reflex*, d'ailleurs, semblait prospérer. Le magazine débordait de publicités pour toutes les classes sociales, de A à C. (« *Une voiture comme les autres ? Non, car cette voiture ne consomme pas du carburant, mais du rêve* », etc., « *une atmosphère des mille et une nuits* », blablabla, etc.) Une brève de trois lignes dans *El País* en faisait le meilleur digest de la Péninsule. Les responsables de la publication n'aspiraient pas à tant, et nageaient dans l'euphorie. C'est donc cette Eduarda pleine d'avenir qu'ils ont envoyée dans le Minho, interviewer une certaine Agustina Bessa Luís [1], dont on parlait alors beaucoup. Eduarda a lu un tiers de *La Sibylle* dans le train et a bien aimé le premier tiers de ce tiers. Cláudio, le prisonnier, « notre détenu », selon la terminologie du directeur de Pinheiro da Cruz, était devenu soliste du chœur de la prison et écorchait raisonnablement le *Magnificat* de Bach,

1. La Marguerite Yourcenar portugaise. *La Sibylle* est son premier roman (*A Sibila*, 1954 ; *La Sybille*, traduit par Françoise Debecker-Bardin, Éditions Gallimard, 1982).

en latin et tout. Et Joel Strosse ? Joel lisait les œuvres choisies de Lénine, aux Éditions étrangères de Moscou actualisées dans le vade-mecum *Ça ira !*, et il prenait des notes détaillées. Il passait d'insistants coups de fil à Jorge, la plupart pour seulement bavarder, feignait-il, d'autres pour déclarer ouvertement son obstination, sa volonté de militantisme. Il avait acheté un *dossier** rouge pour les coupures de journaux. Et il ne ratait pas un meeting du Parti, avec badges, banderoles et enthousiasme. Cremilde se passait fort bien d'extases politiques. D'ailleurs elle était très réactionnaire. Et elle s'était en outre mis en tête de s'installer à Grândola pour être plus près de son fils. Joel ne l'avait pas découragée.

Nous y sommes ? Eh bien c'est sur ces prémisses que je vous invite dans certain restaurant de Graça, près de la Rua das Beatas, non loin de la Villa Bertha, où, vers dix heures du soir, on concocte de la musicalité, faite pour l'instant de brouhaha, raclement de chaises et tintement de verres, et qui déplaît souverainement aux voisins, presque tous retraités et lève-tôt comme les vieux. Cela mérite d'être brossé, en dépit de ce célèbre théoricien qui ordonnait de sauter les descriptions.

En descendant de Graça vers Senhora da Glória, on arrivait à un renfoncement, au trottoir plus large, mais non moins glissant où, habituellement, dans les coins sombres, se tenaient des individus qu'il valait mieux ne pas dévisager. On dépassait une porte en bois, une autre, et, souvent, on revenait sur ses pas, car le restaurant n'était pas facile à discerner. Je parie que si le lecteur le cherche il ne le trouvera pas sans mon aide. Il fallait un œil de lynx pour distinguer l'entrée, coincée entre une minuscule vitrine, tapissée de papier translucide jusqu'à mi-hauteur, et une enseigne verticale, scellée dans le mur, avec un verre de protection si crasseux qu'il ne jetait plus le moindre reflet. Ce qu'il y avait là d'écrit autrefois, en lettres dorées de style Art nouveau, je le sais parce qu'on me l'a dit, parce que, pour ce qui est d'y voir quelque chose, on n'y voit plus rien. C'était le Solar de Macedo. Si l'on mentionne, comme indication supplémentaire, la cavité défoncée d'une bouche d'incendie sur la droite, on trouvera plus aisément.

Le Solar de Macedo avait été acheté par une société montée par deux avocats, un économiste, un ingénieur et un peintre, particulièrement enclins à la sociabilité. La finalité de la société n'était pas le lucre, mais les contacts. Elle vivota un an, jusqu'à l'inévitable faillite. Si au déjeuner on servait encore du pot-au-feu et de la morue « *à Brás* » à un groupe de banquiers et propriétaires de boutiques modérément exigeants, le soir, c'était un désastre : deux ou trois ivrognes du quartier accoudés au comptoir, lancés dans de mirobolantes discussions (« Quand la lune a brille, tu 'ois ? a fout l'feu aux trucs. Tiens, la maison qu'a brûlé là-bas au Miradouro qu'était à un mec que c'était João son nom et qu'il était cordonnier... Ben la maison all'était en plein éclairée par la lune, que j'te dis pas, et pis 'oilà ! — Oh hé, s'tu crois que j'vais marcher, non mais... — Alors là, j'vais t'dire, tout le monde y l'sait dans l'quartier, nom de Dieu, demande voir à Ambrósio, pas vrai, la lune, a brillait, a brillait et la maison en dessous, zimm... en feu... ») et, morose, un couple quelconque à une table, la télé droit devant, à attendre l'heure d'aller se coucher.

Mais certains jeudis, c'était différent. Le restaurant se transfigurait, se remplissait, et c'est peu dire qu'il était animé. Les ivrognes, chassés, allaient philosopher ailleurs et laissaient la place à une clientèle très particulière, qui défilait tout au long de la soirée et qui, le seuil de la porte franchi, ayant accroché son manteau, se soulageait aussi de cet air digne et grave de la classe moyenne qui était son ordinaire.

Le rachat du restaurant n'avait pas eu pour but de faire de l'argent à proprement parler, ni même de le maintenir à flot. Il s'agissait de dilapider des capitaux superflus en réunissant le soir, dans un local plus ou moins typique et en toute confraternité, des amis et les amis de leurs amis. Et tant que le comptable n'intervint pas — après, il était trop tard ! — et n'attira pas l'attention de la joyeuse société sur le déficit excessif de la colonne des débits, il y eut des banquets, suscités par un enchaînement de coups de téléphone qui, ces jours-là, on ne sait sur quel critère, faisaient que l'endroit était bondé. Les nouveaux propriétaires laissèrent tout à peu près dans l'état où ils l'avaient trouvé. Investissements, rénovation, il n'y eut rien de cela. C'était seulement un machin pour dépenser. Et tant que les complications financières et bureaucratiques restèrent raisonnables, les membres de la société s'en trouvèrent fort bien, et les autres aussi.

Un citoyen non prévenu qui serait entré là, et auquel on aurait demandé un commentaire objectif, n'aurait pas hésité à dire que le Solar de Macedo était un bouge infect. Et il aurait eu raison. C'était d'ailleurs l'opinion générale de la clientèle du jeudi soir, qui adorait précisément la crasse et la pauvreté du lieu. Ils en avaient marre des steaks, ils voulaient du poisson frit ; marre du Periquita [1], ils voulaient du gros rouge, même qui pique ; marre des fauteuils en skaï moelleux, ils voulaient des chaises en bois, des

1. Vin fin et cher.

tabourets avec un trou au milieu où on peut passer le doigt. Ils en avaient marre ? En tout cas, c'est ce qu'ils pensaient. N'importe lequel d'entre eux aurait été sombrement indigné si on l'avait obligé à déjeuner tous les jours au Solar... pour huit cents escudos.

L'espace formait une sorte de couloir, large de trois mètres, avec un comptoir sur la gauche sur presque toute la longueur, qui n'était pas négligeable. À droite, très rapprochées, cinq ou six tables en bois — deux d'entre elles d'origine — et des chaises et des tabourets en nombre suffisant même en cas d'occupation à plein. Jusqu'à mi-hauteur, sur le mur libre, de ce côté-ci, il y avait un revêtement en carreaux marron, si graisseux qu'ils admettaient des motifs supplémentaires, au doigt, qui voisinaient avec les iris dont les avait ornés le fabricant. Cette luisante patinoire était surmontée d'une rangée de petits losanges en faïence verte, visiblement postérieurs, car on s'était servi des mêmes pour boucher des trous çà et là. Sur le mur, jadis blanchi à la chaux, à côté d'une triple fresque prise dans des toiles d'araignée, pendait au bout d'interminables ficelles, suspendues à un crochet, le portrait ovale d'un robuste personnage, à moustache, gilet et montre de gousset, qui vous toisait d'un air satisfait, bien que les moisissures blanchâtres qui l'entouraient eussent plutôt dû le gêner. Ce n'était pas le fondateur du restaurant (il était sur le mur opposé, parmi les bouteilles, au centre de la photo d'un groupe de clients, prise au moment du départ pour un pique-nique à Bucelas, voilà longtemps de cela), mais l'arrière-grand-père de l'un des membres actuels de la société, qui l'avait enlevé de sa maison du bord de mer pour donner « plus d'ambiance » au Solar...

Au fond, une petite porte ouverte dans le mur — à coups

de masse semblait-il, tellement elle était abîmée — donnait sur un espace carrelé de noir et blanc, d'où montaient des vapeurs, et que, sans la moindre discordance, tous considéraient comme la cuisine. Le sol était dallé, le comptoir en granito, très abîmé et zébré de rayures ancestrales. Le dessus en zinc, de glorieuse mémoire, et qui se soulevait un peu aux joints, avait été un argument capital pour convaincre les acquéreurs. L'estimation avait été influencée aussi par les lanternes en verre de Marinha Grande, rondes, simples, bleutées, dessinant des spirales plus bleues encore et légèrement irrégulières, et qui pendaient du plafond voûté retenues par des supports métalliques incroyablement longs et fins. Elles ne donnaient pas assez de lumière. Et devaient être complétées par deux barres de néon, presque collées aux étagères à bouteilles.

À côté du perco, de marque *Cimbalino*, sur le comptoir, contre la vitrine, souffrait un saint Antoine en vieil ivoire dans un globe de verre, reposant sur un socle en bois et à l'intérieur duquel gisaient des restes de fleurs séchées. Ce saint Antoine avait une main coupée, ce qui lui donnait encore plus de valeur, car on pensait qu'il avait été victime du vandalisme des Français, qui se sont mis un jour en tête de mutiler la moitié de nos saints domestiques, dans un accès de fureur maniaque difficile à expliquer. La statuette était si prisée qu'on avait dû par deux fois la récupérer à la Feira da Ladra, le marché aux puces, avec l'aide de l'autorité, et de son don de persuasion bien connu.

La marque du perco était un fréquent motif de dispute entre les ivrognes du quartier qui passaient là les nuits. Ils étaient capables de rester des heures à se quereller, dans un flux coloré d'arguments et gestes volubiles, sans qu'aucun n'ait l'idée de dévier les yeux pour lire les lettres dorées qui, à l'œil nu et sans la moindre erreur possible, marquaient *Cimbalino.* Mais si par miracle cela arrivait, il était plus que probable que l'un des présents hausse les épaules, crache par terre et dise : « Qu'est-ce que j'en sais moi s'y z'ont pas mis ces lettres-là pour tromper le pékin ? Les lettres c'est h'une chose, mais la machine, automatiquement, c'est h'aut'chose. Moi j'dis c'est la marque *Arion*, t'entends, une marque turque qu'elle est super. » Et la controverse se poursuivait, et il y en avait pour toute la soirée.

Mais aujourd'hui les ivrognes du coin s'en sont allés discuter dans un autre quartier. On est en février, il y a du crachin dehors, une main prévoyante a dispersé de la sciure par terre, les portemanteaux et les chaises disparaissent sous les vêtements d'hiver et la fumée des cigarettes chasse les odeurs de moisi graisseux qui hantent la maison quand elle est moins fréquentée. Les tables ont été disposées en ligne, convivialement. Tous les participants n'ont pas réussi à tenir, aussi certains restent-ils en équilibre sur les tabourets du bar, qui sont en fer, hauts, instables et dissuasifs de toute alcoolémie. On est dans la fraternisation bruyante. Tous pérorent et sont gais, sauf une adolescente de seize ans, qui s'est laissé convaincre par ses parents et qui, s'en mordant amèrement les doigts, a décidé de bouder et de faire des mimiques agacées particulièrement irritantes. Là dans le coin au fond, entre la porte latérale qui donne sur les W-C à la turque et l'antre de la cuisine, il y a une guitare appuyée, dans son étui de cuir. Heureusement cette nuit, par oubli, elle n'aura pas l'occasion d'être taquinée.

À cause du vacarme qui vient de l'intérieur, les rats du caniveau passent au large, plus rapides, d'un pas furtif et ombrageux. De temps en temps un visage nocturne essaie de regarder par la vitre de la façade. Deux vieux se sont arrêtés, ils ont émis quelques remarques déplaisantes et ont descendu la côte en ronchonnant, indisposés par le bonheur des autres et les voitures sur les trottoirs, déjà peu généreux.

Le serveur du bistrot, un garçon au cheveu hérissé, avec une chemise à rayures rouges, qui aurait pu travailler là comme aux docks ou au Loto, distribuait des grands plats de morue aux navettes, aux cris de : « Et une morue, une ! », soutenu par les convives : « Et une autre par ici ! » Le vin rouge, dans des cruches en terre décorées de jaune, avec des incrustations de plomb hautement cancérigènes, avait déjà fait à cette heure-là ses ravages et rendus euphoriques visages et attitudes. C'était une abominable piquette, mais qui avait ici les galons de « vin-de-la-maison-comme-vous-n'en-trouverez-nulle-part-ailleurs-venu-spécialement-d'une-cave-de-Palmela ». Quelqu'un avait fait courir le bruit que c'était du vin de messe, de celui qu'on servait à la table du cardinal patriarche. Et comme cette confrérie était prête à tout, elle l'était à cela aussi, et même tout à fait disposée à se laisser imposer des victuailles qui en tout autre lieu auraient été conspuées dans le livre de réclamations, avec des mots blessants et plainte à l'Inspection sanitaire.

On trouvait donc tout délicieux, on était ensemble, on plaisantait, riait, bavardait. En partant de ce bout-ci, le plus près de la porte, si l'on essayait de capter les conversations de table en table vers la cuisine, on entendait à peu près ça :

— Non, non, ça, c'est ce qu'on raconte ! C'est un chien épatant, chérie. On met notre petit-fils sur son dos, il remue la queue et il le balade partout. Avec des étrangers c'est autre chose... Mais on a une assurance, évidemment.

— Mais tu ne vieilliras jamais, toi !

— Non, je me contente de faire vieillir les autres !

— Dis donc, Matoso, le pauvre...

— Que veux-tu, cigarette sur cigarette... du mauvais whisky...

— Et Adérito, qui en moins de deux s'est retrouvé avec la prostate grosse comme une pastèque ?

— La minette qui sort en ce moment avec Mateus. Elle est tellement maquillée que le gars n'ose pas éternuer de peur que tout ça dégouline.

— Alors moi j'ai tout de suite remis le mec à sa place : je vous signale que personne n'a le droit de me traiter comme ça, compris ?

— Mais c'est ça ! C'est de la parano, c'est tout simplement de la parano... Je lui avais dit, quand il était encore temps : Catarina, fais attention, à notre âge ça passe de plus en plus vite, il est temps de te caser, chérie, mais...

— Allons, redresse-toi, un peu de tenue. Tu as vu la tête que tu fais ? Tu pourrais au moins respecter les plus vieux !

— Alors ça, c'est une morue divine !

— Divin, ce qu'on est en train de manger ? Tu es déjà allé à la *pousada* de Serpa, vieux ? Tu as déjà mangé la brandade de morue que les mecs font là-bas ? Non ? Alors ne me raconte pas d'histoires, s'il te plaît.

— Ah non, ne me ressers pas encore John Ford ! Ça fait vingt ans que je te le dis, vieux. Des personnages de bande dessinée, sans aucune épaisseur !

— Quelle tête de mule ! Irrécupérable. Ce type ne se laissera jamais convaincre. Il ne comprend rien au cinéma, mais alors rien !

— Allez, remplis mon verre, il y en a encore dans la réserve. Il pique un peu, mais il est buvable...

— Écoute, chou, laisse-moi un peu tranquille. Juste cette fois-ci. Et après c'est toi qui conduis, d'accord ?

— Et quand Jenaca a obtenu du flic qu'il pousse sur sa bagnole ?

— Je suppose que c'est cette maladie, là, de Parkinson...

— D'Alzheimer.

— C'est ça, une de ces saloperies. La pauvre, ça lui est tombé dessus...

— Eduardo écrit de plus en plus mal ! Périmé, ma chérie ! Périmé, au rencart !

— Tu as déjà parlé de Strosse, là-bas ?

— Où ça ?

— Mais, à la Maison Mère, vieux !

— Ah oui, Strosse....

Voilà où je voulais arriver, à l'autre bout, d'où l'on apercevait les cuisiniers en plein coup de feu, par la petite porte, là où les délices arrivaient en premier, précédés de leurs fumets respectifs. Cela a été dur de se frayer un chemin, il a fallu écouter beaucoup de propos oiseux et jouer des coudes. Jorge Matos et Vitorino Nunes, dans un murmure, penchés l'un vers l'autre, bavardent avec circonspection, à l'écart, sous un plafond bas rempli d'éclats de voix.

— Arrange-moi ce coup-là, vieux !

— T'inquiète pas, je vais essayer encore.

— Hé, Nunes, criait-on du milieu de la table, vas-y, sors-nous ton grand air de Papageno.

Mais une voix de basse déjà s'élevait, tandis que les lambeaux de conversation s'effilochaient mollement. C'était l'heure des chansons : *J'arpenn'tais le riva-a-a-ge/mong' amour pour te voi-oi-r.* Avec chœur, quatre ou cinq voix à tour de rôle. Et ensuite, toutes en même temps, braillant : *Et puis ce fut l'ara-a-a-ge/il s'est mis à pleuvoi-oi-r...* Et ils imitaient l'accent et les tics de langage de l'Alentejo.

Vitorino Nunes avait bien essayé de présenter la candidature de Joel Strosse au PCP dès cet été-là, mais il s'était mal débrouillé. Il était arrivé en retard à une réunion élargie, tout essoufflé, et il s'était assis aussitôt, parce que, avec la manie de la ponctualité caractéristique de la maison, ils avaient déjà bien avancé l'ordre du jour... Constatant avec consternation que c'était le camarade Baptista qui avait la parole, il s'était fait tout petit et s'était mis à dessiner des bonshommes chagrins sur son papier.

Júlio Baptista était un orateur compulsif, qu'on redoutait, et avec l'âge, cette tendance s'aggravait. Plus alerté par la réaction d'autrui que par sa propre autocritique, il était vaguement conscient de ses excès, et faisait tout son possible pour se retenir avant d'intervenir. Il laissait les autres se prononcer, avec d'étranges contorsions des épaules, essayait de s'occuper les mains en faisant des cocottes en papier, et ses traits devenaient fluctuants, mobiles, comme si une collection de tics se concentrait sur son visage. Ensuite, timidement, il avançait une main molle pour demander la parole, et la retirait aussitôt, comme honteux. Assez vite, profitant d'une ouverture, il allongeait cette même main, doigts écartés, et disait, hésitant, presque craintif : « Deux mots seulement pour une petite précision, très brève. » Une ombre funeste se répandait sur le visage des présents, qui se mettaient tous à fixer un point imaginaire, quelque part au centre de la table de réunion. Et au moment où il allait donner la petite précision, Júlio s'apercevait avec anxiété qu'à son tour, la petite précision avait besoin d'être précisée. Sur ce il s'inquiétait de ce que, par manque de rigueur, on ne le crût pas, de sorte qu'il ajoutait toutes les indications de temps, de lieu, de manière qui lui venaient à l'esprit. Mais le temps, le lieu, la manière ont leurs particularités, un avant et un après, un ici et un ailleurs, un cru et un cuit, un propre et un sale, un noir et un blanc, un rapide et un lent... Il fallait choisir entre toutes ces alternatives la plus vraie, qui n'aurait de validité que bien circonstanciée dans le temps, le lieu, et la manière. Et si on ne voulait pas le croire, il y avait Machin et Truc Muche qui confirmeraient la chose. Et si l'on ne voyait pas qui c'était, il se chargeait de réveiller les mémoires, rappelant le costume marron de l'un et l'exclamation habituelle « non, mais, n'importe quoi ! » de l'autre, qu'il avait d'ailleurs proférée dans un endroit parfaitement déterminable qui était... juste à côté de... immédiatement après... et ce jour-là passait Untel... lequel s'était approché et avait dit... ce à quoi il avait répondu... et alors était passé le train de neuf heures et... Et plus Júlio discourait, plus il paniquait. À la crainte de ne pas avoir été suffisamment rigoureux et persuasif s'ajoutait la conscience de barber tout le monde, aussi intercalait-il un « j'ai fini, juste un instant » toutes les dix secondes, s'exprimant de plus en plus vite. Mais alors se glissait en lui la sensation que l'on avait oublié ce qu'il avait dit au début et il se hâtait de le répéter, de façon plus emphatique, cependant qu'il se rappelait de nouveaux détails qui venaient enrichir son histoire. Et il profitait de l'occasion pour corriger certains éléments qui n'avaient pas été racontés correctement.

Quand on le connaissait, on savait qu'il était inutile de l'interrompre, la flatterie du courtisan ou la rudesse du militaire n'y pouvaient rien changer. Interpellé au milieu de son discours, il se taisait certes humblement. Mais tout en rongeant son frein, les signes d'inquiétude se multipliaient sur son visage et ces mimiques étaient insupportables à qui le regardait. Et en reprenant la parole à la première occasion, il faisait table rase de tout ce qui avait pu être dit entre-temps et reprenait son discours antérieur à lui, en le complétant avec des détails que, pendant l'attente, sa mémoire tumultueuse était allée dénicher.

Au Parti, plus personne désormais ne le chargeait de téléphoner pour passer des messages ou fixer des réunions. Il parlait pendant une heure et, entre les salutations, explications, causes, conséquences, histoires, commentaires, perspectives, et les adieux, il finissait toujours par oublier la raison du coup de téléphone.

À la réunion dont il s'agit, sur le thème « Le Parti, les politiques éducatives et le moment politique », il devait y avoir vingt personnes. Quatre ou cinq profitèrent du discours de Júlio pour s'éclipser. Les autres, absents, figés dans une pose vaguement hypnotique, n'émergèrent de cette concentration de moines bouddhistes qu'au moment où surgit un sauveur s'exclamant jovialement : « Déjà huit heures ! » Il trichait ! Il s'en fallait de cinq minutes. Mais on entendit aussitôt le crépitement des papiers que l'on range, des serviettes que l'on boucle. Un sourire radieux s'affichait même sur plusieurs visages.

Júlio Baptista se sentit déconcerté. Il réagit, parlant de

plus en plus, dans l'espoir peu glorieux de mettre fin à son discours. Les présents l'abandonnaient. Ils prenaient congé. Bientôt il ne resterait plus, par devoir d'état, que la permanente du Parti, la pauvre victime Vera Quitério, qui froissait les papiers et vidait les cendriers, et à laquelle Júlio continuait d'imposer son incontinence verbale. Vitorino Nunes, à côté, hésitant, essayait bien de trouver une occasion de communiquer à cette camarade qu'une certaine personne souhaitait s'inscrire au Parti. Il faisait des signes du bout des doigts, toussotait, mais elle, cours toujours. Júlio, voyant qu'il restait là, pensait qu'il était intéressé par son discours et faisait des gestes, proférait des phrases à son endroit. Finalement la permanente émit quelques propos vagues, plus ou moins consentants, elle dit « oui, le mieux ça serait qu'on en parle », flatta le visage de Júlio Baptista d'une caresse souriante, et disparut. Quand Vitorino sortit dans le couloir, elle s'était déjà enfermée dans une autre pièce, habilement. Et il avait maintenant devant lui Júlio Baptista, qui lui demandait avec humilité, si anxieux qu'il faisait peine à voir : « Mais dis, tu es d'accord avec moi, ou pas ? C'est qu'il faut aller au fond de la question, tu comprends ? »

Et c'est ainsi que le cas de Joel Strosse ne fut pas réglé.

Le chœur alentejan avait condescendu à laisser la place aux chansons du Nord. Sur la fin, il était très ralenti, pâteux et se trompait de parole et de musique. Accompagnés d'un balancement de la tête rythmé et joyeux, les accords entraînants de *Aux fenêtres du prince/j'ai jeté une olive...* résonnèrent.

Jorge Matos alla, peu convaincu, jusqu'au bout d'une strophe, s'essuya la bouche à sa serviette et se pencha à nouveau vers Vitorino :

— Ces retards, ces complications bureaucratiques, ça ne fait que donner mauvaise réputation au Parti, tu vois bien...

— Mais je te dis que je n'ai pas arrêté d'essayer. Et même l'autre jour j'ai parlé avec la camarade responsable et elle a pris note.

— Mais tu as bien dit le nom ? Joel Strosse Neves ?

— Oh la barbe, je ne suis pas arriéré, tout de même ! Je ne connais pas Joel Strosse, peut-être ?

Et l'air excédé, il commença à fredonner, assez bas, l'air de Papageno.

— Tu pourrais au moins laisser tomber ton truc de Papageno... Tu ne vois pas qu'on chante autre chose ?

Vitorino Nunes, renfrogné, modelait avec soin une boule de mie de pain du bout des doigts. Il admettait, dans son for intérieur, qu'il était irritant de fredonner un air d'opéra alors que toute la salle, à tue-tête, et à tue-ton, assassinait une ballade traditionnelle. En plus il n'avait pas la conscience très tranquille au sujet des aspirations de Strosse. Il aurait pu se donner plus de mal... Il envisageait l'hypothèse de s'excuser, quand le type d'à côté cessa de chanter et s'adressa à lui.

— Joel Strosse ? Vous parliez de Joel Strosse Neves, un gars qui a fait du Droit, des Lettres, qui a travaillé à la Direction générale de l'Aménagement et qui sortait avec une Marília, qui était poète, et qui a fini par se marier avec une Cremilde qui était assistante sociale ?

— Oui, je pense que c'est le même.

Jorge Matos prit un air intéressé, avala une bouchée en

hâte, fit une grimace parce qu'il y avait du sable dans les navettes, et pénétra avec curiosité dans ce refuge, cette espèce de bulle protectrice, insensible aux vocalises qui se déchaînaient dans les airs (*À la claire fontaine/l'eau claire j'ai puisée...*).

L'interpellateur, à la voix caverneuse, était un individu très maigre, sombre, avec une barbe courte, grisonnante, dont les poils frisés s'enroulaient sur eux-mêmes au creux des joues. Une malformation du dos l'obligeait à parler d'un côté alors qu'il était penché de l'autre. Il avait l'air d'un septuagénaire, mais il devait avoir le même âge que ses voisins. Ses traits exprimaient toujours une sorte de rancœur revenue du monde. Professeur de grec, à la retraite pour invalidité, il conservait un style hautain et didactique. Il avait un veston dégoté chez le fripier, à chevrons gris, très râpé aux coudes. À dire vrai, on racontait qu'il était très riche, héritier solitaire de vastes plantations de chênes-lièges d'un bon rendement, du côté de Coruche, bien qu'à première vue il donnât l'impression de vivre dans une caisse en carton dans les couloirs du métro. Ce mal de dos, qui le faisait déjà souffrir quand il était étudiant, s'était sensiblement aggravé depuis qu'un ami médecin lui avait recommandé des exercices de yoga qui impliquaient de longues stations contemplatives, la tête au ras du sol et les pieds dressés vers le plafonnier. Sa voix enrouée, grave, de basse, lorsqu'il cessa d'accompagner la chanson, parut libérer cette dernière, lui donner des ailes, et l'eau claire de l'ancestrale fontaine se mit à couler avec plus d'agilité. S'adressant à Vitorino Nunes, les commissures de ses lèvres s'écartaient, laissant prévoir quelque sarcasme qui allait bien avec son allure générale :

— Nous parlons bien du même Joel Strosse, ou pas ?

— Oui, d'après la description..., consentit Vitorino, un peu intimidé.

Sévère, lissant du doigt la nappe, le professeur de grec raconta qu'en 1977, ou 78, il ne savait plus très bien quel mois, il se promenait dans une rue de Benfica, pas loin du Calife, concrètement tout près du Fer à Repasser, quand il avait vu Joel Strosse marcher de l'autre côté de la chaussée, un peu avant lui. Il avait hâté le pas pour traverser la rue et lui dire bonjour, mais le feu avait passé au rouge et il avait été obligé d'attendre au passage clouté. Et ne voilà-t-il pas que Joel Strosse s'arrête, jette un regard circulaire et arrache rageusement une affiche du PC qui était sur un mur ?

Il y eut alors entre ces trois hommes un grand silence méditatif, qui leur était totalement réservé, pendant que la salle entière braillait des couplets paillards : (*Maman, maman, maman/Je voudrais bien savoir/Ce qu'il peut bien y avoir/Sous le gros tas de bois... ?*).

— C'était peut-être pour des raisons écologiques..., hasarda Jorge Matos.

Le professeur dévisagea Jorge Matos avec une dédaigneuse suspicion, leva les yeux au ciel, se massa la barbe, l'air de dire : « Ce n'est pas à vous que ce discours s'adresse. » Mais il grommela en réponse, et sans le regarder :

— Écologie ? En 1978 ?

Vitorino Nunes voulut ausi sauver le prestige de Joel Srosse et se vit aussitôt débouté :

— Aussi bien, il voulait emmener l'affiche chez lui, pour sa collection.

— Tu parles ! Je l'ai vu de mes yeux vu. Il l'a arrachée d'un geste brusque, coléreux, l'a déchirée avec violence, et a mis les bouts de papier dans une poubelle.

Les yeux du professeur sortaient de leurs orbites. L'irritation crispait sa bouche. Les deux amis étaient pétrifiés, glacés, tandis qu'il continuait. Le frémissement de ses lèvres indiquait qu'il n'était pas mécontent de la stupeur des deux autres.

— Je ne me suis même pas approché ! J'ai continué mon chemin et j'ai pensé « La vache ! En voilà un réac ! » Il y a des types comme ça : ils sont réacs, et puis voilà !

Le professeur rongeait une lamelle de fromage étuvé, en secouant la tête avec consternation. C'était l'épilogue. À ce même moment, comme si cela avait été un signal, les rengaines s'arrêtèrent, des rires fusèrent, des blagues, et des débuts de chansons au hasard, dans le désordre, s'interrompant par manque de mémoire ou de volonté. Il était minuit et quelque. Le couple de cuisiniers, ayant laissé tabliers et toques pendus à un clou dans la cuisine, se fraya un chemin entre les groupes, s'excusant à gauche et à droite, peu disposé à engager la conversation. Quelqu'un réclama un ban, mais même comme ça, ils ne se départirent pas de leur circonspection et de leur air chagrin, complètement indifférents à leur succès. D'ailleurs ils n'étaient pas bons cuisiniers, ils ne méritaient pas pareille ovation. Et de disparaître, sans même saluer.

Les agapes se déroulaient toujours selon le même programme. Celui qui arrivait s'approchait, saluait bruyamment, s'installait, lançait ou attrapait quelques propos de circonstance, racontait ou écoutait les mêmes histoires drôles que la semaine précédente ou d'il y avait quinze jours, parce que les clients avaient atteint un âge où l'on répète beaucoup les mêmes choses, et sans s'en rendre compte. En début de soirée, tous nourrissaient la crainte — résultant de nombreuses années d'expérience de la vie, qui déçoit en général toutes vos expectatives — que le dîner de ce soir-là ne se passe pas aussi bien que les autres fois. Mais la vérité est que, tant qu'elles ont duré, les réunions amicales au Solar de Macedo ont toujours été gratifiantes, du point de vue des participants. Et cela précisément parce que les gestes, les mots, les chansons, le style ou bien se répétaient, rassurants, ou trouvaient, d'une quinzaine sur l'autre, des équivalences qui maintenaient toujours le même modèle.

Il n'y avait aucune raison pour que le dîner d'aujourd'hui fût différent, simplement parce que j'en parle. Qu'est-ce que cela peut faire si, quinze jours avant, à la place de l'adolescente grognon jetant autour d'elle des regards furieux et homicides, se baladaient sous les tables en poussant des cris suraigus les petits-enfants de l'un des couples, ou si, un de ces jeudis, la mère d'une des dames — emmenée là contre sa volonté — avait eu une baisse de tension qui avait conduit à l'intervention circonspecte de l'un des médecins présents ? C'était finalement toujours la même chose, et tant mieux pour tout le monde.

À cet instant, après qu'on avait dévoré les puddings Molotov et les mousses au chocolat, on en était à la phase des whiskies et des cognacs, et les participants n'arrivaient plus à accorder leurs voix pour chanter en chœur. Pour s'égosiller, cela s'égosillait, mais toute cohésion était vouée au naufrage. Le moment était venu des interventions individuelles, annoncées par de grands rires bruyants, des gesticulations voyantes et des interpellations. D'habitude quelqu'un chantait un fado comme *C'est la fête dans la Médina*, l'*Histoire de Portugal* ou l'*Embossé*, ou déclamait le discours d'inauguration de « la fontaine du village qui, dès qu'on la touche, Mesdames et Messieurs, répand à l'envi son eau bénéfique pour la santé de tous », ou racontait l'interminable histoire du « type qui va à la pêche ». Aujourd'hui l'un des avocats présents s'est levé, a cherché son équilibre en se tenant à la table d'une main, car le sol oscillait bizarrement, tout en levant l'autre pour demander le silence, qui lui a été accordé, une fois ramenés à la raison les deux cinéphiles qui se disputaient sauvagement à coups de Frank Capra d'un côté et Lubitsch de l'autre.

Et sa voix forte, habituée aux grands espaces du prétoire (à ce qu'en dit l'imagination populaire, ou gavée de mauvaise littérature) a lancé une chanson — originaire de Coïmbre, je suppose, car c'est généralement à Coïmbre que naît ce genre de délicates inventions — reposant sur un seul vers, repris jusqu'à épuisement : « Il a pris la game-e-elle, porté la soupe au pè-è-ère. » Excellent exercice, et bel *incipit* pour un roman néo-réaliste...

Ce vers fut largement tripoté, chanté à l'envers, entonné sur tous les tons possibles, comme si les présents avaient souhaité en épuiser toutes les potentialités expressives. Tout le monde préférait cet air-là à la rengaine « La Garde républicaine, la Gââârde républicai-ai-ne, la Gâââââarde républicai-ai-aine... », qui avait pourtant souvent l'honneur de ces soirées. Du fado des bas-fonds à l'air du *Toréador*, de *Citronnelle, citronnelle* à *Summertime*, on se servit absolument de tout pour mettre en musique le vers du type à la gamelle. Jusqu'à écœurement.

Des mains chancelantes fouillaient dans les vêtements entassés sur les chaises, et ceux qui s'y entendaient le mieux en additions faisaient circuler des soucoupes en plastique où chaque couple laissait ses billets. La chanson se mourait d'épuisement. Une altercation éclata en plein milieu de la table, conflit tardif, d'arrière-garde, sans avenir. Rien de grave. Un type, qui était météorologiste, proférait, sans intention provocatrice, des insanités contre le gouvernement, censurait l'achat d'avions et de bateaux qui représentaient des dizaines d'écoles, d'hôpitaux et de crèches et déplorait, avec des trémolos dans la voix, l'avilissement du pays, en général. Un colonel lui servait de rempart, évitant que l'ampleur de ses gestes ne le précipite par terre, lui, ou quelque carafe victime de ses élans. Le colonel n'était pas vraiment d'accord avec l'histoire des avions et des écoles, mais l'état de son ami l'inclinait à l'indulgence et il essayait doucement de l'emmener prendre l'air.

Je ne sais si c'est à cause de cette porte qui s'ouvrait et se fermait de plus en plus fréquemment, mais la salle, tout à coup, refroidit. Un frisson général passa et tout le monde voulut sortir en même temps, presque en se bousculant. Ne resta qu'un petit groupe, qui avait encore beaucoup à se dire jusqu'au petit matin, qui ne naît pas à Lisbonne, qui naît plus loin et qui, à l'aube, serait annoncé par l'apparition d'un boulanger comme ceux de jadis, encore avec sa bicyclette et ses paniers en osier. Ceux-là étaient prêts à discuter de n'importe quoi, bien qu'ils eussent peu de choses nouvelles à apporter. Peut-être l'un d'entre eux eut-il l'idée de gratter la guitare. J'en doute. L'enlever de son étui, l'accorder, faire un effort de concentration, c'était beaucoup de travail. Il valait mieux bavarder ! Médisance et philosophie... Les groupes se répandaient bruyamment dans la rue, chacun cherchant à regagner sa voiture, sans toujours la dignité souhaitable, quand Jorge Matos demanda à Vitorino :

— Tu me reconduis chez moi ? Ma voiture a une bielle qui...

— Mais tu ne sais pas que je n'ai pas le permis ?

— Je vous emmène, je vous emmène tous les deux. Allez, pas de discussion.

Celui qui faisait cette proposition était le professeur de grec qui marchait derrière, emmitouflé dans un manteau jaune et une écharpe bleue. Ses chaussures crissaient, grinçantes, sur le pavé rugueux. Étant donné son état de parfaite sobriété, car il ne buvait pas d'alcool à cause de son ulcère, tous deux acceptèrent sa générosité. Et le suivirent.

Mais je me rends compte que cela fait un bon moment que je ne parle pas de Joel Strosse proprement dit, dont j'ai voulu qu'il soit le personnage principal de cette histoire et qui a été totalement négligé. Qu'est-ce qu'il devient ?

De retour à la Fondation, Joel s'adaptait à ses nouvelles fonctions de bibliothécaire et, d'après la mauvaise volonté qui se lisait sur son visage et dans ses gestes, cela risquait d'être une adaptation difficile, capable de prendre des années. Il était renfrogné, maniaque, susceptible et querelleur. Il n'y avait rien à faire là. En huit jours, il avait seulement répondu à la lettre d'un directeur d'école demandant des livres en l'informant — alignant des phrases relativement correctes, encore que sibyllines — que la bibliothèque de la Fondation n'était pas un centre de charité culturelle.

Ce n'était pas cela, mais ce n'était pas grand-chose, en fait. D'ailleurs je vais expliquer comment la bibliothèque se présentait, mais je ne m'engagerai dans aucun labyrinthe, serai des plus secs, éviterai toute allégorie.

Le légendaire Helmut Tchang Gomes, à la généalogie plurinationale et à la descendance multilingue, avait légué dans un laborieux testament ses livres à la Fondation, à l'exception d'un ouvrage de médecine orientale qu'il avait laissé à un neveu qu'il aimait beaucoup et qui n'avait pas l'air de lui en être très reconnaissant. Les diverses éditions des Œuvres complètes de Júlio Dinis et de Camilo Castelo Branco qu'il s'était procurées à prix d'or pendant toute sa vie chez les bouquinistes couvraient un mur entier, reliées en vélin de couleur vive, Júlio Dinis en bleu, Camilo en rouge. Sur l'autre mur tenait la vedette, également dans une reliure somptueuse, une œuvre intitulée *L'Almanach de tous les secrets* qui s'étendait sur une bonne vingtaine de volumes, au-dessus d'une massive encyclopédie espagnole, au dos d'une austère noirceur, à laquelle manquait le tome 28, G/H, à cause d'une fiche de prêt égarée. Elle contenait des articles très détaillés et descriptifs que Joel Strosse lisait de temps en temps, au hasard, pour se changer les idées. La note sur l'île de Pâques, par exemple, mentionnait le nombre de fois où l'île avait disparu des cartes. Malheureusement, au lieu de faire référence aux vertus magiques de l'endroit, propices à quelque excursion dans l'au-delà, elle dénonçait les erreurs de calcul des capitaines qui avaient prophétisé cette catastrophe, auteurs de journaux de bord dont certains feuillets présentaient des taches violacées et suspectes, l'une d'entre elles de forme circulaire, dénonçant la présence d'un verre fauteur de divagations.

Le fonds Helmut Tchang, pour ce qui était de la littérature, consistait en cela et nous conviendrions que ce n'était pas peu, si nous en venions à des comparaisons. Il est douteux que l'illustre Tchang ait lu toutes ces éditions. La mémoire ne lui avait jamais fait défaut, et ne lui aurait pas échappé le fait que, chez ses auteurs de prédilection, les versions postérieures étaient exactement semblables aux versions antérieures, à part les fautes typographiques. De sorte qu'il est possible d'interpréter cette accumulation d'éditions comme une propension, d'ailleurs modeste, à faire collection, plus que comme une soif de lecture. Au point que les feuillets gardaient le lustre de l'intact et se défendaient avec une roideur pudique et crépitante.

En revanche l'Almanach, soigneusement relié au fil des années, témoignait d'une manipulation fréquente, avec plusieurs pages cornées et des soulignements de diverses couleurs, sans parler des dessins d'oiseaux, très rudimentaires, qui surprenaient ici ou là, même au-dessus de la gravure d'une *Samaritaine au puits de Jacob*, ou d'*Arabes s'apprêtant pour la guerre*.

Dans une autre armoire abondaient les éditions à compte d'auteur, cadeaux de terrifiants plumitifs qui envoyaient leurs œuvres à la Fondation, pensant en tirer quelque avantage. Il y avait de tout : poèmes, monographies, nouvelles et romans. Certains des ouvrages étaient revêtus d'un autographe et, à la faveur de mots de sympathie, demandaient qu'on leur fît « la grâce d'un avis ». Ce ramassis permettait de remplir six longs rayonnages, sous l'égide empâtée d'un tableau à l'huile, vaste, superbe et sombre, avec la *Revanche du berger sur le soldat français* pour thème, comme on s'en apercevait par le titre en lettres dorées sur la moulure.

Dans un recoin en arc de cercle, étaient installées les étagères des revues, la section la plus abondante et multicolore de la bibliothèque. Là se regroupaient, rangés sur des présentoirs Altamira, des exemplaires de presque toutes les publications du pays, de *Mamans et bébés* à *Économie pratique et post-moderne.* La tâche qui occupait essentiellement les deux préposées à cette section était de remplacer les revues de la période antérieure par celles qui venaient d'arriver. Elles en profitaient pour feuilleter. Les revues de la semaine, de la quinzaine, du mois ou du trimestre passés étaient vendues à un clochard qui, tous les mardis, apparaissait à la porte de derrière avec un chariot. Cela faisait du papier à photocopies.

Au centre, une grande table ovale, où méditait une lourde reproduction du *Penseur,* invitait à la réflexion les consultants de la bibliothèque, qui étaient rarissimes, au point que l'on pouvait dire sans exagérer que l'unique client avait dû être celui qui avait subtilisé le volume égaré de l'encyclopédie espagnole, ce qui retire à cet escamotage le mystère qui a également été dénié par les érudits à la disparition de l'île de Pâques.

Sur un piédestal en acajou sculpté, avec un haut-relief figurant des roses et des pampres entrelacés, était placé le buste en bronze du fondateur, Helmut Tchang Gomes, fixant gravement l'Infini et laissant transparaître, dans la sévérité de son visage, quelque contrariété parce que le mur d'en face ne lui permettait pas de l'atteindre. Au revers de son veston il y avait une protubérance qui devait être une décoration. Si l'on mettait avec un peu d'habileté la main derrière le buste et qu'on la faisait monter discrètement le long de l'aplat, on tombait sur un vide où l'on pouvait cacher des choses. C'est là que Joel Strosse avait mis, froissés en boule, trois *Avante*[1] *!* du temps de la clandestinité, en papier-bible, convenant aux endroits obscurs. C'était une taquinerie. Ces *Avante !* auraient pu parfaitement être exposés, sans le moindre scandale, sur les présentoirs Altamira, mais Joel avait voulu qu'ils soient là, feu couvant dans les entrailles du Fondateur, en signal de rébellion. Rébellion intime, évidemment. Parce que si quelqu'un du commun des mortels, comme la femme de ménage, les avait trouvés, elle n'aurait pas manqué de dire : « Alors ça c'est drôle ! Qu'est-ce que ça peut bien faire là ! », destinant incontinent les papiers au sac-poubelle, sans drame et sans danger.

Au pied du buste se tenait un animal en bronze qui ne regardait pas vers l'Infini uniquement parce qu'il avait des yeux latéraux et que, jusqu'à preuve du contraire l'Infini ne se présente pas de côté : c'était une tortue ou, peut-être, en tenant compte de ses dimensions réduites, une tortue d'eau. Elle symbolisait l'ingéniosité. Le sculpteur s'était rappelé, à coup sûr, le grand marquis de Pombal avec son lion, le sagace Calouste Gulbenkian avec son faucon, les galeries de saints avec leurs attributs, et avait pensé à la bébête qui, selon lui, se rapprochait le plus de la taille et des qualités du vénéré Fondateur. Joel Strosse, désormais animé d'une mentalité extrêmement combative, préférait évoquer entre ses dents d'autres symbologies liées à cet animal...

Un espace vitré, tout de suite à l'entrée, abritait deux

1. *Avante !* Équivalent de *L'Humanité* au Portugal.

employées, qui s'appelaient Clara et Lídia. Au-delà s'ouvrait la porte du bureau de Joel Strosse qui ne contenait rien de spécial : moquette, bureau, armoire et un *Petit Écureuil à la cigarette* monté en lampe.

Dès le début, l'antipathie entre Strosse et les deux employées avait constitué un fait définitivement établi et irrévocable. Le nouveau bibliothécaire respirait la froideur. Il ouvrait à peine la bouche. Il avait exigé une remodélation des fichiers qu'elles faisaient à la main, à raison d'une fiche ou deux par jour. Elles ne savaient même pas mettre en marche les deux ordinateurs inutiles, qui gisaient chacun dans un coin comme revendiquant une modernité désavouée, et ne cachaient pas qu'elles consacraient la presque totalité de leur horaire à la pratique du tarot et à des conversations savantes sur cette question et similaires. Joel avait froncé les sourcils en tombant sur leur arsenal de cartomanciennes et avait demandé, désinvolte : « C'est quoi, ça ? » Elles lui avaient expliqué, très à l'aise. Comprenant l'ancienneté des droits acquis, il n'avait pas eu le courage de leur interdire. Mais, chaque fois qu'il voyait, en passant, les cartes alignées sur la table, et les deux bonnes femmes en train de consulter des livres ésotériques, il émettait un soupir qui avait tout du grognement.

Comment Joel Strosse occupait-il son temps, dans cette sinécure ? Il lisait, il se documentait, il rêvait... Tous les jeudis il rapportait *Avante !*, le dévorait dans le silence de son cabinet jusqu'à la dernière ligne, devenant un connaisseur des positions du Comité central, des statistiques concernant les réunions de protestation et des moindres détails de la situation politique. Il découpait des tas d'articles, qu'il collait dans son *dossier** rouge. Il avait obtenu que la Fondation s'abonne à *Ça ira !* et il s'imbibait d'opinions françaises sur le monde et son évolution d'un abîme à l'autre.

Il laissait divaguer son imagination à propos du Parti, le mot « camarade » prenait pour lui de plus en plus une connotation à la fois héroïque et tendre. Lorsqu'il passait devant l'Hôtel Vitória il imaginait l'activité à l'intérieur, tendue, fiévreuse, avec des réunions, conversations politiques, lectures commentées de Lénine, préparation de mouvements sociaux, fraternisation d'ouvriers et d'intellectuels, invention méticuleuse et scientifique de mots d'ordre... Parfois, il s'attardait, rôdait autour de la porte du siège du Parti. Deux types sortaient et l'un criait à l'autre : « Bon, alors je t'attends demain, hein ? » Et Joel aussitôt supposait quelque tâche ardue, à deux, avec agit-prop, distribution de pamphlets, discours aux docks. Il ne lui passait jamais par la tête qu'il pouvait s'agir d'un paisible déjeuner dans un restaurant quelconque de Santos-o-Velho, ce qui était, à vrai dire, le plus probable.

Et il se voyait dans ces réunions, le plafond de la pièce rendu plus bas par l'accumulation cotonneuse des fumées de cigarettes, penché sur une carte de Lisbonne, en train de conspirer. Il parlerait peu, serait discret, humble, émettrait des opinions graves quand on lui donnerait la parole. Il essaierait toujours, scientifiquement, de s'appuyer sur une citation des classiques. Le camarade d'à côté, son béret sur la tête, lui toucherait le bras, fraternel et confiant, de son poing fermé. On le chargerait d'élaborer des rapports hebdomadaires sur la Fondation Helmut Tchang. Il serait l'autorité de référence en la matière. Et si on le capturait, il résisterait héroïquement. Je ne parlerai pas !

— Vous ne parlerez pas, c'est-à-dire ? Vous ne voulez pas répondre au téléphone aujourd'hui ?

Lídia le regardait ironiquement, par la porte entrouverte. Joel eut le temps, tout en tendant la main vers le récepteur, de foudroyer sa subalterne d'un regard de profond mépris. Son visage s'assombrit davantage lorsqu'il se mit à considérer, émergeant en sursaut de ses rêves, que les chances d'être emprisonné étaient pratiquement nulles. Quand il répondit, l'épisode de ses divagations, capture comprise, était clos.

C'était de la part de M. Heitor do Carmo Velho, dit une voix suave à l'autre bout de la ligne. Un moment, je vous prie. Ne quittez pas. Et résonna dans l'écouteur une habanera, soutenue par un synthétiseur. Jovial, l'avocat Carmo Velho se déclara libre pour déjeuner. Il avait reçu des centaines de *contos* en dressant un contrat qu'il avait suffi de « tirer de l'ordinateur », il était de bonne humeur et prêt à supporter Joel Strosse qui ne cessait de lui téléphoner et de laisser des messages.

Ils se retrouvèrent dans un restaurant hors de prix, tenu par des Brésiliens et qui fonctionnait selon le système du buffet, ce qui signifiait que les convives devaient choisir leurs plats sur des tables et se servir eux-mêmes. Ce dispositif ne plaisait ni à l'un ni à l'autre, et fut l'occasion d'un bon quart d'heure de grommellements, remarques peu amènes à l'égard du personnel et plaisanteries diverses. S'ensuivit le moment de l'évocation du temps de la fac, de leurs mutuelles connaissances, qui entre-temps avaient divorcé, émigré à Macao, étaient devenus grand-pères, fous, ou membres du parti au pouvoir.

La corpulence de Carmo Velho disait sa prospérité, il était massif, parlait avec une voix de gorge, se laissait aller en arrière et fumait des cigarillos. Il raconta trois ou quatre histoires, de celles qui, archi-usées, circulent dans les couloirs du palais de justice mais qui, Strosse n'y ayant pas accès, parurent à ce dernier une nouveauté qui le fit rire. Au milieu de l'histoire, et juste avant la désopilante chute, Carmo Velho ménageait toujours une pause et confiait : « C'était après le déjeuner... », comme si les libations prandiales transformaient le pays en un vaste terrain hilare, particulièrement réceptif à une burlesque faconde. Et c'est seulement au moment du café, servi à table, après que l'avocat eut fait un tapage de tous les diables, par des garçons habillés en gauchos de la pampa, que Joel Strosse se pencha vers Carmo Velho et chuchota :

— J'avais besoin de parler avec toi...

« Divorce, loyers impayés ou héritage », pensa l'autre aussitôt. Et, s'armant de patience, il s'apprêta à écouter, le sourcil levé, le menton sur le poing, adoptant un air très professionnel. N'avait-il pas décidé de consacrer cette heure à Joel Strosse ? Mais si celui-ci s'attendait à une consultation gratuite, il commettait une grosse erreur. Eh bien ? :

— Je veux entrer au PC.

Jouer sur deux tableaux ! C'est cette subtile allégorie, assurément inventée par ceux qui n'entendent rien au jeu d'échecs, au cours duquel le joueur en simultanée a bien l'intention de ne perdre aucune partie, qui me vient à l'esprit, parce qu'elle me paraît moins rurale que « manger à deux râteliers », ou que cette autre, dans le même genre, où il est question de Paul, de Pierre et de déshabiller. Joel Strosse trouvait que les démarches de Jorge Matos se prolongeaient un peu trop. Ce n'est pas qu'il était pressé. Il savait que ces choses-là sont graves, demandent du temps, mais il pensait qu'il ne perdait rien en faisant agir d'autres influences, dans le cadre d'une stratégie enveloppante, caractéristique de notre portugalité.

Carmo Velho laissa tomber sa visière, le fixa droit dans les yeux par le ventail de son heaume, et siffla d'un air grave :

— Sssss... compliqué, ça, tu sais...

Joel s'étrangla, se sentant rapetissé, miniaturisé de la tête aux pieds, jeté sur la table tout contre la salière, craignant de trébucher sur la cuiller à café, courbant l'échine sous cette grosse voix tonnant depuis la nue. Il ne lui vint pas à l'esprit que la solennité de Carmo Velho, et ce ton laissant entrevoir les pires difficultés étaient le produit d'une déformation professionnelle acquise pendant de longues heures de greffe et de procédure. Il était habitué, même pour l'affaire la plus courante, redevable d'une minute de cinq lignes débitées de mémoire, à mettre les gens devant le précipice redoutable d'un enfer de complications.

— Sacrément compliqué !

À ce moment-là, Joel Strosse était réfugié sous le rebord de sa soucoupe, dont seule dépassait sa tête effrayée.

— Enfin, explique, ajouta l'autre en croisant les bras.

C'était encore un tic professionnel. À la dérobée, en même temps qu'il croisait les bras, il regarda sa montre.

Joel, en bégayant et en cherchant ses mots, raconta son incompatibilité avec le monde, sous-entendu « bourgeois », mais sans avoir le courage de le dire, étant donné les circonstances et le prix du repas. Il sentait le besoin d'apporter sa contribution au Parti. Tout allait mal.

— Tout quoi ?

La situation politique, le retard, la pauvreté, l'insécurité... Il fallait que ça change !

— Mais dis donc !

Le ton était inquisitorial. L'énorme tête de Carmo Velho, légèrement affaissée sur le côté, très Charles Laughton, reflétait l'habileté d'un homme qui a l'habitude d'interroger avec une perspicacité doublée d'éloquence :

— Pourquoi est-ce seulement maintenant, tant d'années après le 25-Avril, que tu as l'idée de faire ce pas décisif dans ton existence ?

— Je pense être prêt !

Entraîné par les solennels accents de son interlocuteur, Joel lui faisait face avec dignité. Il avait abandonné l'abri protecteur du rebord de sa soucoupe, était à nouveau assis sur sa chaise, répondant grave et fier à une question dont il comprenait l'importance.

— Hm... Hm..., murmura l'avocat, tripotant l'addition et allongeant à regret sa carte de crédit.

— J'ai beaucoup réfléchi, j'ai beaucoup lu... Je me suis abonné à *Ça ira !*

— À *Ça ira !*, tiens ?

— Oui, à *Ça ira !*

— Je voudrais une facture à mon nom. N'en profitez pas pour prendre l'empreinte de ma signature, hein ? cria Carmo Velho à la cantonade, tandis qu'il remplissait son talon. Bon, bon, bon !

Et, regardant Joel Strosse avec le sourire de quelqu'un qui s'est trouvé drôle, il leva un doigt, exigeant l'attention :

— Écoute, déclara-t-il, tu vas faire la chose suivante ! Prends note, n'oublie pas. Tu passes par l'Hôtel Vitória... Tu vois où il est ? là-bas, Avenida da Liberdade, tu entres, d'accord ? et tu dis au camarade qui est à la porte que tu veux t'inscrire au Parti. Il te guide, tu remplis une fiche, tu sors et tu attends une lettre dans les... euh, je ne connais pas bien le délai... quinze jours ? trente jours ? Et voilà, ça y est.

— Ça suffit ?

— Oh, tu peux évidemment faire ta demande par écrit, mais ça dure plus longtemps, à mon avis...

Et l'avocat mit sa carte de crédit dans une poche, la facture dans l'autre et s'essuya les lèvres à sa serviette. Il affichait un air si catégorique, si sûr de lui, que Joel Strosse n'eut pas le courage de lui demander autre chose. À la sortie, il remercia pour le déjeuner :

— Je t'en prie, dit l'autre, généreux. Et la famille, ça va ?

Eduarda Galvão était revenue enchantée de chez Agustina Bessa Luís. Elle avait ses idées sur les écrivains et elle s'attendait à tomber sur une femme entre deux âges au cheveu argenté, dans un appartement de deux pièces, entourée de chats avec des bégonias sur le rebord de la fenêtre et des poèmes encadrés au mur.

Quand Agustina la reçut dans le salon d'une demeure familiale spacieuse où le bois, encore trop vert, chuintait dans la cheminée et où les meubles anciens étincelaient de propreté et d'entretien, elle pensa dans son for intérieur que cet écrivain-là était très spéciale, qui vivait bien, vous offrait le thé, avait ses idées sur les fleurs, peut-être même sur la dentelle au fuseau, et vous sortait des phrases vraiment bien faites sur la nature humaine, persuadée qu'Eduarda les comprendrait ou, au moins, saurait les retranscrire fidèlement.

En effet, Agustina était tout à fait par hasard de bonne humeur, et pleine de patience à l'égard du journalisme juvénile. Son éditeur lui avait communiqué le matin même qu'il mettait en route quatre rééditions de divers livres à elle, de sorte qu'elle sourit aussi largement que son caractère le lui permettait quand Eduarda, à brûle-pourpoint, lui posa l'importante question qu'elle avait préparée dans le train et qu'elle pensait très ingénieuse :

— Après *La Sibylle*, avez-vous l'intention de revenir à l'écriture ? Et si oui, pourquoi ?

L'écrivain allait répondre « parce que au loin je vois fulgurer de tout son éclat l'éternité, dans les limites qui sont assignées à l'infini humain dans l'abîme de l'indicible », mais elle se retint et ne proféra finalement jamais cette phrase. Elle préféra se montrer condescendante, maternelle, explicative. Et eut la patience de chercher dans un tas de papiers sur une table, une feuille avec sa bibliographie, qu'elle tendit à Eduarda. Ensuite elle s'intéressa à elle, lui posa des questions sur sa famille, l'écouta mentir effrontément. Elle lui demanda si elle aimait Porto, lui recommanda *O Bem e o Mal*, « Le Bien et le Mal », de Camilo Castelo Branco, ou tout autre livre de ce même auteur, raconta une histoire de circonstance et la reconduisit avec douceur et majesté. En refermant la porte, elle poussa un soupir.

Quand, dans le train, Eduarda consulta ses notes, elle se sentit très mal à l'aise. Elle n'arrivait pas à reconstituer la majeure partie des phrases. Elle n'avait pas osé demander l'autorisation de se servir du magnétophone et maintenant elle se retrouvait avec des feuillets griffonnés qui ne lui paraissaient pas correspondre exactement à ce qu'on attendait au magazine d'une conversation avec Agustina. Et elle eut un sursaut, se rappelant un épisode arrivé à un collègue, récemment licencié de *Reflex* à cause de diverses imprécisions mal comprises par la direction. Voilà ce qui s'était passé :

Un autre écrivain, du type abjectionniste, dont elle ne se rappelait pas le nom, ni moi d'ailleurs, avait émis à la radio des déclarations insultantes à l'égard de diverses personnalités publiques, de façon que tout le monde se souvînt qu'il existait. Le directeur avait chargé un stagiaire d'aller interviewer le bonhomme. Cela pouvait faire un tabac.

Mais l'écrivain était ce jour-là de très mauvaise humeur parce qu'un journal avait oublié de lui payer un article. Aussi, voyant le stagiaire à sa merci, et ayant tout de suite compris à son aspect que c'était une cible non protégée, il décida de le descendre en flammes. Il lui raconta qu'il avait été au collège de Messejana avec Gomes Eanes de Zurara [1], qu'ils manquaient souvent la classe pour aller cueillir des bananes et des avocats dans une propriété qui appartenait au père de l'intendant Pina Manique [2] (le gars des automobiles... Vous voyez qui je veux dire, jeune homme, non ? Oui, vous voyez...), lui raconta sa vie par le menu, avec des détails sur sa carrière interrompue de boxeur sous le pseudonyme de Belarmino Fragoso, après un voyage en Patagonie sur le yacht d'un certain Magellan, un type qui était infirme d'une jambe, et donna des indications sur son mariage avec la marquise de Beija-Flor, qui avait été annulé par suite de bigamie de l'épouse. Là cet écrivain marginal avait versé une larme. Quand était arrivée la question rituelle concernant les influences d'autres littérateurs sur son œuvre, il avait cité les écrivains Antoine Champalimaud, João Brandão et Douglas Mc Arthur, se

1. Célèbre chroniqueur (1410 ? -1474 ?), auteur en particulier de la *Crónica da Guiné.*

2. Célèbre intendant de police (1733-1805), au temps du marquis de Pombal et de D. Maria I.

montrant particulièrement enthousiaste à l'égard du grand maître russe Boris Karlov, selon lui supérieur à Dostoïevski (ne trouvez-vous pas, jeune homme ? Oui, oui, à ce qu'on dit...) Il affirma aussi bien connaître l'œuvre du poète Arantes e Oliveira qui avait même une avenue à son nom à Lisbonne. Son prochain roman ? Il avait déjà des idées pour le titre : mais il hésitait entre *Le Petit Diable à la main percée*[1] et *Ropica Pnefma*[2]. Et qu'il n'oublie pas de passer à la comptabilité car il ne tarderait pas à envoyer sa note pour l'interview. Au revoir, au revoir. Heureux de vous avoir rencontré. D'accord, d'accord.

Quand le reporter montra son article, l'immeuble de *Reflex* ne s'écroula pas par pure compassion de ma part à l'égard des locataires et des passants. Regardant la face congestionnée du directeur, Eduarda en avait conclu qu'elle n'avait jamais vu quelqu'un d'aussi fâché. La tête de Ramiro penchait d'un côté — un rugissement ! Penchait de l'autre — un autre rugissement, lèvres retroussées sur les dents. On avait l'impression que sa barbe allait prendre feu d'un moment à l'autre. Les tables résonnaient de ses coups de poing. Un moniteur glissa, tomba, se cassa. L'exemplaire d'un livre de style vola par la fenêtre et s'en fut abîmer un taxi. Eduarda et toute la rédaction baissèrent les yeux, s'abritèrent derrière l'objet le plus infime et attendirent que l'ouragan passe, ce qui demanda un certain temps. Même après que le directeur eut regagné son bureau, on entendait encore de là, de temps à autre, un grommellement : « je vais t'en fiche, moi, du Boris Karlov !!! »

1. *O Diabinho da Mão Furada*, roman du XVIIIe siècle très connu, attribué à António José da Silva *o Judeu* (le Juif), auteur de théâtre.
2. Œuvre de l'historien João de Barros (1496 ?-1570 ?), d'inspiration érasmiste.

Mais cela ne risquait pas d'arriver à Eduarda car elle ne le permettrait pas, oh non elle ne le permettrait pas. Elle irait trouver Jorge Matos et, après l'avoir pris entre quatre-z-yeux, il lui rédigerait une interview du tonnerre. Arrivée à Santa Apolónia, zou, dans un taxi direction Campo de Ourique. Mais Jorge n'était pas chez lui. À cette heure-là, il descendait la Rua das Beatas, accompagné de Vitorino Nunes et du prof de grec qui ne se rappelait pas où il avait garé sa voiture.

— Ah nous y voici ! Il me semblait bien que c'était devant une porte avec un vasistas.

Tandis qu'il cherchait à l'intérieur de son manteau, qui avait l'air bourré de clés, étant donné la profusion de tintements qui émanaient de lui, Jorge Matos poussait Vitorino du coude, discrètement :

— T'as vu ? C'est une Bentley, mon vieux !

Vitorino n'était pas du genre à apprécier. Il n'y connaissait rien aux voitures, ne voulait rien y connaître. Il haussa les épaules et remarqua seulement, méfiant, que la tôle vert métallisé était couverte de bosses et de rayures. Cela l'impressionna beaucoup plus que la marque de la voiture.

— C'est une Bentley, non ? demanda Jorge une fois dedans, s'étalant sur les housses de cuir, après avoir repoussé deux dictionnaires, un parapluie, un bulletin de vote du conseil municipal de Lumiar, un vieux disque vinyle, tout gauchi et sans couverture, et le tome III de *A Volta ao Mundo* de Blasco Ibáñez.

Il avait cédé la place de devant à Vitorino, après une brève dispute à coup de politesses hypocrites un tantinet infantiles, car il voulait goûter le plaisir rare d'être conduit sur la banquette arrière d'une Bentley.

Le propriétaire tournait la clé pour démarrer et le moteur regimbait.

— Merde de voiture ! Déjà l'autre jour elle n'a pas démarré du premier coup ! Elle est habituée aux petits soins du chauffeur et elle ne reconnaît plus son maître...

La voiture eut un grand soubresaut, suivi de répliques plus brèves, rasa le pare-chocs de l'auto garée devant, fut redressée d'une vertigineuse acrobatie gestuelle sur le volant et autour du volant, et descendit vaille que vaille jusqu'à la Rua da Senhora da Glória. Aussi bien Vitorino que Jorge comprirent aussitôt que c'était plus le style du conducteur qu'un défaut du véhicule. Sous cape, lentement, Jorge se pencha vers les sièges avant et débloqua le frein à main. La voiture eut une dernière ruade, mais se mit à avancer normalement.

— Vous voyez ? Elle était froide, cette saleté ! observa le conducteur avec rancœur.

Vitorino était extrêmement phobique. Il avait peur de tout et plus il vieillissait plus sa poltronnerie augmentait. Il ne prenait pas l'ascenseur, ni le métro, ni la navette sur le Tage. Dans les tramways, au passage bruyant des aiguillages, il craignait que la machine ne soit précipitée au bas d'une colline. Il transpirait chaque fois que la locomotive, au cours d'un voyage en train, s'arrêtait aux signaux, ou que les trépidations sur les rails était plus cahotantes. Quand il allait à pied, il n'était jamais sûr qu'un pot de fleurs ne tomberait pas d'une balconnière, ou un piano d'un treuil. Le moindre loulou de Poméranie qui surgissait d'une porte devenait pour lui le chien des Baskerville, avide de chair humaine. Un livreur de pizzas sur sa moto lui paraissait toujours un possible agresseur, prêt à écraser, à donner le coup de grâce, à faire les poches de cadavres exsangues.

Les bosses de la Bentley l'avaient aussitôt rendu méfiant. Les soubresauts de la voiture, sombre. La façon qu'avait le professeur de conduire, complètement penché du côté gauche et le bras droit tendu dans la direction opposée, inquiet. Et la proposition que le conducteur ne tarda pas à faire l'atterra littéralement :

— Et si nous allions chez moi, bavarder un peu ?

— Moi c'était seulement jusqu'au coin..., osa Vitorino, mais il se tut dès que Jorge sans en avoir l'air lui donna une tape sur l'épaule.

— Il n'y a pas de problème, continuait le professeur, Valério après vous ramène chez vous...

Pendant qu'il parlait, sa jante arrière droit heurtait le trottoir au creux d'un virage mal relevé. Vitorino se tassa sur son siège. Le professeur s'exclama :

— Ho ! Ho ! dououououcement !!

Et il laissa échapper des gloussements qui voulaient être des rires.

Sur le parcours jusqu'à Lumiar, la tension artérielle de Vitorino fut soumise à de rudes secousses, aggravées par des flux d'adrénaline auxquels il n'était pas habitué et qui se déversèrent à gros bouillons venus d'on ne sait où quand le professeur, en arrivant Praça do Chile, avoua :

— Moi, parfois, aux croisements, je ne m'arrête même pas. Je ferme les yeux, j'accélère, et je les emmerde tous !

Je pense que quelques cheveux de Vitorino devinrent blancs à cette occasion. Jorge, au contraire, vautré sur la banquette, écoutait avec ravissement le ronronnement du moteur et pensait que cela pourrait impressionner cette fille idiote, là, qui débarquait de temps en temps chez lui, Eduarda, s'il lui racontait, comme à contrecœur, qu'il avait roulé en Bentley…

Vitorino souffrit, Jorge savoura, à égalité, jusqu'au moment où ils arrivèrent en face du garage d'un immeuble du quartier de Lumiar, pas loin du stade du Sporting. Le professeur brandit son bip, difficultueusement extrait des entrailles de son manteau, pressa sur diverses touches et ne réussit pas à ouvrir la porte en fer. À bord, tous essayèrent : ils retournèrent l'objet en tous sens, le secouèrent, le firent siffler, violentèrent les touches. Rien.

— Il ne doit plus avoir de pile, s'agaça son propriétaire. Ces cochonneries modernes...

La porte, en grinçant, se leva progressivement. Elle avait été actionnée de l'intérieur. Sortait de là une autre voiture qui fut obligée de se dévier à cause du professeur, indigné et gesticulant.

— Bon, j'en profite ! dit-il, calculant son coup.

Et il accéléra pour entrer au moment où la porte se refermait. Vitorino eut un sursaut de terreur au moment où la bascule cogna contre le toit de la Bentley et Jorge montra de l'humeur lui aussi, en particulier à cause du crissement strident de métal contre métal qui s'ensuivit. Au premier coude de la rampe, un bref clac du côté droit indiquait que la voiture avait frotté au coin.

— Ils font ces merdes beaucoup trop étroites, et après on s'étonne que le type se foute dedans à chaque coup..., commenta flegmatiquement le professeur.

Un ascenseur vertigineux, de ceux totalement fermés qui contrariaient tant le besoin d'espaces ouverts de Vitorino, les emmena jusqu'à un onzième étage, avec des baies vitrées, d'où l'on voyait un bon bout de Lisbonne :

— Ma caverne, susurra le professeur, nettement plus cérémonieux.

Et il cria :

— C'est moi, c'est moi ! Si j'ai besoin, j'appelle !

Il alluma les lumières, plia son manteau sur un canapé, emplit l'espace de petits chocs métalliques, pinça les lèvres dans un rictus, élucidant :

— Les domestiques se couchent tôt, les pauvres. Vous prenez quelque chose ?

Joel Strosse raccrocha le téléphone avec rage, avec un diguiding qui le fit sursauter. Le répondeur de Jorge Matos, très enroué, venait de lui expliquer pour la troisième fois ce soir-là, qu'il n'« était pas là et qu'on était prié de laisser un message après le signal sonore ». Quelle barbe ! Et en plus, Cremilde criait depuis la chambre : « Ne m'abîme pas l'appareil, il peut y avoir un appel important. » Elle était toujours anxieuse, s'attendant que Cláudio l'appelle de la prison, ou qu'une des entités auxquelles elle s'adressait lui donne une bonne nouvelle sur la situation carcérale de son fils, même en pleine nuit, ce qui, comme c'était plus qu'improbable, irritait Joel prodigieusement.

Installé dans son bureau, muni de ses ciseaux, il découpa un article de *Ça ira !*, dont le thème était « l'adaptation de la gauche conséquente aux vicissitudes du monde moderne », et se mit à mes ordres.

Les jours précédents, il avait obtenu une petite et gratifiante victoire à la Fondation Helmut Tchang Gomes, en agissant cette fois-là tactiquement, tenant compte des règles de l'ennemi lui-même. Ses rapports avec ses collaboratrices fanatiques du tarot étaient devenus si insoutenables qu'il ne pouvait plus voir les deux femmes. Il détestait en particulier les regards excédés qu'elles échangeaient en sa présence. Au contraire, à chaque fois qu'il croisait Florentina Palha dans les couloirs, elle le saluait avec un tel enthousiasme, s'arrêtant un instant, un oh de surprise reconnaissante se dessinant sur ses lèvres, tout en serrant contre sa poitrine les *dossiers** qu'elle transportait, que Joel se prit à penser à elle de temps en temps. Il y avait là une délicatesse, une douceur dans les gestes, une façon de marcher... Florentina avait rougi, et paru flattée quand Joel lui avait demandé, comme distraitement, tandis qu'il lui tenait la porte qu'un gond rébarbatif prétendait maintenir fermée : « On pourrait aller goûter un de ces jours au Romarin d'Or ? » Et elle avait secoué la tête, très troublée, pour dire oui.

Entre-temps, Joel avait remis à l'administration un long rapport soigneusement élaboré (il contenait une citation d'Adam Smith, et une autre de Jean-Baptiste Say) dont le titre était : « Contribution à une rationalisation des services de la bibliothèque », avec un sous-titre « Optimisation des ressources ». Il y était déclaré, sur six pages vigoureuses mises au point sur son ordinateur domestique — pour que le secret soit bien gardé — que deux préposées c'était trop pour la bibliothèque, alors que les services de la comptabilité ou de la réception avaient beaucoup plus besoin d'un renforcement, que le dynamisme sous-jacent à une croissance exponentielle de l'activité de la Fondation supposait et exigeait. Une employée suffirait (« pour parer en termes adaptés aux exigences », etc.). Mais comme il était peu souhaitable de rompre une relation de longue date, génératrice de stabilité, il proposait une restructuration qui placerait Lídia et Clara à la réception, avec une augmentation de salaire que d'éminents critères évalueraient au plus haut niveau, tandis que serait chargée de s'occuper de la bibliothèque une employée d'un profil différent. Joel s'était donné le mal de présenter des comptes relatifs à la productivité et aux *rationes*, et avait décrit le type d'employée idoine, qui correspondait exactement à Florentina Palha et à personne d'autre. Il aurait pu, évidemment, introduire des questions sibyllines sur l'inopportunité de lire les tarots pendant les heures de service et de se comporter grossièrement à l'égard des supérieurs hiérarchiques. Mais il avait noblement évité ce genre de considérations. En fin de compte il se sentait communiste et les autres étaient des travailleuses. Il s'abstint donc, avec une générosité révolutionnaire, de dénoncer la cartomancie et les caractères indisciplinés.

Quand il invita Florentina Palha au salon de thé, il avait déjà reçu la visite, fugace, entre deux portes, de Rui Vaz Alves qui, après le bonjour, s'était contenté de le regarder d'un air complice en dressant le pouce au-dessus de son poing droit fermé. Le rapport avait fait son effet. Le projet était en route, il s'était attiré des sympathies. Le blabla sur la *ratio* avait sûrement impressionné Vaz Alves qui était par nature un grand amateur de langage technocratique.

Florentina Palha, toujours très cérémonieuse, coupa sa tartelette à la crème en petits morceaux avec une fourchette à gâteaux et refusa la cannelle car cela lui donnait des aigreurs. Elle fit des commentaires sur le feuilleton-télé de l'après-midi et ne cacha pas qu'elle aimait la poésie, surtout bien rimée. À propos de l'agression subie par Joel, à laquelle elle avait assisté de la fenêtre, elle s'étranglait presque. Elle raconta toutes les mesures qu'elle avait prises pour donner l'alarme, s'intéressa tout émue aux séquelles de l'incident et se lança dans des considérations fermes et vertigineusement documentées concernant la sécurité sur la voie publique. Joel dévora son gâteau en trois bouchées, écouta le résumé du feuilleton, eut un clignement d'yeux dubitatif quant aux opinions sur la poésie rimée et, pour ce qui était de l'agression, exprima son inquiétude au sujet de la crise sociale qui jetait tant de jeunes dans l'abîme de la drogue et l'enfer de la criminalité. Florentina prit du plaisir à l'écouter, et Joel à s'écouter parler. Ce qu'il fallait c'était une nouvelle société où personne n'aurait besoin de recourir à des paradis artificiels, où... où... où... Et Joel ébaucha à grands traits, avec d'amples gestes, le profil d'une société différente, dont je ne sais pas bien où elle se trouve, mais probablement au point de confluence de l'île de Barataria avec le Kingdom of Nowhere, en face du pays de Cocagne, avec l'archipel de l'Utopie à l'horizon, scintillant de tous les orichalques de l'Atlantide. Florentina trouva qu'il s'exprimait vraiment bien, et elle était d'accord sur tout, mais il fallait surtout plus de flics dans les rues, et voilà. Malgré tout, et toutes proportions gardées, il y avait des choses qui s'amélioraient. On ne pouvait nier, par exemple, le progrès que représentaient les boutiques « Tout à 300 escudos », avec ces articles chinois, super bon marché. Un après-midi bien agréable.

Alors ce professeur de grec n'avait pas de nom ? Je pense qu'il mérite d'en avoir un, étant donné la constance de son intervention, sa volonté d'entrer dans l'histoire à toute force. Comment pourrait-il donc s'appeler ? En y réfléchissant, Vasco Reboredo lui irait comme un gant, mais il ne dépassera pas six pages, et encore, exemplaires toutefois.

Il a ouvert le placard aux boissons, un vrai trésor, très bien approvisionné et miroitant qu'il a, dans un geste de générosité embarrassée, offert à ses amis. Tous deux, enfoncés dans de profonds fauteuils à larges oreilles, en vrai cuir de Russie, ont refusé avec des gestes aimables et des sourires contrefaits, moins par manque d'envie qu'inhibés par la somptuosité de tout cet étalage, qu'il paraissait sacrilège de regarder, plus encore de toucher, de boire n'en parlons pas.

Ce vaste salon, en effet, intimidait. J'ai déjà parlé des larges baies qui donnaient sur le séminaire des Olivais et déroulaient Lisbonne, claire et obscure, haute et basse, enchevêtrée et plane, comme une carte brouillonne, avec des points de lumière, diverses couleurs, certaines fixes, d'autres estompées, certaines vagabondes, aux tons mêlés, d'autres nettes et disciplinées. Aux deux extrémités, deux pianos à queue au vernis étincelant donnaient sa solennité à la pièce et retenaient l'attention de Vitorino. Une armoire vitrée, en ébène sculpté, contenait une quantité de saints en bois qui vous observaient avec peut-être l'envie de sortir de là, les uns vêtus de riches brocarts, défraîchis par le temps, d'autres dévêtus, ne laissant voir que leur structure en bois surmontée d'une tête ténébreuse, décolorée par les siècles. Sur les murs, d'énormes tableaux, qui auraient suffi à cloisonner des pièces dans la plupart des appartements de banlieue, représentaient, dans des tonalités intenses, bleuâtres, des femmes aux traits tourmentés, avec tantôt des cornes de chèvres en troublantes spirales tantôt des diadèmes sertis d'étranges emblèmes, avec en breloque des croissants de lune.

— C'est ma défunte femme qui a peint cela, a expliqué

le professeur, assis, ses genoux osseux en hauteur, sur une espèce de trépied à traire les vaches, presque à même la carpette. Elle avait une passion pour les choses de l'Au-delà. Elle est morte... d'une longue maladie. Je préfère ne pas en parler...

Il s'est levé non sans peine, est allé jusqu'à la fenêtre, aspirant un peu de Lisbonne par la baie vitrée, une épaule plus haute que l'autre, avant de revenir à son escabeau, entre ses deux invités. Insensiblement, un silence mélancolique s'immisçait, de marécages et brouillards. Vitorino a toussé pour l'exorciser et a fait quelques pas sur le tapis d'Arraiolos, effiloché par le temps.

— Je peux ?

Vitorino, à côté du piano de droite, maintenait soulevé le couvercle du clavier avec le sourire un peu forcé de celui qui veut tenter l'expérience. Le professeur a hoché la tête en signe d'assentiment, mais sous les doigts a jailli un cliquetis sec, dur, de touche en touche. Jorge s'est tassé sur lui-même, incommodé.

— Il n'a plus jamais été accordé, depuis sa mort...

— Hé, hé, il faudrait faire venir un accordeur, a confirmé Vitorino Nunes.

— Et l'autre est pareil. Mais nous parlions de...

Il y eut une stupéfaction manifeste dans l'échange de regards entre Vitorino et Jorge. Ils ne parlaient de rien. Ils ne bavardaient même pas. En fait ils se repentaient vaguement de s'être laissé emmener là, se sentaient maussades et mal à l'aise, cherchant au plus intime d'eux-mêmes un prétexte plausible et courtois pour s'en aller.

— De Joel Strosse. C'est ça ! De la façon dont il avait arraché une affiche d'Otelo de Carvalho et l'avait piétinée rageusement, en hululant.

Cette version ne coïncidait plus, dans le détail, avec le récit produit au Solar de Macedo. Mais le professeur, que nous avons décidé par convention d'appeler Reboredo, du coup, se frottait les mains, les approchant de la cheminée, de style néo-gothique, où il n'y avait ni feu ni bûches. Il avait retrouvé le fil de la conversation, il suffisait de le dérouler. Il a balancé la tête d'un côté, puis de l'autre, compatissant :

— Pauvre, pauvre Joel.

— Il se fait tard, a commenté Jorge, assez hors de propos.

Mais Reboredo ne l'a pas écouté et Vitorino était distrait. Poursuivant sa déambulation, il était planté devant une étrange pyramide, de la taille d'un homme. C'était une sculpture multicolore, faite de lettres, toutes les lettres de l'alphabet, répétées ici et là, dans des couleurs différentes, en une escalade de saillies et de rentrants, les unes tordues et soumises, les autres rectilignes et dressées, certaines de la taille d'un pouce, d'autres dépassant le demi-mètre, comme le gigantesque *A* bleu que Vitorino touchait présentement du bout des doigts.

— C'est aussi votre femme qui l'a fait ? a demandé Jorge, par délicatesse.

— Non, c'est son amant. Un abruti quelconque...

Reboredo a haussé les épaules, cessé de se frotter les mains et levé l'index. Il est resté ainsi en suspens quelques instants, et les deux autres avec lui. Puis il a fini par déclarer :

— Le monde est plein d'abrutis.

Exprimant leur accord par une gestuelle profondément navrée, les deux amis pensaient que cet aveu était la réplique finale constituant un excellent prétexte à leur départ. Mais le professeur demandait, solennel, caverneux :

— Et dans l'ensemble, l'art continue ?

Ils n'ont pas bien saisi le sens de la question. Ils se demandaient si le professeur voulait savoir s'il existait d'autres sculptures en lettres, d'autres toiles ésotériques, ou s'il interrogeait de manière plus générique :

— Et de la littérature, il y en a ? Et de la peinture, et de la musique ?

De la littérature il y en avait un peu, de la peinture, comme ci comme ça, de la musique guère. S'entre-regardant, Jorge et Vitorino, embarrassés, ne savaient pas bien où le professeur voulait en venir, de question en question, et craignaient qu'il ne fût pris d'une fureur agressive, soudaine, et pénible à supporter. Vitorino a jeté un œil au tisonnier, dans l'hypothèse d'avoir à se défendre d'une quelconque attaque. Mais le professeur, au lieu de s'exposer physiquement, a préféré prophétiser :

— Notez bien : quand l'art disparaîtra, et ceci peut arriver d'un moment à un autre, la civilisation touchera à sa fin. Un beau jour on va se réveiller, et plus de civilisation.

Les deux amis n'ont dit ni oui ni non. Ils ont eu un mouvement, c'était déjà trop. Et devant leur impatience, Reboredo, fixant un point droit devant lui, sans les regarder, a ordonné, autoritaire :

— On ne bouge pas !

Et ils se sont rassis, résignés, au bord de leurs fauteuils, écoutant le professeur qui discourait plus ou moins en ces termes :

— L'autre jour j'ai reçu la visite de mon imbécile de neveu qui n'est pas venu innocemment : il voulait m'emprunter de l'argent. Je l'ai tout de suite percé à jour. Comme si ça pouvait être par amour de son oncle ! Je l'ai emmené dîner au Gambrinus. À un moment donné le gars, avant d'attaquer dans les grandes largeurs, me débite un couplet sur Balzac, Stendhal et Flaubert, en me citant des personnages, des passages, etc. J'ai dit je ne sais plus quoi, dans le genre abstrait, et il m'a corrigé sur un ton catégorique. Il savait par cœur la vie des auteurs, il en est même venu à me décrire la scène de la crucifixion des lions...

Il souriait, la figure tordue, se tournant tantôt vers Jorge, tantôt vers Vitorino, qui n'avaient pas l'air capables de voir le point essentiel de sa démonstration. Le professeur a oscillé du chef, déçu par un tel manque de perspicacité :

— Ce type est ingénieur de systèmes. Je n'ai rien contre les ingénieurs de systèmes, mais celui-là, je garantis qu'il n'a pas lu un seul roman de sa vie ! Il avait appris ces phrases par cœur dans un recueil quelconque, une encyclopédie, et il était là, au Gambrinus, en train de les réciter en haussant le ton pour que tout le monde entende. Et moi, qui ai lu tout ça, et relu, muet comme une carpe. Muet ? Anéanti ! Et encore, c'était les Français. Mais s'il s'était lancé dans Thucydide, que j'ai annoté paragraphe par paragraphe, le résultat aurait été le même : lui en train de parader, et moi bouche cousue.

— Il y a des gens comme ça, a observé Jorge, seulement pour dire quelque chose.

— Remarquez bien, a poursuivi Reboredo, qu'il avait appris pour ce jour-là son rollet concernant la littérature. Probablement il avait d'autres phrases en réserve sur la peinture, ou la musique. Il apprenait par cœur des passages d'anthologies et de couvertures de disques, comme il apprenait par cœur des fiches sur les vins, les parfums ou les restaurants. C'était l'idée qu'il avait de la culture. Je l'imagine en train de me dire : « Vous savez, mon oncle, la colorature de la Callas dans *Aïda*, à la Scala, n'est comparable qu'à celle de la Zampieri » ou, pire encore : « La guerre du Péloponnèse a résulté d'une surévaluation par l'Aréopage d'Athènes des moyens disponibles. »

Vitorino allait corriger quelque chose à propos de la Callas, mais Jorge, refusant d'alimenter la conversation, a froncé un sourcil menaçant à son endroit et il a renoncé.

— Vous savez ce qui l'a trahi ? demandait le professeur, avec un fin sourire à la Sherlock. Les dates. Le gars savait aussi les dates de publication des livres par cœur. La date à laquelle Balzac est parti en Pologne, vous vous rendez compte ! Quand j'ai ironisé sur le sujet il m'a répondu, très insolent, et pour me blâmer : « Eh oui, mon oncle, par les temps qui courent, il faut être *à la page**... » C'est à ce moment-là que je l'ai envoyé mentalement au diable, l'ai obligé à payer la moitié du repas, et ne lui ai pas prêté un sou. Quel minable, hein ?

— Un de mes cauchemars, a avoué Vitorino, pensif, c'est d'assister à un débat à la télé entre un charlatan beau parleur et un médecin bègue... Le lendemain, tout le monde commencerait à dire que la médecine c'est une escroquerie, et à se soigner aux piqûres de scorpions...

— Nous sommes livrés à la vermine, a maugréé le professeur, d'une rauque voix d'outre-tombe.

Et il a conclu, morose, la tête basse :

— La réalité est bien trompeuse...

Et comme pour protester contre les tromperies de la dure réalité, un coup de vent est venu frapper la vitre, tout chargé de pluie. L'eau frissonnait et se croisait en petites rigoles le long des vitres. Lisbonne, dehors, voyait ses couleurs et ses lumières se diluer, se défendant à coups de reflets inattendus, hagards, et se débattant tremblée sous le poids des eaux.

— Il ne manquait plus que ça ! a lâché Jorge, sans savoir ce qu'il disait.

— Vous êtes au Parti communiste, pas vrai ?

Des deux fauteuils aux larges oreilles, Jorge et Vitorino ont planté avec fermeté leur regard sur le professeur et ont répondu, en chœur :

— Oui, on y est.

Reboredo n'a pas remarqué cette agressivité pleine de hauteur. Il pensait bavarder avec des amis et il aurait continué comme ça toute la nuit, sans arrière-pensée, sans hâte :

— Je l'ai vu tout de suite. Ça se voit, rien qu'à la façon de marcher. Moi j'ai rompu avec le Parti quand ils ont renoncé à la dictature du prolétariat. Pour moi, ç'a été une trahison. Toute cette clique avait besoin d'une putain de dictature du prolétariat, oui. Moi je n'accepte pas les compromis avec la bourgeoisie...

Vitorino allait riposter, il voulait accomplir son devoir de responsable du Parti, et avancer des justifications en ce qui concernait la dictature du prolétariat. Mais Jorge l'a foudroyé d'un regard de Gorgone et il s'est retrouvé pétrifié, avec cinq doigts, qui s'apprêtaient à gesticuler, soudés au visage. Vasco Reboredo n'a pas paru remarquer le différend et a concrétisé son idée :

— Chez moi à Coruche, des mecs se pointent qui ont la manie de la chasse au renard, à l'anglaise. Ils se sont acheté des fringues de clowns, se sont trouvé un cor, ont réuni une meute de clébards avec des taches et, dès l'aube, les voilà à cheval dans les taillis, à la poursuite du renard. À mon avis, ils n'en ont jamais attrapé un. Vous voyez le tableau ? Une flopée de gus et de bonnes femmes, harnachés comme des cons, au grand galop, avec leurs vestes rouges au milieu des romarins et des broussailles ? Ce qui est drôle c'est que parfois ils ont le toupet de m'inviter... Vous savez ce que je leur réponds ?

Vitorino et Jorge, graves, ont reconnu, silencieusement, qu'ils ne savaient pas.

— Je leur dis que ce qu'il leur faudrait c'est une bonne dictature du prolétariat qui les mettrait au pas, qui les ferait chier !

— Et eux ? a risqué Vitorino.

— Oh eux, ils rient et après ils viennent tous dîner chez moi. Mais ils savent que je ne leur pardonnerai jamais.

La pluie, vengeresse, a grondé avec plus de force contre la vitre, ajoutant à la vigueur de ces mots la puissance des éléments. Inconsciemment, Vitorino a remonté le col de son blouson et tiré la fermeture *Éclair**. Jorge se souciait également plus de cette tornade pluvieuse que du prolétariat en armes, occupé à châtier des nouveaux riches d'opérette. Surpris par l'absence de réponse, le professeur a enfin remarqué l'impatience embarrassée des autres :

— Vous pouvez rester, si vous voulez ! Il y a des lits ici !

Jorge et Vitorino ont refusé précipitamment, avec des mimiques terrifiées.

— La prochaine fois..., a répondu Vitorino, timidement.

— Ah mais vous voulez partir ? Dommage. Patience... (et il a secoué la tête, désolé :) Bon, alors il n'y a plus qu'à appeler Valério. Valério ! Valério ! Ramène ces amis chez eux !

La tête mal réveillée du chauffeur s'est montrée derrière un rideau, et les protestations, à vrai dire plutôt hypocrites, de Jorge et Vitorino n'ont servi à rien. En moins de deux, débarrassant encore son blouson des gouttes que le parapluie du chauffeur n'avait pas réussi à éviter, Vitorino criait à sa tante : « C'est moi, je suis rentré. Pas de problème. Je suis sorti avec des copains de gauche ! » Quant à Jorge, après une navigation dans la Bentley au cœur du déluge, parcours qu'il n'apprécia pas autant que le premier, à peine mettait-il la clé dans sa porte qu'Eduarda surgissait de l'obscurité des marches où elle l'attendait, disant, joyeuse et décontractée :

— Salut ! C'est une heure pour rentrer, ça ? J'ai besoin de votre aide. Il pleut dehors, un délire ! Vous avez quelque chose à manger chez vous ?

Vera Quitério au téléphone. Avec un crayon-bille elle prend des notes hâtives sur des demi-feuilles A4 que son coupe-papier a préparées habilement. Elle dit régulièrement « hum-hum, hum-hum » tout en notant d'un air grave. De temps en temps elle s'exprime et dit : « Bon, bon, mais il vaudrait mieux aller au fond des choses... » Au cours de cette conversation, soit isolément soit au milieu d'autres phrases négligeables, cette expression se répétera. C'est ce qu'on appelle métaphoriquement, dans le langage orthopédique, « une béquille du discours ». J'y reviendrai parce que étant donné que c'est le titre du bouquin, cela mérite quelque développement.

Vera Quitério accumule ses notes machinalement. Personne ne peut parler à Vera sans qu'elle ne griffonne sur ses demi-feuilles. Si, par hasard, un camarade mettait un genou en terre et lui faisait une déclaration d'amour, plaintive, émouvante, du fond du cœur, Vera prendrait d'abord des notes appliquées et, en plein milieu, elle proférerait, entre autres : « Il vaudrait mieux aller au fond des choses ! » Et probablement la réponse viendrait-elle le lendemain, en bonne et due forme, point par point. Dans le cas précis, elle serait négative, avec justifications à l'appui.

Les demi-feuilles seront ensuite regroupées en petits tas, par thèmes, réunies par un trombone ou un élastique, selon l'épaisseur. Plus tard, quand elles occuperont trop de place, nécessaire à d'autres demi-feuilles, elles seront jetées à la corbeille à papiers et auront la destinée des ordures lisboètes. Si la phrase « il vaudrait mieux aller au fond des choses » peut être considérée comme une béquille du discours, la prise de notes frénétique et concentrée sur des bouts de papier, on doit l'envisager comme une « béquille du comportement ».

Vera a quarante-neuf ans, elle a l'air plus jeune, malgré ses cheveux blancs, et elle est permanente du PCP depuis des temps immémoriaux. Elle est née de parents clandestins, dans une ferme alentejane, où logeaient les bergers, et son premier jouet a été une *matriochka* rapportée de très loin, qu'elle a gardée jusqu'à aujourd'hui, sauf la plus petite figurine qu'elle a perdue dans un train. À l'époque où un camarade, solennel et trempé de pluie, lui avait tendu la poupée, elle parlait à peine et elle avait déjà déménagé quatre fois. Elle doit être parmi les personnes au Portugal qui ont déménagé le plus souvent. Elle se rappelle encore les brumes entre les peupliers, dans une maison à la frontière au bord du Minho, dont les eaux tumultueuses l'avaient tellement impressionnée, après un long voyage en zigzag, taxi, train, bateau, autocar, qui l'avait ramenée des climats dorés et patriarcaux du paysage brûlé de Campo Maior, où elle vivait en plein bourg dans une petite maison mansardée qui donnait sur un coiffeur. Elle a appris à lire dans *Avante !* Elle est allée de temps à autre à l'école primaire (diverses écoles primaires), mais une fois ses parents avaient dû la retirer quand ils avaient appris que la gamine racontait qu'à la maison il y avait des papiers « avec un ma'teau et une faucheuse », raison plus que suffisante pour un nouveau déménagement cahotique. Encore aujourd'hui elle est émue quand elle se rappelle sa mère, avec son sourire timide, un doigt sur les lèvres, et chuchotant avec sa prononciation alentejane bien marquée : « Eh, nong', ma chérie, il ne faut pas le dire ! Ah tes pareng's ils ne t'arranngent pas la vie... »

Vie dure, mal nourrie, de fuyards. Une école ici, une autre là. Elle se rappelait un personnage qui était resté chez eux un temps infini, qui lui apprenait des chansons et la prenait sur ses genoux pour lui faire lire un petit livre tout fin, déjà à moitié déchiré, qui commençait comme ça : « Un spectre hante l'Europe. C'est le spectre du communisme... », mais elle n'arrivait pas à se rappeler ses traits.

Une nuit, des cris, une bousculade, des ombres dans l'obscurité, l'odeur des papiers qui brûlent dans une cuvette, une porte éventrée à coups de marteau, des armes, un coup de feu, la terreur de ses parents, l'air surpris des gens tout autour, consternés, quand toute la famille avait été emmenée, menottes aux poings, dans les voitures. Prisonnière à huit ans, la PIDE ne savait pas quoi faire d'elle. On avait fini par la confier à une tante au large sourire, à l'air parfaitement innocent, qui ne devait pas tarder elle aussi à entrer dans la clandestinité.

Si je devais raconter toute sa vie, un livre comme celui-ci n'y suffirait pas et il me serait difficile de garder un ton léger, parce que le sujet exige de la gravité, fait appel à des souvenirs douloureux.

Je me contenterai de dire que Vera a commencé à comprendre que la vie n'était pas seulement faite de clandestins d'un côté avec le peuple, et de la PIDE de l'autre avec des capitalistes en chapeau haut de forme, quelques années après le 25-Avril. La complexité des choses est longue à imaginer, plus longue encore à apprendre. Dans tout cela, il y a eu aussi une arrestation, la torture, et une peine de cinq ans à purger à la section féminine de l'établissement carcéral de Caxias.

Quand elle était sortie de prison, après avoir accompli l'intégralité de sa peine, Vera s'était mise en ménage avec un type sympathique, ouvrier fraiseur, originaire de « familles progressistes », et qui savait par cœur « Le Merle » de Guerra Junqueiro. Mais le gars n'avait pas eu une attitude à la hauteur de ses traditions familiales ni du poème : il s'était mis à boire, à fréquenter les bistrots, à faire courir des risques aux documents que Vera cachait chez eux, et aussi aux discrètes relations qu'elle avait établies entretemps avec le Parti. Tout se passa donc très mal avec son compagnon, qui perdait de jour en jour sa conscience de classe. Leur relation pourrit. Elle fut prise d'une sensation de liberté jubilatoire, euphorique, quand il l'abandonna et disparut du jour au lendemain dans les méandres d'une organisation clandestine. Toujours affairée, pressée, minutieuse comme une fourmi, vive et efficace, mesurant les petites choses à l'aune des grandes, et les grandes à l'aune des petites, Vera n'a pas encore trouvé le temps de faire le bilan de son existence et de le solder avec un déficit dans la colonne du bonheur.

Outre sa frénésie de prendre des notes et de dire « il vaudrait mieux aller au fond des choses », elle avait pris une autre habitude qui étonnait et gênait beaucoup de gens : celle de vous flatter le visage d'une petite caresse. Un sourire rapide, un regard compréhensif vers l'autre, une main dont les doigts glissaient sur les joues, masculines ou féminines, en un geste tendre, apaisant et doux. En effet il n'y avait rien de lubrique, ou même d'hypocrite dans cette façon d'entrer en contact. Il s'agissait d'une façon très personnelle et abrégée de dire : « On est camarades, je t'écoute, il n'y a pas de problème, tu es chez toi, tu es absous, mais il vaudrait mieux aller au fond des choses... » C'était un peu comme la rapide bénédiction de l'évêque qui pénètre dans un village, comme le salut symbolique, négligent et mou des lieutenants-colonels qui franchissent la porte de la caserne, comme les petites tapes dans la nuque que nous donnent les institutrices le premier jour de classe, comme la main que passe l'entraîneur sur la tête du jeune footballeur qui vient de marquer un but, comme le coup de poing simulé que nous assenons, au ralenti, dans le dos d'un copain, lors de moments de grande complicité. C'était des caresses bien intentionnées et dépourvues de malice ou de concupiscence. Seulement la majorité des camarades n'aimait pas. Ils fronçaient le nez ou le sourcil, faisaient à voix basse des commentaires allusifs dans l'embrasure des fenêtres, mais Vera, dans sa candeur, ne s'en apercevait pas.

Qui donc téléphonait prolixement à Vera, cet après-midi-là ? C'était Carmo Velho, l'avocat, sérieusement alarmé, des trémolos dans sa voix sépulcrale. Après son déjeuner avec Joel Strosse, il était arrivé au bureau d'extrêmement bonne humeur, avait tenu un propos leste à la secrétaire, qui ne l'avait même pas entendu, collée à son ordinateur, et était parti faire un brin de conversation dans le bureau d'un autre collègue. Dans la salle d'attente il y avait déjà des clients. Qu'ils s'arment de patience. C'était l'heure sacrée de la convivialité entre bureaux.

Comme d'habitude, ils commentèrent les problèmes de circulation, dirent du mal de ces nouveaux juges, formés en hâte dans les CEJ [1], manquant de l'urbanité du barreau et de l'expérience de la vie, se demandèrent si le délai de présentation des comptes, en cas de recours devant le tribunal, donnant raison à la position de A., obligeait à une notification préliminaire de la part du juge « *a quo* », feuilletèrent la jurisprudence et les textes correspondants... À un moment, Carmo Velho, tirant sur son cigarillo, raconta qu'il avait par hasard déjeuné avec un type qui — imaginez ! — prétendait entrer au PCP. Qui ça, qui ça, et il indiqua, car ce n'était pas un secret professionnel : « Joel Strosse ! »

— Pas possible, s'est énervé un de ses collègues, en se levant d'un bond de son fauteuil en skaï qui très paresseusement, très lentement, a repris sa forme. C'est un Joel qui a fait du droit, ensuite des lettres, qui était amoureux d'une poétesse et a fini par se marier avec une assistante sociale.

— Je pense que oui... Strosse, un maigrichon...

— Ce type qui après le 25-Avril a écrit des articles hyperréactionnaires dans le bulletin paroissial de Fafe, où il traitait la révolution de « taureau rouge » et désignait Álvaro Cunhal comme « le démon blanc des Steppes » ? Il a même eu une phrase qui est restée célèbre : « Ces messieurs de la gau-gauche auraient surtout besoin d'une bonne fessée sur le fondement de leur conscience... »

— Tu es sûr ?

— Écoute, le directeur du journal a été mon client dans une affaire de « propriété en indivision ». Il m'a tout raconté. Le type utilisait un pseudonyme, *Le Vengeur*, quelque chose comme ça.

1. Écoles de la magistrature.

— Mais moi je tenais pour garanti, abondamment prouvé que Joel Strosse était un homme de droite, intervint un autre collègue. Une fois, Avenida da Liberdade, quand l'AD [1] s'est constituée, il était dans une camionnette bourrée de manifestants, tout enthousiaste, et il m'avait même fourré un drapeau orange par la vitre de ma voiture. J'ai tout de suite dit « Hooooo ! » mais...

— Tu es sûr ?

— Absolument, ont répondu en chœur les deux collègues.

— Bon, a conclu Carmo Velho, en écrasant son cigarillo dans un cendrier. L'affaire est grave. Il faut que je donne un coup de téléphone.

Et il est sorti de son bureau. C'est ce coup de téléphone, directement adressé à Vera Quitério, que nous avons surpris il y a un instant.

— Hum-hum, et quoi encore ? demandait Vera, faisant des petits traits sur le papier avec son crayon-bille.

À l'autre bout, l'avocat tonna encore pendant un bon moment. Il lui revenait des épisodes anciens qui ne donnaient pas le beau rôle à Joel Strosse et, entraîné par son discours, il composait un tableau qui frôlait la médisance :

— Très bien... Oui, oui... Il vaudrait mieux aller au fond des choses. J'ai pris note.

Comment Vera avait-elle pu fignoler un tic de langage aussi long et compliqué ? Elle avait commencé par un « hein ? » nasalisé et musical à la fin de ses phrases, continué avec un « Hein, tu ne trouves pas ? », transité par un « Je ne sais pas si tu vois ? », vite complété par un « Je ne sais pas si tu appréhendes bien l'idée ? ». De là elle était

1. Alliance démocratique. Alliance regroupant les partis de droite après le 25-Avril.

passée à « il faut en discuter » et, plus tard, elle raffina et s'arrêta à « il vaudrait mieux aller au fond des choses ». Je me suis livré à une investigation détaillée concernant les auxiliaires de phrase, j'ai recueilli des milliers d'expressions, j'ai consulté divers traités, nationaux et étrangers, et je n'ai jamais rencontré de référence à une « béquille du discours » aussi tordue, ni d'explication à son sujet. Je pense que la bonté naturelle de Vera a fini par trouver ce « il faut en discuter » trop impératif à cause du « il faut », et trop connotatif de désaccord à cause du « discuter ». Son subconscient a dû adoucir le « il faut », exagérément sec et autoritaire, en un « il vaudrait mieux ». « Il vaudrait mieux en discuter » aurait peut-être pu pousser à une querelle de tous les diables. De sorte que Vera a dû préférer l'euphémisme « aller au fond des choses ». Au sens plein de la locution, pas superficiellement, ni à tort et à travers. Des choses précises, laissées à l'appréciation de l'interlocuteur. C'est ainsi que j'interprète, je ne sais si c'est avec la perspicacité nécessaire, la récurrence de cette phrase qui, nous en conviendrons, résonne beaucoup mieux et a un sens plus clair que son primitif « hein ? ». Mais je suis prêt à accueillir tout autre interprétation mieux documentée.

Vera rangea ses petits papiers dans sa serviette et se prépara pour la prochaine réunion, qui avait lieu presque aussitôt, avec un groupe de puéricultrices indignées auxquelles le ministère voulait barboter des droits acquis.

Et voilà Jorge Matos, avec Eduarda en face de lui, en train de dévorer les yoghourts, deux œufs et un reste de saucisson qui étaient dans le frigo et devaient lui faire son dîner du lendemain.

— J'ai compris tout ce qu'elle m'a dit, a expliqué Eduarda entre deux bouchées, avec son plateau sur les genoux, mais après j'ai oublié. C'était subtil, vous comprenez ?

Malgré tout, elle n'osait pas encore tutoyer Jorge. Il avait des gestes indifférents, mous, avachis. Ce jour-là il lui était arrivé trop de choses, et la visite d'Eduarda, à cette heure avancée de la nuit, ne l'arrangeait vraiment pas. Il changea de conversation, en bâillant :

— On m'a ramené chez moi en Bentley.

Eduarda, imperturbable. Elle s'était habituée, pour les besoins du service et la préservation de son image, à n'avoir jamais l'air étonné. Il était utile de donner l'impression qu'elle était informée de tout et elle s'était donc composé une attitude, qu'elle n'épargnait pas non plus à Jorge. Mais il comprit tout de suite qu'elle ne savait pas ce qu'était une Bentley :

— Une voiture de quarante mille *contos* !

— Qui était à une bonne femme ?

Rien à faire. Il y avait là qui s'immisçaient d'insurmontables difficultés de communication.

— Allez mange, mange, a suggéré Jorge.

Et il a commencé à se promener dans le salon, courbé, les mains dans le dos. Eduarda a profité de cette pause et s'est mise à regarder la télé. À cette heure-là passait un film sur un extraterrestre qui émettait des liquides toxiques, verdâtres et y engloutissait des villes entières, avec le shérif et tout.

Encore heureux que ce jour-là étaient arrivés à Jorge, avant sa soirée au Solar de Macedo, des événements dignes de mention. Si ce n'avait pas été une journée bien pleine — du point de vue du narrateur — je me verrais obligé de semer par-ci par-là des aventures. Tandis que là, je peux me permettre de condenser tout dans les deux paragraphes qui suivent, pendant qu'Eduarda dévore son souper et apprécie le film d'extraterrestres.

À la poste, le matin, une lettre de sa fille Eufémia. L'air de São Tomé était, semble-t-il, moins pur, les cocotiers plus décatis, les orphelins plus impertinents, les sœurs de charité plus accablées d'humains défauts et les carences quotidiennes plus pressantes. Eufémia, qui avant se complaisait à dire du bien de tout, du paysage réel et du paysage humain, convaincue que c'était la meilleure manière d'enquiquiner son père, se lançait aujourd'hui dans deux pages de plaintes domestiques d'autant plus inusitées que le destinataire de la lettre n'était guère fait pour ce genre de ragots. Personne ne l'aimait, la mère Guadalupe avait haussé les épaules à l'idée d'un pique-nique sur la plage de l'île de Príncipe, sa camarade de chambre se mettait des parfums bon marché, qui étaient expressément interdits, et elle rentrait en sautant par la fenêtre la nuit, venue d'on ne sait où, la saleté de jeep était tout le temps en panne, elle avait le corps couvert d'énormes pustules dues aux piqûres de quelque insecte, un interrupteur s'était cassé et il n'y avait personne pour le réparer, une des femmes médecins était tombée amoureuse d'un Belge dont on voyait tout de suite que c'était un escroc, etc., etc. Eufémia terminait, après des considérations qui volaient très haut (« exercer, oui, mais sérieusement, dans des conditions décentes »), sur une déclaration nostalgique concernant l'automne au Portugal, « avec ses nuances claires-obscures, sa fraîcheur qui n'est pas encore le froid, ses feuilles qui tombent, ses longs crépuscules dorés... ».

« Bon », pensait du coup Jorge, qui tâtait la lettre froissée au fond de sa poche, « donc on a droit à la poésie et tout.

Et je vois qu'elle est déjà sur le chemin de Lisbonne. Il faut que j'arrange un peu sa chambre, que j'enlève mon vélo d'appartement, le fauteuil boiteux et le coffre-fort de ma grand-mère. J'espère que sa mère aidera un peu pour le billet d'avion. Mais lui trouver un emploi, ça va être un bigntz. Peut-être qu'ils ont besoin de quelqu'un qui a l'expérience d'œuvres de charité au conseil municipal, qui est communiste. Mais, la pauvre, elle est si réactionnaire... »

Et Jorge se prenait à léviter, à flotter dans une douce brume d'images mentales d'où émergeait une toute petite fille, courant sur la plage du Guincho en direction de sa mère qui lui tendait les bras, les cheveux tout ébouriffés par le vent, tandis que lui, Jorge, père heureux et inexpérimenté, essayait de régler l'objectif de son Rolleiflex, quand Eduarda coupa brusquement ses tendres élans d'un grand éclat de rire, et le précipita des brouillards de la mémoire sur terre.

— Ça y est, ils ont réussi à congeler le Martien...

Sur l'écran de la télé, une étendue vert olive, gélatineuse, sillonnée de blanc, un cybertechnicien enlevant son masque, soulagé, et une voix off, sinistre : « Je reviendrai ! » tandis que le générique de fin commençait à défiler.

Eduarda dévorait une poire. C'était son dessert.

— Un film idiot, hein ? observa Jorge.

— C'était super. Dans le genre...

— Je crois que je suis un peu fatigué...

— Alors ça, ça m'embête.

Cet après-midi-là, Jorge était allé au lycée António Chiado pour une enquête. Il y avait des infractions disciplinaires sérieuses et un préjudice qui dépassait les deux mille *contos.* Les élèves de seconde avaient posément et méthodiquement détruit un amphithéâtre sans que le professeur de chimie s'y oppose. Tout avait commencé par un tube à essai qui s'était brisé sur le sol, le professeur grommelant entre ses dents : « Qui casse les verres les paie... » L'expression avait enchanté les élèves qui avaient décidé de balayer une étagère à creusets en la faisant tomber d'une table, dans un grand fracas de poterie cassée. Le professeur avait croisé les bras et s'était à nouveau exclamé : « Qui casse les verres les paie ! » Vlam, le dessus d'une table vola en éclats et tout de suite après une chaise prit son envol et brisa une des vitres de la fenêtre. Le professeur garda les bras croisés et opta pour une attitude rigide et héroïque. Parfois il disait si bas son « qui casse les verres les paie » que les élèves étaient obligés de s'approcher, l'oreille attentive, pour savoir comment il réagissait quand une vitrine s'écroulait ou qu'un squelette brûlait au-dessus d'un bec Bunsen. Et plus le professeur était serein et statique, comme s'il avait été enroulé dans le drapeau national, prêt à mourir pour la patrie, plus aigu se faisait le charivari et plus complète la destruction. L'amphithéâtre, construit dans les années cinquante, était un champ de ruines. Seul échappa un anneau de Gravesande, dont le fer, particulièrement bien trempé et résistant, servit à cabosser tables et bureaux et à broyer verre et marbre. Une copie du mètre étalon — barre de platine iridié déposé à Sèvres, et qui correspond à la dix-millionième partie du quart du méridien terrestre — succomba, si tordu qu'il avait l'air d'un galon de feutre, de ceux qu'on mettait autrefois aux chapeaux. Et l'apparemment robuste pompe à vapeur, rutilante de cuivre et rouges sanguins, reine d'expériences pendant des décennies, était à présent un amalgame congestionné de ferraille, au milieu des plumes d'oiseaux rares et des écailles de reptiles empaillés, les vitrines ayant été dévastées, que ce soit de physique ou d'histoire naturelle, il n'y avait eu ni favoritismes ni discriminations.

Jorge, dans un coin de la salle du conseil, écouta les uns après les autres une série de garçons et de filles qui, pleins de candeur, expliquaient : « Le prof a laissé faire »... À la fin, il enregistra la déposition du professeur de chimie qui déclara, en vrai martyr : « Les élèves doivent se responsabiliser par rapport à leurs actes, sans manipulation ni dirigisme. Qui casse les verres les paie. C'est comme ça qu'ils se prépareront pour l'existence... » Et il ajoutait, croisant les bras : « Je suis profondément pénétré de fatalisme oriental. » Il avait été chauffeur à l'ambassade d'Alger, ce qui en matière d'Orient est un peu court.

Une dactylo enregistrait les dépositions. Jorge était fatigué, il avait sommeil. Il n'eut même pas l'idée de demander au professeur de chimie s'il avait une notion de la valeur approximative des oiseaux empaillés, de la machine à vapeur et du matériel restant. Il proposerait à la considération de l'autorité supérieure la retraite forcée du bonhomme et le renvoi de certains élèves. Le ministère, comme d'habitude, réduirait les peines d'un échelon. Les parents se cotiseraient et paieraient les dommages, sauf les irréparables. Et il aurait rempli, une fois de plus, son rôle de bureaucrate paperassier, scribouillard, et sans intérêt.

Ce soir-là, l'animation fraternelle du Solar de Macedo lui avait fait, d'une certaine façon, oublier cet après-midi inquisitorial et routinier, les rapports, tracasseries, énormités, bêtises et procédures diverses qui étaient son ordinaire. Dans l'exercice de ces fonctions, il était passé, à vrai dire, par bien pire que la destruction systématique et totale d'un amphithéâtre et ce que cela impliquait. Au lieu de professeurs dévoyés, ou mystiques, ou fatalistes, il avait rencontré de véritables fous, pires encore que ceux qui faisaient de lamentables fautes d'orthographe dans leurs dépositions écrites. Des élèves, il valait mieux ne pas en parler. Cela les amusait de faire les malins, tout en faisant éclater leurs chewing-gums en grosses bulles.

Et à propos, Eduarda était revenue après avoir lavé son assiette, elle avait éteint la télé et elle demandait, presque en minaudant :

— J'aurais bien voulu une petite aide, pour Agustina...

— Mais Agustina, toujours Agustina, pourquoi ? Il y a d'autres écrivains, Maria Velho da Costa, Vergílio Ferreira, José Cardoso Pires...

— Ouais, mais ces écrivains du siècle dernier, vous savez...

Et Eduarda secoua une de ses mains, comme si elle était mouillée, pour exprimer son dédain à l'égard de ce passé.

Jorge Matos poussa un grand soupir, se pencha, accablé, et tira avec résignation quelques livres de sa bibliothèque, des anthologies, des recueils, les *Entretiens avec...* de Mário Ventura, les interviews de J. J. Letria... Sa nuit était fichue. Eduarda allumait déjà l'ordinateur, prête pour la veillée. Il redit :

— Je t'ai déjà dit que je me suis baladé en Bentley tout à l'heure ?

Et donc l'interview d'Agustina fut rédigée, sans que l'intéressée y montrât son nez le moins du monde, à part telles bribes de conversation qu'elle avait pu avoir avec des journalistes ici ou là, et que Jorge Matos avait dénichées et trafiquées en partie. Il essaya d'expliquer à Eduarda qu'il s'agissait là d'une fraude, mais elle se montra peu sensible au vocable et moins encore au concept.

Quand Eduarda, très tôt le matin, décampa, Jorge, mal réveillé et se sentant cerné, estima qu'il était temps de mettre un terme à sa liaison avec la jeune fille. Il allait lui écrire un billet sec au magazine, où il soulignerait leur différence d'âge, son besoin de tranquillité, la probabilité du retour de sa fille, « d'autres développements que sa vie pourrait connaître », en la priant de ne plus chercher à le voir. Six, sept lignes maximum. Ou, peut-être, un peu plus...

Il aurait pu s'éviter cette peine... Dans quelques intants, à la rédaction de *Reflex*, le jeune responsable de la section Culture Bernardo Veloso, las des infantilismes de sa fiancée et de sa manie du jeu de mouches et autres, va regarder Eduarda éperdu d'admiration, impressionné par son interview, et l'inviter à déjeuner. Il a à lui proposer un travail sur le *Titanic*, dans sa dimension sociale et culturelle, bien entendu, robes du soir, menus, luxe, etc. Il a déjà pensé à un titre : « Dernier bal à bord... »

La substantielle conversation de ce déjeuner sera de la teneur de celles qui irritent le plus Jorge, qui ne supporte pas d'entendre parler de médecines exotiques, d'acupuncture électrique ou de « captation d'énergies cosmiques ». Mais il n'avait plus rien à voir là-dedans.

La nuit précédente, si, quand Eduarda, tard dans la nuit, avait interrompu la dictée pour lui demander :

— Quel est votre signe, déjà ? Vous me l'avez dit, mais j'ai oublié.

— Je n'ai rien dit, non. Je ne me sers d'aucun signe, moi.

— C'est pas pour s'en servir...

— Allez, allez, avançons. Écris : « Agustina s'assied, avec un regard pénétrant, et rétorque... »

— Mais c'est vrai que vous avez l'air crevé. J'ai entendu parler d'un professeur péruvien qui vous débarrasse de votre fatigue en vous expliquant comment capter les pôles d'énergie cosmique.

Jorge faillit éclater, dans un accès de fureur homérique, avec apostrophes et tout, mais il préféra recourir à la métaphore de l'alpiniste, qui constituait d'ailleurs toute la symbolique de sa dernière pièce de théâtre, qui s'appelait précisément *Sur la montagne.* Il se retint, s'assit et développa ce qui suit, d'une voix sourde et patiente, car l'aube approchante ne se prêtait pas au tapage nocturne :

— Un alpiniste se jucha sur une falaise, à grand-peine.

— C'est quoi, ça, « sejucher » ?

— « Monter ». Écoute :

« Un alpiniste escaladait une falaise à pic, avec de plus en plus de difficulté et de fatigue. Il avait franchi les étapes les plus difficiles du parcours, il s'était même vu basculant en arrière vers le sol, prêt à dévisser, sur une oblique traîtresse. Mais il progressait, lentement, pied à pied, en une lutte serrée avec la roche et avec la gravité universelle. De temps à autre, il glissait, fragilement suspendu au-dessus de l'abîme, retenu par ses cordes et ses pitons. Il avait connu les vertiges, les crampes. Et il ne voyait pas la cime de la montagne. Il grimpait seulement parce que, comme il était alpiniste, c'était son boulot. Le long de la paroi rocheuse, presque lisse, il tâtonnait, de saillie en saillie, de creux en creux. Il avait déjà monté quelque cinquante mètres quand, soudain, il sentit un choc dans la pierre, un bruit sec au-dessus de son épaule droite. D'en bas, quelqu'un le visait avec une fronde.

Eduarda regardait, tordant le nez, promenant un doigt impatient sur le clavier de l'ordinateur.

— Des choses qui arrivent ! Pas mal. Vous racontez bien. On reprend Agustina ?

Tout en parlant, Jorge Matos se passait une main sur l'autre, très légèrement, à intervalles réguliers, comme s'il marquait un rythme secret, susceptible d'être appréhendé seulement par un destinataire initié, qui eût été tout près, ce qui n'était pas le cas. En se concentrant sur ce geste, il essayait d'éviter que sa voix ne trahît sa fureur.

— Ce que j'essayais de t'expliquer, au moyen d'une image, qui devrait t'être sûrement plus facile à comprendre que le raisonnement, c'était ceci : Pendant des siècles sanglants, nous avons lutté, avec des risques, des reculs, des petites victoires, des grandes défaites, pour nous hisser à la force du poignet de deux ou trois pouces au-dessus de l'irrationalisme. Et toi tu arrives et des gens comme toi, et au moment où nous pensons que notre ascension touche au but, bing ! vous nous jetez des pierres.

— Mais qu'est-ce que j'ai fait de mal ? Qu'est-ce que j'ai fait de mal ?

— Tu oses parler de zodiaque chez moi, quatre cents ans après Pic de La Mirandole ! Tu oses récuser des milliers d'années de civilisation qui n'ont pas été faciles à gagner, crois-moi !

Le visage d'Eduarda exprima une surprise vexée, offensée, disposée à se défendre :

— Eh, l'autre ! Vous n'allez pas me dire que vous ne croyez pas aux signes. Tout ça c'est plus que prouvé. Je ne sais pas ce qu'il dit, votre Mirandole, mais en tout cas dans les meilleures universités américaines...

— Eduarda !

— Ah non, zut, il faut au moins être au courant des choses. C'est le minimum...

— Eduarda, insista Jorge, il vaut mieux changer de sujet (et sur un autre ton :) Tu as déjà mis le regard subtil d'Agustina... ?

— « Pénétrant ».

— C'est ça ! Alors, continue...

Et jusqu'à six heures du matin, en maugréant, Jorge dicta et corrigea la pseudo-interview. Si avant il avait fini par trouver un certain charme à Eduarda — sortilège et fraîcheur de la jeunesse —, à ce moment-là il éprouvait presque à son égard de l'aversion, et son plus cher désir était de la voir disparaître avec son bloc-notes, son sans-gêne et ses considérations extravagantes sur des pratiques de sorcellerie. Il partit se coucher, ferma la porte de sa chambre et ne se soucia pas de savoir comment Eduarda se débrouillait pour le reste de la nuit. La jeune fille avait de la ressource. Elle s'installa dans le lit d'Eufémia. À huit heures, Jorge l'entendit partir. Il se leva, de très mauvaise humeur et sceptique à l'égard du monde.

Cet après-midi-là, à l'heure du déjeuner, Eduarda devait raconter à Bernardo Veloso la métaphore de l'alpiniste, en la transformant en un rêve qui se répétait, vaguement prémonitoire. Elle montait vers les cimes lumineuses, se croyant libre, aspirant l'air pur de la montagne, quand elle avait senti un jet de pierre au-dessus de son épaule droite. C'était le jeune rédacteur qui, fusil au poing, ne la laissait pas continuer et l'obligeait à revenir sur ses pas.

Avec un sourire câlin, elle lui caressa doucement la main.

— Je ne comprends pas. Je pense que je mérite au moins une réponse, non ?

Par la porte entrouverte, Joel Strosse, tandis qu'il parlait avec Jorge Matos, voyait Florentina Palha déambulant entre les livres, et la conscience de sa présence dans les parages lui grossissait la voix, l'enhardissait, au point de formuler des exigences. Dans son combat pour le transfert de Florentina, il avait gagné la partie, succès digne d'être fêté, car les victoires n'étaient que rarement, ou presque jamais, son lot. Entre-temps Cremilde avait loué une chambre à Grândola et y passait une partie du temps, respirant l'air même de Pinheiro da Cruz. Pour une raison mystérieuse, cela aussi contribuait à donner des ailes à Joel.

Florentina était l'employée idéale pour le poste. Elle remettait tout au lendemain, ne faisait absolument rien sur le moment. C'était Joel lui-même qui remplaçait les revues, et s'arrangeait avec les acheteurs de papier. Mais il lui suffisait de la voir, assise à son bureau, regardant une collection de cactus qu'elle avait ramenée d'en bas, ou caressant le dos des livres avec une grande douceur au bout des doigts, pour bénir ce bénéfique échange de deux bureaucrates décaties contre une parfaite collaboratrice. Elle était toujours prête à parler, à comprendre. Dans un élan de courage, en lui demandant le plus grand secret, Joel lui avait avoué son intention d'adhérer au PC. « Insistez, monsieur, ne renoncez pas ! » disait-elle avec une fermeté qu'elle paraissait toujours disposée à offrir aux autres parce qu'elle n'en avait pas besoin pour elle-même.

Et Joel avait fermement insisté, grondant presque ce pauvre Jorge Matos, qui avait fini par reposer le combiné et donner un coup de poing sur la table. C'était vrai, l'autre avait raison. Il fallait décider. Et d'appeler Vitorino, avec une rancœur décuplée par la détermination de Joel et son propre sentiment de culpabilité.

Ce même après-midi, vers six heures, lui, très impatient,

et Vitorino, très flegmatique, s'asseyaient en face de Vera Quitério, qui les avait déjà caressés tous deux sur la joue, et leur avait demandé comment ils allaient et « si ça marchait au boulot ». Devant la mauvaise humeur manifeste de Jorge Matos, elle coupa court avec sévérité, retirant son sourire :

— Le cas présente certaines difficultés. Le mieux ça serait qu'on en parle.

— Très bien !

Jorge croisait les bras et Vitorino, un bout de langue appliqué dépassant de ses lèvres, faisait des tentatives désespérées pour dessiner un cercle parfait au dos d'un tract. Étaient parvenues au Parti (en vérité elles n'étaient parvenues qu'à elle, Vera Quitério) des informations préoccupantes. Il valait mieux aller au fond des choses.

Jorge allait déclarer que le mieux, en effet, était d'en parler, quand un regard en coulisse de Vitorino lui rappela que cette expression n'appelait pas de réponse et qu'il aurait plus de chance s'il renonçait aux provocations gratuites. Il se contint. Mais la permanente du Parti allait aux renseignements :

— Qu'est-ce que tu sais, finalement, de Joel Strosse ?

— C'est un type épatant, de gauche, de mon époque à la fac... Il lisait, je ne sais pas, moi, Tchapaïev, Lefebvre...

— Mais qu'est-ce que tu sais de sa vie, ces vingt dernières années ? insista Vera.

— Moi, rien. Je l'ai rencontré à Caparica, l'été passé. Il était enthousiaste, je crois même qu'il achète *Avante !* (et après un silence :) Tout cela, franchement, me déplaît... À un moment difficile comme celui-ci, de reflux, pourquoi ne pas laisser ce gars-là entrer ? Ma parole, on dirait qu'il y a trop de militants...

— Il vaudrait mieux aller au fond des choses. Tiens !

Et Vera Quitério ouvrit une serviette et étala, grave et silencieuse, des photocopies sur la table, qui se noircit de divers articles, vieux de plusieurs années, au plomb abîmé, visiblement de journaux de province, illustrés de gravures méphistophéliques du siècle dernier. Ils étaient signés *Le Vengeur patriotique* et, en un rapide coup d'œil, Jorge et Vitorino appréhendaient des choses comme « Les cocos sous la baguette de Moscou cherchent à déployer sur la Patrie insouciante leur sanguinolent linceul, rouge, non seulement de leur idéologie, mais aussi du sang des martyrs de la vérité ».

— Eh bien, qu'en pensez-vous ? demanda Vera Quitério.

— Style franchement mauvais. Il y avait mieux à l'époque. Mais qui nous prouve que c'est de Joel Strosse ?

— Et ça ?

Vera tira de sa serviette un volume à la couverture noire et dorée, intitulé : *Le KGB et ses tentacules. Sinistres connivences...*

— Eh bien regarde ici... Sur la fiche technique, le nom du traducteur : Joel Neves.

— Il manque Strosse, dit Jorge Matos. Des Neves il y en a des tas.

— Jorge, mon vieux, s'impatienta Vitorino, nous devons affronter les faits. Rappelle-toi ce que l'autre nous a raconté. Il n'a pas hésité à piétiner une affiche d'Eanes.

— D'Otelo !

— Ou du Parti, il me semble. Je ne me rappelle plus...

— Enfin, bon, pour ce qui est d'être une affiche démocratique, du point de vue de l'époque, c'en était une, je dois le reconnaître..., soupira Jorge.

Vera Quitério prenait déjà des notes rapides sur ses bouts

de papier. Contrarié, Jorge Matos cédait devant l'évidence. Mais enfin plusieurs années s'étaient écoulées, le bonhomme avait l'air si décidé, si sincère. Son interlocutrice admit :

— On ne peut lier personne aux erreurs du passé.

— Et voilà..., corrobora Jorge.

— Mais on ne peut pas non plus prendre le risque d'avoir parmi nous des gens suspects.

— Remarquez, s'il allait raconter nos réunions du Parti, personne n'y ferait la moindre attention. Le Parti passe son temps à vouloir rendre compte des réunions, et qui est-ce qui s'y intéresse ? opposa Jorge.

— Ce n'est pas ça, camarade. C'est une question de décence. Plus pour ceux qui sont à l'intérieur que pour ceux qui sont en dehors. Imagine que, soudain, lors d'un meeting, quelqu'un reconnaisse parmi ses camarades un ennemi du Parti, hein ? Un homme qui déchirait des affiches démocratiques ? Et qui traduisait des livres de propagande anticommuniste ? Franchement, il vaudrait mieux aller au fond des choses.

— Peut-être s'il faisait son autocritique..., suggéra Vitorino.

Mais la suggestion n'eut pas l'heur de plaire aux présents.

— Laisse tomber ça !

Pour Jorge c'était une sacrée contrariété. Il n'avait pas pris très au sérieux les informations du professeur de grec, et gardait des doutes sur l'identité de l'auteur des articles. Il en eut moins, quoique en arrière de la main, lorsque Vera Quitério exposa, en lisant minutieusement ses notes, les informations de Carmo Velho, l'avocat. Au bout du compte, ces dernières années, Jorge avait fait peu de chose pour le Parti. Il venait de façon espacée aux réunions, bavardait, payait ses cotisations irrégulièrement, trouvait toujours des excuses quand on lui proposait du « travail de base »... Maintenant qu'il avait dégotté un candidat au militantisme, avide d'activisme, à une époque désastreuse pour les recrutements, juste quand il pensait équilibrer ses remords de mauvais militant grâce à ce prosélyte entièrement disponible, qui contrebalancerait le travail que lui ne faisait pas, voilà que survenait cette désillusion...

— Il vaudrait mieux aller au fond des choses..., concluait Vera Quitério.

— Bon, se résigna Jorge, je vais voir avec lui, d'accord.

Le jour où Jorge lui téléphona pour lui proposer un entretien, Joel Strosse eut des problèmes, il fallait le voir pour le croire. L'administration de la Fondation avait mis au point un programme culturel surabondant, qui comprenait l'intervention d'un groupe de ménestrels récitant des extraits des *Lusiades* et une exposition photographique bien documentée sur « Le port de l'anneau de l'Antiquité à nos jours ». Un petit déjeuner culturel avait été convoqué avec des journalistes, et il y eut de brefs discours, des questions et des *petits fours**. Personne ne se donna le mal de prévenir Joel Strosse.

Il était assis en train de lire l'article « Amulettes » dans le volume 3 de l'Encyclopédie espagnole, souriant de temps à autre à Florentina Palha qui, de l'autre côté du salon, avait une conversation téléphonique agacée avec l'employé d'un magasin d'électroménager, qui cherchait à l'escroquer sur le devis de réparation de son téléviseur, quand voilà la porte qui s'ouvre et une petite foule qui entre.

En s'apercevant de sa présence, les gens de l'Administration daignèrent le présenter à divers journalistes. Mais quand Rui Vaz Alves susurrait pour la troisième fois : « Notre collaborateur, monsieur Joel Strosse... », le susnommé entendit une voix familière et enjouée :

— Hello ! Ça va, la famille ?

C'était Eduarda Galvão, dans l'exercice de ses fonctions.

— Comment cela, vous vous connaissez ? demanda avec curiosité Vaz Alves.

— On s'est déjà rencontrés.

Joel prit les devants avant qu'Eduarda ait dit la moindre chose. Mais le président attirait l'attention sur le buste du fondateur, donnait des explications graves, sur un ton solennel, et concentrait l'intérêt des présents. Eduarda prenait des notes et, de temps en temps, jetait un coup d'œil à Joel, tout rouge.

Il y eut alors des moments d'indicible angoisse. Joel essayait de se rapprocher d'Eduarda, mais elle trouvait toujours le moyen de faire des messes basses avec celui-ci, bavarder avec celui-là, se cacher derrière un troisième, et ne lui permettait pas d'entrer en contact. Ça avait l'air d'être exprès, mais on ne peut pas savoir. Par ailleurs, Florentina Palha, sortant de son coin, sa petite tête furibonde collée à la vitre, n'avait pas du tout l'air d'apprécier les mouvements de Joel, ce qui le mettait encore plus mal à l'aise. Finalement, après avoir marché sur le pied d'un individu baraqué, parfaitement hostile à toute forme d'excuse, Joel réussit à intercepter Eduarda.

— Alors vous travaillez ici ? s'enquit-elle, très mondaine et expéditive.

— Eduarda, chuchota Joel Strosse, j'ai un service à vous demander. Ne dites rien à personne de la situation de mon fils.

Eduarda prit un air exagérément surpris, presque offensé, comme si, interpellée dans la rue, elle était l'objet d'une proposition obscène. Elle laissa tomber son bloc-notes sur sa cuisse et répondit, avec une assurance agacée et belliqueuse :

— Mais cela va de soi, pour qui me prenez-vous ?

— Je vous en remercie beaucoup.

— Soyez sans crainte.

Et elle s'éloigna, gardant un air fâché, sans vouloir en entendre plus. Soulagé, Joel sourit discrètement à Florentina Palha, mais n'obtint pas de retour. À la cafèt', au déjeuner — un *croissant** au jambon, un verre de lait et un petit noir —, Florentina Palha tricota diverses allusions, qui plongèrent Joel Strosse dans la consternation, sur « certains hommes d'âge mûr qui ne résistent pas au parfum des mijaurées », et gâcha systématiquement la conversation, révélant un talent que Joel ne lui connaissait pas, celui des phrases divergentes et largement polysémiques. À peu près comme ça : Si Joel disait : « On a eu une matinée mouvementée, hein ? », elle répondait, fixant un point en haut à droite : « Hm... hm..., mais quand on est en bonne compagnie... » Joel se contorsionnait, martyrisé, mais il n'avait pas une intimité suffisante avec Florentina pour triompher de cette bouderie à coups de mots acides. Ils revinrent ensemble à la Fondation, extrêmement maussades.

Mais il supportait depuis à peine une demi-heure le ressentiment silencieux de Florentina, qui la poussait maintenant à faire semblant de travailler frénétiquement, étalant des fiches pour les classer à nouveau, comme on bat des cartes, quand le coursier vint le prévenir que M. Vaz Alves désirait lui parler. Il boutonna sa veste et suivit le garçon, plein de la conviction mortifiée que rien de bon ne l'attendait.

M. Rui Vaz Alves fut d'une extrême amabilité, plus que suspecte. Il commenta longuement l'exposition sur les anneaux à travers les âges, avec une profusion d'aspects techniques : archéologues, photographes, collectionneurs, musées, le coût des prospectus, le prix de location de la salle, « l'univers » prévu de visiteurs et j'en passe.

Tout à coup, il lança :

— Vous avez un fils au Canada, n'est-ce pas ?

Joel devint vert, tordit le nœud de sa cravate, s'éclaircit la voix et balbutia :

— Heu, oui, oui. À Toronto.

— Formidable ! Il pourrait peut-être rendre un service à la Fondation, non ? Nous avons besoin de quelqu'un qui s'occuperait *in situ* de l'achat de totems indiens, ou esquimaux, ou à l'avenant, pour quand leur président de la République viendra ici, et nous avons pensé que... Qu'en dites-vous ?

— Je ne sais pas, je vais lui écrire, je vais lui demander.

— Nous ne voudrions pas abuser, mais c'est le genre de choses qui ne se règle pas par fax, et envoyer quelqu'un d'ici serait antiéconomique. Vous ne trouvez pas ?

— Heu, si, si.

— Vous voulez donc bien nous rendre ce service ?

— Bien sûr, je vais voir, je vais entrer en contact.

— J'ai tout de suite vu que nous pouvions compter sur vos bons offices.

« *Mais qu'est-ce qu'elle fait là/dans la farine en poussière...* » La voix, sirupeuse, déplaçant les accents, donnait aux utilisateurs de l'ascenseur une sensation d'impuissance et de vulnérabilité, qui avait peut-être été programmée par celui qui avait conçu le système. Joel cette fois-là ne remâcha pas ses habituels sarcasmes à propos de la chanson et s'abandonna à la descente, plus calme que d'habitude, sans marmonnements appuyés ni grimaces. Il arpenta la moquette jusqu'à la bibliothèque, les bras ballants, les yeux fixés au sol, comme l'esclave qui va à la mine, comme le soldat pour qui rien n'a plus d'importance, comme le vieillard qu'on emmène en excursion à Bucelas depuis son asile. Il remarqua à peine une femme qui s'apprêtait à sortir, dans l'autre sens, et qui, se trouvant nez à nez avec lui, porta la main à sa poitrine avec un ha ! de saisissement. Le « toc-toc » pressé du talon de ses chaussures sur le marbre ne conduisit même pas Joel à tourner la tête. Il avait besoin de réfléchir, de réfléchir beaucoup, et il n'était pas dans les conditions.

En entrant dans la bibliothèque, il sourit à Florentina, sans la voir. Ensuite il alla s'installer à son bureau, regardant dans le vide, sans réussir à penser à rien. Il s'aperçut qu'il avait une boîte d'aimants et les testa, soit un par un, soit par paires, soit en rangées étincelantes qu'il composait méticuleusement. Il y avait bien vingt minutes qu'il se livrait à cet exercice, mais celle qui ne supporta pas plus longtemps cette réclusion, c'est Florentina, qui entrouvrit la porte et l'interpella, dramatique, fondant en larmes :

— Pourquoi ? Pourquoi me cachez-vous tant de choses de votre vie ?

À ce moment-là seulement, Joel récupéra de sa léthargie. Bien que dans les nuages et au-delà, il comprit que Florentina était agitée, mais ne se fâcha pas pour autant. Il lui fit un vague signe, d'acceptation, quand au milieu de ses larmes elle lui expliqua qu'elle se sentait mal et qu'elle avait besoin de rentrer chez elle. Florentina espérait de la compréhension, des apaisements, des explications, des rebuffades. Elle n'eut pas ses chances. Joel accepta ses adieux et ses excuses, avec un hochement de tête pareil à celui de ces gadgets que les automobilistes installent sur la plage arrière, et il se réinstalla dans son fauteuil pivotant, cette fois pour développer un raisonnement.

Il avait de sérieux soupçons concernant ce qui pour nous, et même pour d'autres individus à la compréhension plus lente, est une évidence et que je peux même certifier, dans le détail et à mon grand regret. En prenant congé, Eduarda, qui avait tout de suite reconnu M. Vaz Alves qui fréquentait les discothèques de l'Avenida 24 de Julho, lui avait confié, la mine pénétrée et toute pleine d'amour pour son prochain :

— Pauvre M. Strosse. Je l'ai trouvé si abattu. Mais vous savez, avec le problème de son fils en prison, et toutes ces années à purger. Forcément, trafic de drogue, je ne vous apprends rien...

Et elle avait pris un air grave, pinçant les lèvres tout en lui secouant la main droite. Vaz Alves en avait oublié ses manœuvres séductrices, s'était redressé en s'exclamant « Hein ? ». Il n'eut pas le temps de s'en remettre et d'inviter Eduarda à boire un verre, où elle voudrait, quand elle voudrait, car elle était déjà loin, au milieu d'un groupe de photographes en jeans et chemises à pois.

Sans connaître ces précisions, n'en devinant que les contours, Joel Strosse fut étreint par le noir pressentiment, sinistre, oppressant, de qui se sent acculé, menacé sans motif, sans raison. Il n'accusa même pas Eduarda. C'était un coup du sort, une fatalité. Devrait-il inventer des faux-fuyants ? Irait-il tout avouer, sur le ton du mélodrame, pour susciter la jubilation sarcastique de Vaz Alves ? Devait-il mettre au point un plan, en truquant les cartes ? M. Vaz avait le temps, la méchanceté et le caractère nécessaires pour jouer au chat et à la souris. Mais un bon citoyen, de gauche, cultivé, informé, qui savait qui était Tchapaïev, était soumis aux caprices de cette piétaille médiocre, qui ne savait rien de tout cela... Enfin, heureusement, la Fondation n'était pas tout dans la vie. Cette après-midi même il avait rendez-vous avec Jorge Matos, dans la pénombre discrète d'un bar appelé L'Usine qui, d'après ce qu'on lui avait raconté, était décoré avec des roues dentées, et avait, suspendue au plafond, une poche de coulée dégoulinant de débris de fonte plastifiés genre visqueux, très imposante et métallurgique. Jorge représentait le Parti. Il était porteur de l'attention de la classe ouvrière. Et lui, il raconterait tout à la classe ouvrière. Il expliquerait quel genre de type était Rui Vaz Alves, il dénoncerait les pourris de la Fondation, disséquerait sa nature de classe, se proposerait d'écrire un article fulminant pour *Avante !*

La rangée d'aimants serpenta sur le bureau, guidée par le doigt expert de Joel Strosse. Il en manquait un, qui brillait sur le tapis. Joel l'accrocha aux autres, avec la satisfaction qu'on éprouve à rattraper un prisonnier échappé. Puis il forma trois rangées avec un nombre d'aimants absolument égal, vingt-cinq, ce qu'il considéra, de façon subliminaire, jamais avouable, être un bon présage. Il défit les rangées, libéra les aimants, un par un, pour les faire tomber le long de son bras jusqu'au récipient magnétique. À nouveau l'un d'entre eux tomba par terre. Joel Strosse se pencha sur le rebelle. Attrapé ! Et là-dessus, il était cinq heures et demie.

Les procédés de l'écriture ne me suffisent pas ici pour rendre compte de l'aura dramatique accompagnant les pas de Joel Strosse en direction du bar appelé L'Usine, après s'être appelé Samoa et Katmandou, et qui était à deux cents mètres de la Fondation, du côté du quartier de São Miguel. Je préférerais ne pas avoir affaire aux ombres réelles, dont il n'y a pas grand-chose à dire, aux bruits habituels de la circulation, connus de tous, aux façades chagrines ou guillerettes comme tous les jours. Cela mériterait des profils convulsifs, se courbant au passage de Joel Strosse, des projecteurs qui l'éclaireraient et le changeraient de couleur, ici ou là, lui dessinant une ombre capricieuse, qui tantôt s'allongerait sur les murs, sur le côté, tantôt se projetterait tout au long, devant, tantôt tourbillonnerait en s'entrecroisant, derrière lui. Et une musique lugubre, à la cadence grave, qu'interrompraient les aigus d'un hautbois, brusquement réduits au silence. Ses pas résonneraient, rythmés, comme un cœur qui bat, sa respiration sifflerait en rafales, syncopées à en bousiller les micros, et tout klaxon donnerait l'impression exténuée d'une languissante sirène d'ambulance, ou, peut-être, du signal de détresse dolent d'un schooner au sein du brouillard, dans l'angoisse, à l'ancre.

Voilà ce qu'il faudrait. Si on fait un film de ce roman, je le veux, dans ce passage, très expressionniste, tout en studio, plein d'effets, avec beaucoup de carton-pâte, et se prêtant aux commentaires sagaces des *Cahiers du cinéma**, ou de tout candidat à la succession.

Malheureusement, les moyens dont je dispose sont ceux

des mots, en soi pauvres et plus pauvres encores du fait de celui qui en est le pasteur. Vous direz que j'ai seulement à rendre compte des pensées de Joel Strosse pendant son trajet et que j'ai toutes les pages du monde, ou tout au moins le nombre que permettent ma patience, et mon budget, pour les découper en lanières et les mettre bout à bout comme la subtile Didon faisant rendre au maximum sa peau de bœuf. Mais ce que je suis en état de garantir — pour ma défense — c'est qu'à ce moment précis, Joel avait réussi l'extraordinaire prouesse, digne d'être enregistrée, de, pendant trois cent cinquante pas, correspondant à deux cent dix mètres et à sept minutes et demie de déambulation, ne penser strictement à rien. Il s'agit d'un miracle à signaler, approchant le nirvana, bien qu'un nirvana subalterne, européanisé, et qu'il aurait nécessairement connu s'il y avait seulement pensé. Encore heureux d'ailleurs qu'il n'y ait pas pensé parce que le nirvana, dans le cadre de la circulation lisboète, entraîne de sérieux risques d'écrabouillement.

Il arriva trop tôt, émergea du néant devant la porte de L'Usine qui s'ornait d'un côté d'une clé anglaise, de l'autre, d'un marteau-pilon.

« Je suis arrivé trop tôt... », considéra Joel, avec raison, répétant mon propos.

Mais, même comme ça, il entra.

Et voilà Jorge Matos, l'échine courbée, descendu du bus par erreur non loin de Saldanha et qui accomplit le reste du parcours à pied. Cet acte manqué est en partie dû à une discussion stridente entre un retraité, deux gitanes et le chauffeur. Privé de gesticulation, le chauffeur se vengeait sur l'accélérateur et le frein. Un subconscient irrité avait convaincu Jorge que l'arrêt de Campo Pequeno était là, donnant la préférence à l'erreur sur les cahots et les injures.

En soi déjà, Jorge n'est pas le bonheur des rues. Sa méprise et la perspective de trotter cinq cents mètres excédentaires ne développent pas sa bonne humeur, largement perturbée à l'approche, pas à pas, de sa conversation amicale mais franche (embarrassante) avec Joel Strosse. D'autres circonstances ravinent et plissent son visage, de sorte que les passants, instinctivement, s'écartent d'un mètre sur le côté, quand ils passent près de lui, parce qu'un type qui a un regard sombre comme ça on ne sait jamais s'il ne lui prendra pas fantaisie de planter ses crocs dans un brave cou sans défense.

Les passants sont le plus souvent de faibles psychologues et ils ignorent ce qu'il y a au plus intime de Jorge, incapable de concevoir une attaque violente de son prochain. Son visage exprime la férocité, oui, mais le fond de sa pensée, bien que troublé, pour ne pas dire égaré, est inoffensif. À l'inverse de Joel Strosse, sa marche vers L'Usine se traîne, ponctuée de pensées en ébullition. Comme elles sont très désordonnées et mêlées, j'offre mes services pour les mettre en ordre.

Extrêmement contrarié, Jorge se torturait en pensant aux effets que sa lettre, envoyée à Eduarda chez *Reflex*, avait dû causer. Il imaginait la jeune fille, assise à son bureau, n'arrivant pas à écrire une ligne, de grosses vagues de larmes sillonnant ses joues et diluant son maquillage. Probablement la pauvre s'était-elle sentie trahie, et souffrait... Lui, en fait, ne l'avait pas repoussée, l'avait laissée pénétrer dans son intimité, ne lui avait pas interdit les espoirs... Après il l'avait traitée brutalement, parce qu'elle n'avait pas compris la métaphore de l'alpiniste, il ne l'avait pas prise dans sa chambre, ne l'avait même pas prévenue qu'il y avait des biscuits dans la réserve pour le petit déjeuner. Et finalement, il avait coupé le fil de cette relation, à laquelle il l'avait laissée croire, par écrit, avec des mots très secs, très adultes, marquées d'un cynisme donjuanesque. Il se trouvait lâche, ignoble, et rugissait intérieurement contre lui-même. Pauvre Eduarda...

« Pauvre Jorge », dis-je, avec une révérence à l'égard du réalisateur[1] du film qui porte ce nom. S'il savait le petit rire moqueur qui secoua Eduarda, dès qu'elle eut fini de lire sa lettre, et la suite des événements, il se sentirait infiniment méprisable, enflammé d'une brûlante haine contre sa propre façon d'agir, son ego ravalé au niveau des pavés, ou qui sait, plus bas encore.

Après avoir lu la lettre et avoir répondu d'un sourire narquois à ses collègues alertés par son fou rire et qui s'empressaient autour de son bureau, Eduarda courut au bureau de Bernardo Veloso et intima :

— Tu dois absolument voir ce que je t'apporte.

Le jeune rédacteur de la rubrique Société et Culture promena à plusieurs reprises son nez sur la feuille A4, soupira, comme avec commisération, et donna une petite tape folâtre sur un endroit sonore qui se situait au-dessous de la ceinture d'Eduarda.

— Pauvre diable, observa-t-il.

— Imagine, reprit Eduarda, l'air courroucé, la main sur la hanche, ce vieux crabe, persuadé qu'il a pu m'intéresser. Ça, du toupet, il en a ! À revendre ! Non, mais, regarde,

1. Jorge Silva Melo.

regarde : « Malheureusement je dois te faire part d'une décision qui va te faire souffrir... » « J'ai peur d'avoir fait naître en toi certaines fausses expectatives », etc.

Tous deux, simultanément, avalèrent une grande gorgée d'air et la laissèrent repartir sous forme de petits rires spasmodiques, cinglants, féroces.

Plusieurs personnes étaient déjà à la porte, pleins d'une curiosité espiègle, et suppliant :

— Raconte, Eduarda... Ne nous laisse pas en dehors du truc ! S'il te plaît, partage !

Et, la lettre voletant, pincée entre ses deux doigts, Eduarda se mit à évoluer gracieusement dans le bureau, sur une danse de lac des cygnes. Et raconta. Et partagea...

L'amertume de Jorge, déjà lourde, se vit épargner la connaissance de ces attendus. Si, dans ce contexte, je suis capable de garantir l'intégrité physique des passants, je déclinerais toute responsabilité au cas où Jorge devrait ajouter cette humiliation aux surcharges du quotidien. Dieu veuille qu'Eduarda Galvão et ses joyeux collègues de *Reflex* n'aient pas l'idée de répondre collectivement à Jorge, comme les Cosaques dans la lettre au sultan, avec quolibets et perfidies...

Et Jorge qui marche Avenida da República et qui tombe sur un paquet de gens, attroupés autour de deux voitures entrées en collision, avec de la tôle froissée, mais sans gravité. Les conducteurs, tous deux baraqués et rubiconds, se regardaient pleins d'une rancœur acide et faisaient des moulinets alléguant leur respective innocence. Jorge fut entraîné dans cette foule, bloqué par une vieille dame massive, doublée de volume par son panier à provisions, et finit par céder à la curiosité générale. De la voiture de devant, une femme, sans quitter la banquette, criait en se prenant la tête entre les mains :

— Appelez la police ! Appelez la police !

— Du calme, du calme ! exigeaient certains badauds.

Mais ils réclamaient cette tranquillité avec une telle animation que, par la friction de leurs gestes dans l'amosphère, porteuse de particules de pollution, ils la chargeaient d'électricité. Juste en face de Jorge, un adolescent très blond, vêtu de cuir noir, était plié en deux de rire et jetait de temps en temps, d'une voix de fausset : « Rentre-lui dedans, rentre-lui dedans ! » ce qui était une interprétation très particulière de ce « Du calme ! » proféré par les autres. Il avait une breloque à l'oreille qui sautillait au rythme de ses hoquets de rire.

Et ce fut le déferlement d'un flot verbeux et sonore, soit sur un ton modérateur et explicatif, soit vociféré dans la rage et les jurons, décuplés par l'intervention des présents attentifs qui proposaient des versions contradictoires de l'accident, certains aussi congestionnés parfois que s'il s'agissait d'une affaire personnelle et particulière. Soudain, il y eut un tourbillon, des chocs, le garçon en cuir fut plaqué contre Jorge et les hurlements prirent de l'ampleur.

— Enlevez-moi ce gars-là de devant, je ne vois plus rien ! gronda celui qui n'avait pas de femme.

Mais on ne lui enleva pas le gars, en fait c'est lui qu'on attrapa, et alors ce fut l'échauffourée, et je te pousse par-derrière, et je te pousse par-devant, tous emmêlés, avec des hans et des raclements de semelle sur l'asphalte. L'agresseur profita de l'occasion et lança un coup de pied, peut-être destiné aux parties de son adversaire, mais qui l'atteignit finalement à la cuisse. Devant cette provocation, la victime reprit des forces et se débarrassa de ceux qui le retenaient. L'homme au coup de pied ne comptait pas sur cette subite libération. Deux mains hostiles s'agitaient en l'air, cherchant son visage, et il s'empressa de tourner le dos et de faire marche arrière, courant en direction de Saldanha. L'autre était corpulent, il était plus fatigué, haletait de s'être débattu. Le fugitif n'avait guère besoin de jouer des jambes. Il se tint non loin, au pas de course, ricanant, imitant un vol d'oiseau en battant des mains de chaque côté de son corps...

Sa femme était sortie de la voiture et poussait des glapissements à faire peur qui réussissaient à dominer le vacarme : « Manel ! Manel ! » Mais Manel continuait de prendre la tangente, souriant d'un air niais. Les murs tremblaient du tintamarre des klaxons pris dans l'embouteillage monstre. Au loin, on entendait la sirène de la police, qui essayait de se glisser dans la circulation. La grosse matrone avec son sac à provisions, qui avait initialement obligé Jorge à s'arrêter, ne résista pas à tant d'émotion, s'assit sur le trottoir et se lança dans une scène d'hystérie dévastatrice, qui suscitait la solidarité... De son sac, d'abord brandi, puis jeté au loin avec violence roulèrent des petits pains, des pommes et un thermos.

Jorge, honteux de s'être attardé à ce spectacle, si tristement lisboète, s'éloigna et hâta le pas. Derrière lui, la sirène de l'ambulance ondulait plus nettement, passant du grave à l'aigu. Les glapissements de la femme hystérique diminuaient leur nombre de décibels.

Qui étaient ces gens-là ? On est en train de ruminer des pensées, de s'occuper de questions où le cœur le dispute à la raison, réfugié dans son monde abstrait, privé, respectable quand, tout à coup, la rude matérialité de la vraie ville vous assiège, exige un tribut. Il fallait accepter la réalité des faits, leur médiocrité, parfaitement effrayante, Jorge et ses amis vivaient dans les parages (à côté, au-dessus, en dessous ?) de ce monde, où il pouvait y avoir de ces figures bestiales, immondes, qui vous remplissent de honte rien que d'en entendre parler, à plus forte raison si on les rencontre. Quelle serait sa réaction si, un jour, il devait affronter des gens comme ça, sur un pied d'égalité, privé de ses attributs de professeur, de client, de chef, d'utilisateur de services, statuts qui balisaient son langage et ses attitudes ? La vulgarité parfois faisait irruption, inattendue, obscène, n'importe où, au guichet d'une administration publique, à une terrasse, au cinéma... C'était des signaux fortuits, brefs, latéraux, qui apparaissaient, mettaient mal à l'aise, passaient. Mais si, mettons, Jorge décidait de conduire sa voiture — mal, comme toujours — et qu'il avait un accident avec un individu de ce genre ? Et s'il se trouvait pris dans pareille foule, qui respirait tant d'ignominie ? Le monde se déséquilibrerait. Il serait difficile de maintenir les barrières, les distances : moi d'un côté, eux de l'autre. « C'est tout un », comme dit la Bible. Quelle humiliation d'avoir à supporter cette honte, sans défense, en dehors de ses repères, loin de ses semblables, de ceux qui parlent le même langage et qui, bien qu'humains et vulnérables — voire ridicules — jamais ne se prêteraient aux grossières exhibitions de la racaille, n'éprouveraient même jamais de sentiments bas... Qu'est-ce qu'il ferait, alors ? Allons, réponds, Jorge Matos ! Il croiserait les bras, se tairait, attendrait que quelqu'un de mieux fait à ces réalités vienne enlever le fumier et dissiper les miasmes ? Et il prit conscience du risque qu'il courait de tomber un jour aux griffes de ses concitoyens. Mon Dieu — s'inquiétait-il —, comme nous sommes peu de chose, et chaque jour un peu moins... Et ils peuvent se mettre à nous chercher. Et s'ils finissent par nous trouver ? Il fallait évoquer ces angoisses avec Vitorino, dès qu'il le reverrait. Et pendant qu'il y était, ce ne serait pas une mauvaise idée de relire Rousseau.

Jorge n'avait pas approfondi suffisamment cette problématique. Il ne lui était pas venu à l'idée, par exemple, que son amie Eduarda Galvão était tout à fait capable, de par sa formation et son caractère, de se situer de l'autre côté du cordon protecteur, sur l'autre rive du fossé... L'orgueil de Jorge le poussait à refuser d'admettre que des voyous aient pu se glisser dans son cercle de relations. Les gens qui avaient le droit d'entretenir des relations avec lui n'étaient sans doutes ni des saints, ni des lumières, mais ils n'avaient rien à voir avec la canaille informe et mesquine qui pullulait partout. Vraiment ?

Laissons Jorge se complaire dans cette illusion. Mais lui aussi admettra que son appréciation relative à une plèbe déchaînée et sordide ignorait ces auras qui de temps à autre la nimbent et la sanctifient, la métamorphosant miraculeusement de populace en peuple. Et laborieux, patient, résigné, sage, subtil, voix-de-Dieu, artiste, généreux, aimé, héroïque, et sublime... Tant de choses, quelquefois, et, parfois, tant de choses à la fois... Cela sent le paradoxe, sans solution. Peut-être que si Jorge passait ce qui lui reste à vivre à penser à ces mystères il finirait par arriver à une conclusion acceptable et nous la communiquerait. Relire Rousseau, tiens, ce n'est pas une mauvaise idée. Relire, d'ailleurs, ce n'est jamais une mauvaise idée. Mais, tandis qu'il réfléchit, il convient de revenir à cette phrase grave, lâchée en passant par le professeur de grec et que j'ai laissé passer, pour cause de description ou de lapsus, sans la valoriser autant qu'elle le méritait, avec encadré, lettres majuscules, soulignements et commentaires enrichissants : « La réalité est bien trompeuse. »

Je ne pense pas que Vitorino Nunes, auquel le statut de « revizor » ou équivalent avait été donné comme à certains une étoile d'argent, en d'autres temps et sous d'autres latitudes, lui soit d'un grand secours. Cet après-midi même, Jorge l'avait appelé chez lui pour une petite rencontre qui n'avait pas du tout correspondu à son attente. Vitorino lui avait dit, au téléphone, qu'il allait passer sa journée à ranger ses bandes dessinées, et Jorge avait pensé qu'il était disponible pour un échange d'impressions sur des problèmes substantiels...

Quand il sonna à la porte, c'est la tante de Vitorino qui ouvrit, un fil de laine passé autour du cou et deux pelotes se dévidant dans une petite corbeille que sa main maigre, aux doigts longs, aux ongles d'un rouge agressif, tenait serrée contre sa taille :

— Entrez, cher ami, je vais voir si mon neveu peut nous rejoindre.

Elle sourit, très accueillante, fit une espèce d'élégante révérence, plutôt déplacée pour son âge, et laissa Jorge, méfiant, à attendre on ne sait combien de temps dans un petit salon avec des canapés, où circulait le perroquet vert, qui se montrait très familier et plein de curiosités logorrhéiques. Jorge avait entendu parler vaguement de la psittacose, il ne savait pas bien ce que c'était, mais il était sûr que ce n'était pas une bonne chose. À un assaut plus marqué de l'animal, il le repoussa avec sa serviette, le faisant tomber en bas du canapé dans un charivari de plumes. Jorge se composa une attitude innocente, les bras croisés, d'homme qui tolère parfaitement les perroquets, mais la bestiole se mit à piqueter le bout de sa chaussure. Ce monstre allait-il bondir, devenir agressif, lui inoculer la psittacose ? On entendait au loin des voix, qui semblaient émaner d'une altercation à voix basse. Vitorino finit par apparaître à la porte. Il avait l'air absorbé par des tâches domestiques, à en juger par son survêtement, tout sale de sueur et de poussière, et son visage congestionné. Sa tante, souriante, était juste derrière. Vitorino manifesta une sollicitude excessive par rapport à l'habitude :

— Salut, Jorge, tu es en forme, vieux ? Excuse-moi, hein, entre, entre, vieux !

Et, en un tournemain, Jorge se vit entraîné vers une *marquise** où il y avait une table en osier avec trois fauteuils, outre d'autres meubles qu'il est inutile de préciser. Discrètement, la tante baissa le store à lamelles et vint s'asseoir à côté d'eux. Sur un regard interrogateur de Jorge, Vitorino haussa les épaules et roula des pupilles, en signe de résignation. Le perroquet tint à assister lui aussi à la réunion et entra, majestueux, dans la *marquise** en émettant les sons propres à son espèce. La bonne vint aussi, mais seulement pour servir le thé. Ce n'était pas pour participer.

— Très bien, dit la tante, vous avez la parole, mon ami, une cuillerée de sucre, deux ?

— Oui, deux, ça va...

— Vous pouvez commencer.

Et la tante, tenant sa tasse à la hauteur de sa poitrine, avala une petite gorgée et fit un nouveau sourire de bienvenue.

Jorge ne s'attendait pas à cela. L'attitude la plus correcte serait sans doute de remercier pour le thé, de tenir une conversation inodore sur les pétunias, la difficulté qu'on avait à trouver du personnel aujourd'hui, le charme des perroquets, l'intérêt qu'il y avait à faire partie de la Société protectrice des animaux pour, ensuite, préciser qu'il était seulement de passage, regarder sa montre d'un air atterré, et décamper au plus vite. Mais ce sourire de la tante était à la fois si encourageant et si impérieux que Jorge finit par déclarer, sombre, s'adressant à Vitorino :

— Je vois Strosse en fin d'après-midi, qu'est-ce que je lui dis ?

— Écoute, je ne sais pas, il faut être prudent, ne pas le blesser...

— Ah merci bien ! Mais qu'est-ce que je lui dis ?

Vitorino s'essuyait la bouche avec sa serviette et regardait en l'air, indécis. Sa main droite soupesait, à mi-hauteur, une sphère invisible. Il se préparait à fredonner l'air de Papageno...

— Alors, insistait Jorge. C'est une situation difficile, tu dois m'aider. C'est toi finalement le « revizor », le coordinateur, le responsable, enfin, le truc, quoi...

— S'il te plaît, ne fuis pas tes responsabilités, coupa, calme mais autoritaire, la tante, plaçant une main affectueuse sur l'épaule de Vitorino.

Lui, gêné, retira cette main, avec un sourire livide. Il s'efforça de prendre un air sérieux, professionnel, quand il donna à Jorge les indications suivantes :

— Tu lui dis que pas question, et voilà !

Jorge, fronçant la bouche, secoua quelque temps la tête de haut en bas, une mimique qui semblait d'approbation, mais était dans le fond rancunière, hostile, et voulait dire : « Non, mais ça ne va pas du tout, ça ! Tu aurais mieux fait de te taire. » La tante trouva aussi les mots de Vitorino trop brefs et malhabiles. Elle décida de les compléter, pour éclairer l'esprit de Jorge :

— Vous lui communiquerez que le Parti est d'avis qu'il

ne peut admettre en son sein des gens qui arrachent des affiches progressistes et qui se sont battues contre la révolution d'Avril.

— Le Parti ? Quel Parti ?

Jorge les regardait avec une candeur feinte, forçant un sourire mondain qui ne lui plaisait guère. Et du côté de Vitorino surgit, dans un murmure, l'air de Papageno.

Quant à elle, elle fit un petit bond sur sa chaise, leva brusquement les mains en l'air, une de chaque côté, comme pour dire : « j'ai gagné au loto ! » et répéta euphorique, extasiée, la voix légèrement perchée, les sourcils tremblotants :

— Le Parti !

Vitorino s'appliquait à torturer un biscuit, dont les restes, émiettés sur la nappe en dentelle, témoignaient de la violence de son étau. Il avait posé sur Jorge un regard effrayé, suppliant, humilissime, qui implorait : « Jorge, comprends ma tante, épargne-la, elle est comme ça, laisse-la, ne réagis pas, n'oublie pas que je suis ton ami... »

Jorge reçut le message et quelques minutes après, il jouait la petite comédie de la montre, du sursaut vu son retard, sans être passé toutefois par les pétunias, ni par la Société protectrice des animaux. À la porte, après une poignée de main incertaine de Vitorino, sa tante lui recommanda une dernière fois, sur le seuil :

— Et de la fermeté ! N'est-ce pas ?

De sorte que, si Jorge Matos voulait un jour discuter avec Vitorino de la véritable nature — simple, double, triple qui sait... — de cette entité qui, la plupart du temps « infecte populace », peut se transformer parfois en « peuple aimé », il lui faudrait trouver une occasion où la tante ne serait pas là. Il était à craindre que les interventions de cette dame expéditive, qui prendrait aussi bien pour exemple ses bonnes, ne rendent la question moins abstraite et plus excentrée.

Chemin faisant, il avait dépassé l'immeuble de la Caisse générale des dépôts, qui dans cette zone a l'air d'un énorme coffre-fort tombé au milieu d'une exposition de maisons de poupées, et se préparait à traverser l'Avenida João XXIII pour gagner le quartier São Miguel par la Rua Augusto Gil. « Quelle barbe », pensait-il, à mesure que le moment critique se rapprochait, « je ne suis vraiment pas doué pour ce genre de choses. » Et il s'abstint même de grommeler ses habituelles et inciviles invectives contre l'architecture bancaire, particulièrement indiquées en ce lieu.

Subitement, il sentit une sorte de courant glacial le long de sa colonne vertébrale, avant même d'avoir entendu la moto. C'était prémonitoire. Il eut le pressentiment net, évident, que quelque chose de très désagréable allait arriver et il se serra instinctivement contre le mur.

L'air vibra, s'obscurcit, se déplaça. La masse noire d'une moto remplit l'espace et s'immobilisa soudain un peu plus loin, dans une gerbe d'étincelles. Jorge, alors que la moto roulait toujours, distingua un bras couvert de cuir noir, que prolongeait une main crispée qui ratissait l'espace. Une femme qui marchait devant, au ras de la chaussée, d'un pas cassé de vieille, fut touchée et vacilla. Il y eut un moment de chaos, des stridences désordonnées. Quand la femme tomba, des mains attrapèrent son sac et triomphèrent, à force de secousses, de la résistance de la victime, qui se débattait en tout sens sur le trottoir. Le moteur de l'engin rugit, le sac en daim de la femme, marron, se détachait sur le noir du blouson contre lequel il était désormais plaqué. La femme agressée, qui tenait encore la courroie de son sac, fut traînée pendant quelques instants, avec des cris suraigus, dans un tourbillon de vêtements défaits, de membres épars. Avant que la moto ne disparaisse, tout là-bas au fond, au coin de l'Avenida de Roma, violant impudemment, et à grande vitesse, le feu rouge, Jorge eut l'impression que c'était une fille qui conduisait, par la silhouette, la petitesse de la main qui avait permis de dépouiller la vieille, les gestes, les cheveux blonds qui s'échappaient du casque de Martien.

C'est alors seulement que Jorge s'éloigna du mur, faisant quelques pas hésitants en direction de la victime. D'autres passants continuaient leur marche, comme s'ils n'avaient assisté à rien. Cela ne les regardait pas. Personne ne se tourna vers cette femme, qui essayait péniblement de se relever, personne ne lui tendit la main, personne n'eut un élan, même inutile, du côté où la moto avait disparu, personne ne fit un commentaire.

Jorge capta un bout de conversation, à côté de lui, d'un couple qui remontait tranquillement le trottoir :

— Quand j'achète un survêtement, je sais parfaitement ce que j'achète.

— Peut-être, mais, franchement, rose et violet...

— Et la marque ? Et la qualité, ça ne compte pas ?

Assise au bord du trottoir, la vieille réajustait ses vêtements, avec des gestes lents, en apparence très méticuleux et appliqués. Elle prit appui sur une main, les forces lui manquèrent, elle se rassit. Quand Jorge lui tendit le bras, elle le regarda en larmes, la bouche ouverte, hébétée, comme si elle ne croyait pas à ce qui venait d'arriver. Pour Jorge il y eut quelque chose de pathétique, de culpabilisant presque, dans le silence de ce visage ridé, figé dans une immense stupeur, sans gémissements, sans cris, sans protestations. Seulement des résidus de larmes, honteuses, brillant entre les rides.

Jorge l'aida à se relever. Elle ne paraissait pas blessée. Elle arrangea ses cheveux, lentement, minutieuse, avec une concentration absente :

— Ça va, madame ?

La femme passa les mains sur son manteau, regarda par-dessus son épaule et secoua la poussière qui avait pu se coller au tissu. Ensuite elle poussa un grand soupir et fixa de nouveau Jorge, sans dire un mot.

— Vous avez besoin de quelque chose ? Vous voulez que j'aille avec vous à la police ?

— Non, laissez, merci beaucoup.

Voix étouffée, reprenant confiance, se donnant du temps. Elle répéta « merci beaucoup ! » et s'éloigna, lentement, essuyant ses larmes avec un mouchoir. Jorge, immobile, la vit descendre l'Avenida de Roma, lentement, courbée, avant de disparaître au coin.

C'était une fille qui conduisait cette moto. Il en avait la quasi-certitude. Au bout du compte, Eufémia ne lui avait causé qu'un chagrin mineur, comparé à celui d'un père que la police convoque au commissariat pour le confronter à sa fille, arrêtée pour complicité avec des gangs, des maffieux, des voleurs à la tire, des drogués... Comment se sentirait le père de la fille à la moto au moment où on lui dirait qu'elle agressait des petites vieilles à l'arraché, sur les Avenidas Novas, en plein jour ? Bien plus mal, à coup sûr, que lui, quand il recevait ces lettres de São Tomé, avec parfois une image pieuse à l'intérieur. Encore heureux, encore heureux qu'Eufémia se soit mise en tête d'être missionnaire, elle chantait matines et tout le reste, et elle était à l'abri de la criminalité.

Lamentablement, sa mère semblait avoir des difficultés à voir les aspects positifs du choix d'Eufémia.

— Oui, qu'est-ce que tu veux ? Allez, dis.

C'était au téléphone, le matin même. Les signes montrant qu'Eufémia avait envie de rentrer devenaient de plus en plus clairs dans les lettres qu'il recevait, qui contenaient de moins en moins d'images pieuses, et de plus en plus de commentaires acidulés concernant les petites mesquineries de sa communauté religieuse. Jorge expliqua à son ex-femme que leur fille n'allait pas rester longtemps là-bas.

— Bon, bon. Si elle vient, qu'elle me téléphone. Si elle veut, bien sûr !

Jorge fit appel à toutes ses réserves diplomatiques pour éviter ce que son ex-femme souhaitait : une dispute matinale au téléphone. Il essaya d'être calme, persuasif. En fait, elle en voulait à sa fille à cause de ses rodomontades catholiques au sujet de son mariage... Il fallait comprendre...

— Et dis, si elle veut vraiment rentrer, tu participeras aux frais ?

— Parce que les bonnes sœurs ne paient pas ?

— Qu'est-ce que j'en sais. Je voudrais seulement savoir sur quoi je peux compter. Mon compte en banque, tu le sais...

— Elle est partie parce qu'elle l'a voulu, contre notre volonté. Maintenant, si elle veut revenir, elle n'a qu'à trouver un moyen, contre la volonté des bonnes sœurs.

— Mais comment peux-tu me dire une chose pareille ? Tu te désintéresses de ta fille ?

— Non mais, tu oses ? Toi qui as toujours...

Et ça y est, on était en pleine criaillerie conjugale. Vous me pardonnerez de ne pas développer davantage ce dialogue et de ne pas pénétrer plus avant dans les souvenirs irrités de Jorge à propos de la conversation du matin. Après un « Moi ? » indigné, Jorge avait commencé lui aussi à crier. Avait suivi un écheveau embrouillé d'argumentations incomplètes, propagées par un vocabulaire excessif. Jorge en ce moment, cherchant à se rappeler, a déjà des difficultés à évoquer les mots exacts qu'il a vociférés. Pour son ex-femme c'est la même chose. Ils savent seulement tous les deux qu'ils sont en colère, meurtris, offensés. Il m'est même difficile de dire lequel des ex-époux a raccroché le premier. Chacun d'entre eux affirmerait que c'est l'autre. Et au milieu de toutes ces étincelles agressives, brûlantes, qui surgissaient dans sa mémoire, s'insinuait en Jorge la tentation d'utiliser ce dialogue dans sa dernière pièce de théâtre, comme exemple de la complexité de l'humaine nature pensante...

Ah, voilà L'Usine avec ses emblèmes en haut-relief, et en matière plastique gonflable. L'heure était passée depuis cinq minutes. Zut ! Les types du Parti arrivaient toujours à l'heure !

Renonçant au nirvana et aux équilibres cosmiques, avec une résignation conforme à l'espace et au temps terrestres, Joel avait pénétré, méfiant et timide, dans cet antre. C'était lui qui avait suggéré L'Usine à Jorge, parce qu'il en avait entendu parler au bar par les cadres de la Fondation et parce que le nom lui semblait porteur d'une symbolique adaptée à leur rencontre. Jorge ne connaissait pas L'Usine, c'est pourquoi il ne s'était pas opposé. Joel avait dû lui donner par téléphone les indications topographiques nécessaires.

On entrait de plain-pied et, sur la droite, on déposait les manteaux à un comptoir, fait d'une plaque de bois posée sur des moteurs de voitures compressés, qui formaient une barrière artistique, brillante, dont les interstices étaient comblés par des blocs de verre transparent. Derrière, une employée en combinaison de mécano jaune et casque en plastique blanc vous accueillait et vous remettait votre jeton qui avait la forme d'une clé de douze. À gauche, dans une cavité ténébreuse, s'imposait, lourde, menaçante, colossale, retenue par des courroies et dominant les profondeurs, la poche de coulée. Si l'on s'asseyait en dessous, à la verticale, on ne pouvait voir dans ce récipient qu'une version décuplée et écrasante de la célèbre épée de Damoclès, les étroites courroies de suspension servant autant au premier que le fragile crin de cheval à la seconde.

Au premier étage, à une table débordant de verres, de soucoupes, de bouteilles en plastique et de papiers froissés, trois femmes riaient à gorge déployée. Elles semblaient prêtes à tout et on pressentait quelque férocité dans leur allégresse. Joel réfléchit qu'entre ces femmes, tout à fait capables de s'en prendre à lui, et la menace de la poche de coulée, il valait mieux choisir cette dernière. Au bout du compte, il y avait des contrôles pour ce genre de choses, et pas pour des matrones imbibées, hurlantes et prêtes à toutes les inepties. Et il descendit lentement les escaliers, tout seul, perdu, dans l'espoir de trouver un petit coin où l'on puisse parler tranquillement de choses sérieuses, pour citoyen conscient.

L'escalier était métallique, il vibrait d'abord, rebondissait ensuite, tandis que Joel descendait, en spirale dans la cavité. Il était protégé sur toute sa longueur par une rampe rébarbative, faite d'outils soudés les uns aux autres, en un amalgame enduit d'une peinture épaisse, dure, grise, à reflets. Joel pensait aux kilos de ferraille à la casse qui avaient été nécessaires pour parfaire une œuvre artistique aussi rare.

L'étage inférieur offrait, au centre, une piste de danse en croisillons de bois, octogonale et lisse, juste en dessous de la poche sidérurgique, qui n'était actionnée que le week-end, pour des effets luminescents. Sur les côtés, plus discrètes, protégées par un plafond de tuyaux enchevêtrés, quelques tables s'attristaient, dans une semi-obscurité. Sur les murs, des niches faisaient office de gueulards de fourneaux noircis. Les jours de fête, tout cela se remplissait de fumée, de flammèches, soulignant plus encore l'ambiance métallurgique. À ce moment-là, les bielles et les pistons, accrochés de tout côté, s'enclenchaient continuellement en un mouvement de va-et-vient. Des lumières factices et du plastique incandescent donnaient, au milieu d'odoriférantes fumées, une vision de l'enfer, ou des sidérurgies ouvrières, selon l'imagination de chacun. L'effrayante poche de coulée roulait et oscillait alors dans les hauteurs, avec bruits caverneux et aspersion de lumières colorées. Les jours de semaine, en fin d'après-midi, la fréquentation ne justifiait pas cette dépense, la plupart des disjoncteurs étaient débranchés et les machineries au repos. Même comme cela, des bancs de fumée planaient ici et là, venus d'on ne sait où.

Joel choisit une table dans un coin, qui lui parut plus retirée et inoffensive. À l'extrême opposé, un couple, main dans la main, séparé par la longueur de leurs bras, avait les yeux fixés en l'air et ne faisait pas un geste. Joel supposa que le point du plafond qu'ils regardaient devait avoir quelque intérêt. Il allongea, tordit un peu la tête pour mieux voir. Mais non. La verticale de leurs regards était toujours fixée sur un même point parce que ce couple était du genre qui baye aux corneilles d'un air méditatif et qu'il fallait bien poser les yeux quelque part, le point en question étant aussi valable qu'un autre.

Un serveur revêtu de l'uniforme de la maison, la combinaison de mécano, les cuissardes et le casque, vint s'enquérir de ce que prendrait Joel, qui commit l'erreur de demander des suggestions. Lui fut alors proposé, avec un clin d'œil complice, la boisson qui avait rendu L'Usine fameuse : le « cocktail Haut Fourneaux ». Joel n'osa pas refuser. Le garçon s'éloigna, et Joel put voir son dos, zébré de grandes lettres fluorescentes qui disaient : L'USINE. Peu après, il regardait terrifié un verre haut, en forme d'éprouvette, qui superposait diverses couleurs, avec des fulgurances bleuâtres à la surface et des fumées qui s'échappaient de la soucoupe, par une brèche ménagée à cet effet. Même après l'extinction des feux, il eut peur de boire ce truc-là et se tint sur la réserve. Quels ingrédients, quelles saveurs pouvaient bien contenir ces « Hauts Fourneaux » ? Des susbstances dangereuses pour le foie, l'estomac, les intestins, la rate, les poumons, sûrement. Pourquoi était-il si timide, toujours prêt à faire plaisir, même à des serveurs revêtus de combinaisons criardes, au lieu de demander fermement une eau minérale, même s'il savait qu'il devrait la payer la peau des fesses ? Il secoua le verre, à la dérobée. Les divers extraits de couleurs différentes oscillèrent mais ne se mélangèrent pas. Les fumées redoublèrent. Joel était inquiet.

Jorge était en retard. Mauvais signe ! Est-ce qu'il avait trouvé l'endroit ? Et s'il attendait là-haut, au premier étage ? Ou à la porte ? Il caressa l'hypothèse de se lever, d'aller jusqu'à la rue, en laissant sa montre sur la table, en garantie, qu'on ne pense pas qu'il partait sans payer. Mais l'obligation de passer à nouveau devant le couple pétrifié et contemplateur de plafonds l'inhiba. Il se sentirait coupable si, par sa faute, ils se réveillaient, bougeaient et si leurs regards, d'absents et moribonds, devenaient foudroyants et accusateurs. Il s'aperçut que la fumée de la soucoupe avait étalé une pellicule blanchâtre, humide, sur le marbre de la table et il dessina des zigzags du bout des doigts, qui noircirent bizarrement.

Cette nuit, à neuf heures et demie, il téléphonerait à Florentina. C'était sans doute mal élevé de téléphoner avant la fin du feuilleton brésilien. Neuf heures et demie devait être une bonne heure. Il prendrait un ton sévère. Il était profondément injuste que, dans un moment aussi pénible que celui qu'il traversait, Florentina lui retire sa compréhension. Il écouterait d'abord ses plaintes, se montrerait désolé ensuite, et l'inviterait à déjeuner le jour suivant. Il lui expliquerait tout. Il arriverait à l'émouvoir. Évidemment, il aurait à peine raccroché, à neuf heures quarante, qu'il recevrait un coup de fil de Cremilde, plein de recommandations domestiques, après la question rituelle : « J'essaie de t'appeler, j'essaie de t'appeler, et pas libre, toujours pas libre ! Avec qui est-ce que tu parlais ? — Avec Jorge Matos, tu sais, cet ami... — Ah ! » répliquerait-elle, soupçonneuse. Comme la vie est compliquée... Tout se ligue pour agresser un homme pacifique, d'âge mûr, qui n'arrive même pas à partager entre seulement deux femmes les moments qui suivent la fin des feuilletons-télé...

Ce ressentiment de Florentina Palha, si imprévu, si ostensible, si démonstratif, lui avait paru un excès, destiné à alourdir encore son existence. Ni son âge ni son état d'esprit ne l'autorisaient à se sentir flatté par l'intérêt dramatisant d'une collaboratrice. Au contraire, sa réaction l'avait mis mal à l'aise, il la trouvait abusive, déplacée. Qu'est-ce qui permettait à Florentina, finalement, de revendiquer des droits sur lui ? Il ne lui avait livré que très peu de lui-même. Tous ses gestes avaient été des plus chastes. S'il y avait eu quelque élan, il avait été parfaitement réprimé, de manière à ne pas laisser de traces.

La plus grande intimité entre eux avait été cette visite au supermarché « Tout à 300 escudos ». Il avait considéré avec bonhomie son enthousiasme devant des poupées russes, et des balais seau inclus à ce prix-là... À la caisse, il avait sorti quelques pièces pour faciliter le rendu de monnaie de trois maniques thaïlandaises, en raphia ou quelque chose comme ça. Pourquoi une simple balade, sans engagement et de pure consommation, l'obligerait-elle à supporter des scènes ? Il est vrai que l'atmosphère de la bibliothèque prêtait à des confidences feutrées, presque tendres, et que Florentina l'écoutait et lui accordait de l'importance, mais en contrepartie, à la cafèt, il écoutait lui aussi patiemment l'histoire de ses déconvenues avec l'amie d'enfance qui partageait son appartement, d'ailleurs à l'insu de son propriétaire... Il n'y avait pas de quoi remuer tant d'air. En y réfléchissant... Est-ce qu'il allait vraiment lui téléphoner ? Après le feuilleton ? Ou pas du tout ? Mais quelle barbe, d'avoir à décider de ces choses quand une conversation historique était imminente...

À cet instant Jorge Matos entrait gauchement par la porte de L'Usine, et regardait autour de lui, considérant l'endroit et résumant pour lui-même : « On dirait le train fantôme ! » L'employée au comptoir à droite lui adressa un sourire professionnel de dessous son casque, et les trois tigresses qui riaient à une table s'interrompirent et l'examinèrent, avant de commencer à chuchoter, avec des petits rires provoquants.

« Où est-ce que ce type a bien pu me fourrer ? » se hérissait Jorge. La poche de coulée, suspendue sinistrement dans les hauteurs, eut droit elle aussi à un commentaire in petto et défavorable : « Si cette cochonnerie se détache et dégringole... » Une des femmes tendait déjà dans sa direction un verre plein d'un liquide verdâtre, les autres, très allumeuses, faisant semblant de l'en empêcher, quand Jorge découvrit qu'il y avait là un escalier et qu'aussi bien, Joel l'attendait en bas.

Il descendit par la spirale, regardant avec méfiance la poche de coulée, et se trouva nez à nez avec le couple extatique qui n'avait pas bougé depuis que j'ai commencé à parler de lui. « Ils sont peut-être morts ? Empoisonnés par les boissons de la maison ? » Et, sardoniquement, Jorge eut un sourire dans son for intérieur. Parvenu à la dernière marche, il attrapa fermement la rampe et jeta un regard circulaire. Tout cela ne lui plaisait pas du tout. Si Joel ne se montrait pas immédiatement — Dieu veuille ! — hop, il repartirait dans l'autre sens !

Mais Joel lui faisait déjà signe, se levait à moitié, derrière une petite table sur laquelle se trouvait un cylindre de verre transparent avec un mélange quelconque en couleurs.

— Excuse-moi. Des embêtements, des anicroches, des contrariétés...

— Comme d'habitude.

— Oui. Comme d'habitude. C'est comment, ça ? C'est bon ?

Jorge enlevait son manteau et regardait, méfiant, le « cocktail Hauts Fourneaux », un peu moins fumant à présent.

— Je ne sais pas. Je n'ose même pas le boire.

— Une eau minérale, commanda Jorge, voyant s'approcher le serveur déguisé en ouvrier, qui pivota aussitôt sur lui-même, avec une petite grimace de mépris que seul Joel put voir.

Pendant quelques instants ils réussirent à tenir une conversation machinale sur pas grand-chose. Les ennuis de circulation, la décoration agressive de cet antre, les bonnes femmes effrontées là-haut, dont on entendait parfois les hennissements suraigus... Finalement, après une gorgée d'eau minérale, Jorge attaqua à fond :

— On a encore des choses à se dire, je crois ?

Ce fut comme si un gong avait résonné, de ceux que frappaient autrefois dans les cinémas les athlètes musclés de la Rank, au moment où les lumières de la salle s'éteignaient et avant le générique. Joel rentra les mains et se raidit :

— Vas-y, exigea-t-il.

— Vas-y, quoi ? demanda Jorge.

— Eh bien, les choses qu'on a encore à se dire...

— Mais c'est à toi de parler.

— À moi ?...

Joel racla du tranchant de la main les derniers vestiges de fumée sur la table. Ensuite il s'essuya les mains sur sa veste, précipitamment. Jorge l'embarrassait. Il lui fallait répondre de façon convaincante. Il était au courant ! Quelqu'un l'avait informé ! Et il jeta, en hâte, le sourcil froncé par l'effort :

— Mon fils Cláudio est prisonnier à Pinheiro da Cruz. Problèmes de drogue. Ce n'est pas ma faute ! Ce n'est pas ma faute !

— Ah bon ? Tu parles d'un os. Pauvre garçon...

— Un petit trafic. Je ne te l'ai pas dit, j'ai eu tort, mais... tu comprends... Je t'ai raconté qu'il était en Autriche, non ?

— En Suisse.

— Sa Suisse c'est Pinheiro da Cruz. Excuse-moi. Je t'ai menti. Je t'ai trompé et j'ai trompé le Parti.

Joel croisa les bras et resta la tête basse, regardant dans le vague. La conversation se passait mal. C'était au tour de Jorge de se sentir mal à l'aise. Il se passait les mains sur le visage, l'une après l'autre, comme les chats quand ils prévoient de la pluie.

— Qu'est-ce que le Parti a à voir avec ça ? dit-il.

Et plus discrètement, sincérité pour sincérité, il décida de dépasser son embarras et d'avouer :

— Ce n'est pas vrai non plus que ma fille fait des études à l'étranger. Elle est à São Tomé et Príncipe. Elle est missionnaire. Elle est fourrée là-bas avec deux trois curés. Réaction contre les parents, un truc comme ça. Là voilà à São Tomé, en tout cas. Elle catéchise, elle donne les premiers secours, je crois... Alors tu vois...

Et pendant un moment, une complicité recueillie s'établit entre les deux hommes, grâce à leurs enfants égarés. Ils étaient pensifs. Jorge croisa ses doigts, se tordit les mains, les étira, les tourna vers le bas, produisant un claquement sec. Joel alla jusqu'à porter l'éprouvette « Hauts Fourneaux » à ses lèvres, mais, dans un sursaut de répugnance, il dévia le liquide à la dernière minute…

— La vie a des choses bizarres..., commenta-t-il, après un sacré bout de temps.

— La réalité, compléta Jorge, est bien trompeuse, dit un gars que je connais...

— Dis-moi, risqua Joel timidement, après une réflexion muette, prolongée, sur les amertumes de l'existence, et...

et mon entrée au Parti ? J'espère que cela ne va pas compromettre...

Jorge repoussa sur le côté sa bouteille d'eau minérale et fit glisser de l'autre, méticuleusement, le cocktail en couleurs. Cela ne lui convint pas. Il disposa à nouveau les objets avec une savante concentration. Ensuite il aborda le sujet d'une façon dont vous me direz si elle était la mieux appropriée :

— Mais dis-moi : c'est aussi important que cela pour toi ?

Jorge ne supporta pas la stupeur qui déforma les traits de Joel. Et il empira les choses :

— Joel, mon vieux, j'ai bien réfléchi... pourquoi est-ce que tu ne t'inscris pas au Parti socialiste ? Ils sont très accueillants. Et, si on y regarde bien, tous nos copains y sont ou à peu près...

Joel ne répondit pas tout de suite. D'abord, il pâlit.

— Jorge, je ne m'attendais pas à cela de toi !

Le ton était solennel, de dignité foulée aux pieds, en révolte. Jorge essaya de corriger :

— Écoute, je ne voulais pas t'offenser. Il n'y a rien de honteux à entrer au PS. En plus...

Il se tut. L'autre avait de la peine. Il le regardait, le visage immobile, et retenait la manche de son pull-over du bout des doigts, sans rien dire. Jorge eut un moment de panique. Il but, dans son trouble, une gorgée des liquides mystérieux du « Hauts Fourneaux » et trouva que cela n'avait aucun goût.

Mais pourquoi l'avait-on chargé de cette tâche, alors qu'il n'en avait ni l'envie ni la manière ? Pourquoi Vitorino l'avait-il abandonné là, tout seul, en restant confortablement dans son ambiance domestique, à ranger des boîtes en compagnie de sa tante et du perroquet ?

Le serveur en combinaison voyante passa, dans un léger grincement de bottes, pour aller placer un cocktail fumant sur la table du couple contemplatif, qui ne décolla pas pour autant son regard du plafond. Étrange. Auraient-ils, entre-temps, demandé quelque boisson, sans que Jorge l'eût remarqué ? Avait-il perdu l'occasion de surprendre leurs yeux, de face ? Les femmes du premier étage venaient de pousser une grande clameur, très stridente, toutes en même temps. On s'amusait là-haut. Le serveur s'éloigna, souriant, comme s'il connaissait le motif des réjouissances.

— Écoute-moi. Et si tu te décidais à être franc avec moi ?

Joel le regardait bien en face, résolu, sombre, les bras croisés. Jorge soupira, vaincu (ce qui doit arriver a toujours beaucoup de force) et attrapa sa serviette :

— Joel, mon vieux, dis-moi sincèrement : est-il vrai, ou non, que tu allais aux manifestations du PPD et que tu déchirais des affiches de gauche ?

— Déchirer des affiches, je ne m'en souviens pas, mais aller à des manifestations, ça, oui, j'y suis allé. Et alors ?

— Plutôt embêtant, non ?

— J'ai pensé que la révolution allait trop vite. J'ai parié sur la modération. Ç'a été une phase, c'est tout. C'est passé, et il y a presque vingt ans.

— Hum...

— Ç'a été une déviation, une erreur... Je le reconnais, et alors ?... Je suis le même homme.

Jorge, lentement, péniblement, étala trois photocopies sur la table. Joel s'en empara et se mit à lire, ici et là, ses yeux sautillaient plus haut, plus bas, ses lèvres remuaient rapidement tandis qu'il déchiffrait des phrases. Ensuite, avec brusquerie, il poussa les papiers en direction de Jorge :

— Qu'est-ce que c'est que ça ?

— Ce n'est pas toi qui as écrit ces textes ? Tu n'étais pas le *Vengeur patriotique* ?

— Quelle stupidité !

— Et tu n'as pas traduit *Le Poulpe KGB*... ou comment s'appelait ce truc-là, déjà ?

— Si, je l'ai traduit. D'ailleurs c'était une nullité...

— C'était toi, Joel Neves...

— De la vieille histoire... En plus je ne pense pas que le KGB mérite la moindre estime, de qui que ce soit.

Joel répondait directement et fermement. Il se montrait presque offensé par les questions. Il était passé à la contre-attaque.

— Je n'aurais jamais supposé, Jorge, que tu pourrais me croire capable d'écrire des âneries de bistrot du coin comme celles que tu m'as montrées à l'instant. C'est trop, bon sang...

Jorge ne savait que dire. Son geste reparut, si bizarre, de se gratter le côté gauche de la tête en se passant la main derrière la nuque. Avec difficulté, il essaya de se rappeler les suggestions de Vera Quitério. Il préférait, en conscience, que tout fût dit avec les mots des autres. Pas les siens.

— Pour moi, tu sais bien... Mais d'autres camarades...

— Je n'ai pas écrit ces merdes d'articles, nom d'un chien !

Joel donna un grand coup sur la table, la bouteille tremblota et les liquides du cocktail jouèrent les montagnes russes. Même dans ces conditions le couple mélancolique ne quitta pas le plafond du regard.

— D'accord. Tu ne les as pas écrits. Mais au Parti il y a des gens qui ne t'acceptent pas, et cela pourrait être gênant, soit pour toi soit pour d'autres.

— En somme, j'ai été récusé !

Jorge ne répondit pas. Avec l'un de ses pouces, il vérifiait méticuleusement le polissage du bord de la table. Il pensa que Joel allait piquer une colère, et que c'était la meilleure chose qui pouvait arriver. Il attendit la tempête, les épaules rentrées, les mains sur la table. Les types les plus timides, c'est bien connu, sont ceux qui ont les réactions les plus violentes. Comme le silence se prolongeait, sans que rien ne se passe, il glissa un regard oblique dans la direction de Joel.

Le buste rejeté en arrière, collé au dossier de sa chaise, Joel laissait pendre sa tête, qui oscillait comme si elle était d'accord avec une voix intérieure qu'il était le seul à entendre. Il mordait légèrement sa lèvre inférieure, mais son expression générale était d'une totale, résignée, glorieuse sérénité. Monta à la fin de son coin un murmure bas, presque inaudible, perdu entre les ombres et la fumée.

— Le mal que je me suis donné, Jorge. Pour moi c'était tellement important.

Jorge sursauta, il allait répondre, il allait justifier, opposer, consoler, mais Joel n'y consentit pas :

— Ne dis rien. Je sais que ce n'est pas ta faute, hein ?

Et il poursuivit, indifférent au geste vague, en arc de cercle, de Jorge :

— Me fermer la porte comme ça... À cinquante ans, Jorge. Je n'ai plus grand-chose à donner, mais j'aurais tout mis au service du Parti. Ce monde que nous vivons est si sec, il n'a pas d'âme. C'est... c'est comme un concert d'aveugles en haillons avec seulement des gestes et pas de musique.

Jorge ne se serait pas exprimé exactement comme ça, mais il comprit ce qu'il voulait dire. Il hocha vaguement la tête, tandis que Joel poursuivait :

— J'ai sans cesse été tiré à hue et à dia, j'ai souffert pire qu'un chien, j'ai tout raté, et maintenant les gens que j'admire, que je recherche et en qui je place mon espoir me ferment les portes...

Et Jorge, se sentant envahi par l'horreur de ces situations mélodramatiques où se complaisent les hommes mûrs, s'efforça de revenir au plus vite à une rationalité moins émotive :

— Mais, Joel, tu ne penses pas que tu te nourris d'illusions ? Au bout du compte, qu'est-ce que tu t'attendais à trouver au Parti ?

— On n'y maltraite pas les gens, que je sache ?

Qu'est-ce que Jorge aurait pu opposer à cela ? Non, en effet, on ne maltraitait pas les gens, de façon générale. Mais il ne lui semblait pas que ce fût une raison suffisante pour vouloir être militant avec un tel acharnement. Et lui, alors, qui tous les jours envisageait l'hypothèse de rendre sa carte...

Mais enfin, il n'allait pas noircir le Parti à seule fin de remonter Joel. Ça le faisait réfléchir qu'on cherche un refuge, une niche, où l'on demandait seulement à ne pas être malmené. Le cœur du problème. Tout le reste, les citations de Marx, *Ça ira !*, les allusions à Tchapaïev, c'était la simple justification emblématique, idéologique, de la pulsion primordiale du retour à un giron protecteur. Joel avait besoin d'être pris sur les genoux, qu'on le berce d'histoires édifiantes, qu'on l'écoute, qu'on l'apprécie, de temps en temps. Combien de temps aurait-il supporté, ensuite, cette illusion façon poche de kangourou ? Et qu'aurait-il fait en découvrant ce qu'il n'y avait pas besoin de lui expliquer maintenant : que le Parti n'était pas un ordre de chevalerie ; que très prosaïquement, très lamentablement, comme toutes les institutions humaines, il n'était fait que d'êtres humains, des pauvres hommes, des pauvres femmes, comme nous tous ? Aurait-il eu tendance — insoumis et déçu — à se rapprocher d'organisations hostiles, à se remettre à traduire des livres anticommunistes ? Aurait-il permis à l'illusion de se transformer en désillusion, et celle-ci en haine ? Le déroulement des choses aurait été celui-là, que Jorge aurait un jour entendu des voix grommeler : « Nous, on avait mis en garde contre ce Joel Strosse ! Nous, on avait prévenu ! »

— Joel, dit Jorge avec pondération, ce n'est pas définitif. Le fait que tu ne sois pas l'auteur de ces articles compte évidemment. Tu peux, même sans être au Parti, montrer du dévouement, du zèle, fréquenter les meetings, les débats, les réunions ouvertes, convaincre les camarades de ta sincérité.

— J'ai fait tout cela. Je suis même allé à la fête de *Avante !*, et je ne t'y ai pas vu.

Surpris, Jorge eut un petit rire nerveux, qui faisait appel à la complicité sur ce point.

— Agoraphobie. Ces trucs multitudinaires, très peu pour moi. Je trouve que c'est...

— Bon !

Joel décida de l'interrompre pour conclure, avec un courage résigné.

— Tout a été dit, non ?

Et il leva la main, pour que le serveur apporte l'addition.

Leur rencontre n'était pas terminée, et Jorge se sentait déjà plein de remords. Il avait le bout des doigts glacé, agité d'un léger tremblement. Il était clair que la conversation ne pouvait se terminer ainsi. Il y avait encore des choses à dire. Il fallait dire d'autres choses. Soudain, il se découvrit loquace, ignorant le signal du départ de Joel. Tous les quinze jours — disait-il — il y avait toute une bande sympathique que Joel d'ailleurs connaissait peut-être, au moins de vue, qui se réunissait dans un restaurant à Graça, le Solar de Macedo. Il pariait que Joel se sentirait bien là. On chantait des chansons de l'Alentejo, les vieilles chansons révolutionnaires. On fraternisait. On disait du mal du gouvernement. Pourquoi est-ce que Joel ne commencerait pas à se montrer ? C'était le moment. La prochaine fois — il suffisait de prendre rendez-vous — il irait avec lui, Jorge. La bande serait ravie de le connaître, ou plutôt, de le reconnaître... À la dureté des gestes de Joel, après ses divagations sur le Solar de Macedo, il sentait la dignité outragée du type qui vient demander du travail et qu'on congédie avec un billet discrètement glissé dans la poche de sa chemise...

— Non, non, c'est moi qui paie ! insistait Joel, serrant l'addition contre sa poitrine.

Tout était dit. Et compris. La gesticulation brouillonne et gênée de Jorge Matos, de fait mal interprétée, n'avait rien à voir avec l'addition. C'était seulement sa gaucherie. Et c'est avec gaucherie qu'il mit son manteau.

Ils passèrent au ras du couple extatique qui demeurait immobile, les yeux en l'air. On avait presque envie de les taquiner. De pousser un hurlement. Ou un « Houaaah ! » pour voir s'ils se détraquaient. Mais le pas ferme, silencieux de Joel dans l'escalier ne favorisait aucune complicité. Et, à vrai dire, Jorge n'aurait pas été capable d'une provocation insolente, si ce n'est en pensée. C'est à ce moment, déambulant sous la poche de coulée, que Jorge pensa qu'il marchait à côté de la tristesse en personne. Comment devinet-on les sentiments d'un homme qui avance de façon mesurée en retenant ses gestes ? C'est une espèce de halo, qui est autour de lui, qu'on ne voit pas, mais qui nous contagionne, nous courbe le dos, nous étreint la poitrine, au simple contact de l'air qu'il respire.

Joel remit son jeton en forme de clé de douze et reçut son manteau. Il s'habilla d'un air pénétré. Ils ne prêtèrent pas attention à la table des femmes en goguette, qu'elles soient là ou pas, qu'elles crient ou pas, c'était la même chose.

Une fois dans la rue, Joel tendit la main à Jorge :

— Bon, dit-il, faisant l'effort d'un sourire.

— Fais signe, vieux. Tiens, on pourrait déjeuner ensemble un jour. Avec Vitorino Nunes, hein ?

— Oui, oui, bien sûr.

Joel effaça son sourire forcé, de circonstance. Jorge interrompit une autre phrase qu'il allait ajouter. Il le vit traverser la rue, d'un pas tranquille et gagner le coin. Puis, un geste de la main et il disparut. Jorge prit en sens inverse, non que ce fût son chemin, mais seulement pour éviter d'être dans le sillage taciturne de Joel. Quelques instants plus tard il allait passer en face de la Fondation Helmut Tchang Gomes, mais sans prêter attention à sa magnifique couleur magenta, encore bien vive.

Et ainsi se terminera promptement le roman du malheureux Joel Strosse. Je ne sais ce qui lui arrivera ensuite. Peut-être, après les coups de téléphone de ce soir, s'installera-t-il à son bureau et découvrira-t-il dans sa bibliothèque certain poème de Rilke, *reiten, reiten, reiten...* et lui viendra-t-il à la mémoire, par association d'idées, une chanson guerrière : *ich hatte einen Kameraden/einen bessern findst du nitt*, ou une autre du même genre sinistre. Je ne garantis pas, mais c'est probable, car Joel est dans un état de vulnérable labilité. Sur une étagère de sa bibliothèque, derrière un soldat de plomb crasseux, reposent, jumelés, le Coran et la Bible sacrée. D'autres hypothèses de consolation qui laissent le champ ouvert... Qui sait... De son fils Cláudio en revanche il ne devra attendre aucun réconfort. Le garçon a pris goût à la tutelle de l'État et il trouvera moyen d'y avoir droit régulièrement, avec des séjours de plus en plus longs dans des établissements spécialisés.

Quant à Jorge, une idée fixe s'est emparée de lui qui s'est installée et a chassé d'un seul coup d'un seul, comme la faux rase le blé, sa commisération à l'égard de Joel, la corvée des instructions disciplinaires, les veillées dramaturgiques et sa fidélité résignée au Parti : il tenait à récupérer, quelle qu'en fût l'issue, sa fille Eufémia, perdue dans une obscure mission, dans une île africaine. Les prochains mois de Jorge seront entièrement occupés à cette tâche qui impliquera de successives disputes et réconciliations avec son ex-femme, un congé sans solde et d'énormes dépenses de téléphone et de courrier-express. Eufémia finira par rentrer, très mal vue de l'Église, et ouvrira la fameuse *boutique**. La fabrication de bijoux à breloques en acrylique lui donnera une certaine notoriété.

Eduarda Galvão, à laquelle j'ai pardonné, parce qu'il n'y avait personne d'autre pour le faire, ne mourra pas de si tôt, ni dans le roman, ni en dehors, mais elle aura de grandes contrariétés, à l'inverse de ce que lui ont prédit les astres, interprétés par un individu qui s'était arrogé la compétence de les interpeller, après la faillite du stand de voitures sur lequel il travaillait, en excellent vendeur d'ailleurs. Bernardo Veloso, passé une période de mutisme et de négligence, lui avait communiqué qu'il allait la laisser tomber, parce qu'une « expérience existentielle » irrécusable s'imposait à lui, qui impliquait une totale disponibilité. Et il s'est installé avec un styliste qui utilisait le pseudonyme de *Cicerone*, et qui était célèbre pour avoir conçu à l'endroit des femmes un mélange harmonieux entre la jupe plissée, empesée, et la botte militaire, luisante de cirage. À la rédaction de *Reflex* on s'est mis à trouver moins de piquant à Eduarda, ne serait-ce que parce qu'elle vieillissait. Mais avant même qu'elle ne soit licenciée, *Reflex* coulera, à cause de l'apparition concurrentielle d'un autre magazine, *Ouaouh !*, qui consacre au maximum trois lignes à chaque nouvelle, sept aux articles thématiques et dix à l'éditorial. Eduarda en arrivera à confectionner des croquettes livrables à domicile et finira par obtenir, moyennant ses relations affectives, une rubrique matinale à la télévision sur la cuisine écologique. Cela avant de faire fortune, en donnant des cours de gymnastique alchimique, aux environs de l'an deux mille et quelque.

La tante de Vitorino Nunes ne durera pas éternellement et nous quittera, peu après que le perroquet se sera fait écraser par un employé distrait de la Compagnie des eaux, funestement appelé pour stopper une inondation dans la cuisine. Elle sera mise en terre avec un drapeau rouge sur son cercueil, au milieu d'un cercle de poings levés, attristés mais fermes, encore émus par un beau et bref discours, proféré par un monsieur très voûté, aux cheveux neigeux sous son béret basque et à la canne en acajou. Vitorino a maigri, sa moustache est devenue toute blanche. Un beau jour, il est allé vivre avec Vera Quitério, dans le vieil appartement des Avenidas, et lui aussi s'est mis à dire « le mieux ça serait qu'on en parle ».

Une fois, Jorge Matos l'a rencontré et il lui a posé pour

la quinzième fois la question que tous les communistes du monde entier se sont déjà posée intérieurement au moins quatre cents fois : « Ça veut dire quoi, être communiste, aujourd'hui ? » Vitorino s'est recueilli, méditatif, pendant un très court instant. Puis il s'est fendu d'un sourire jovial, d'une oreille à l'autre, et lui a donné une grande tape sonore dans le dos : « Te casse pas la tête, vieux, te casse pas la tête ! » a-t-il dit.

Et le Tage a continué à couler, et le temps, sans qu'il y ait moyen de l'arrêter.

Composition : IGS Charente photogravure
Reproduit et achevé d'imprimer par la
Société Nouvelle Firmin-Didot
à Mesnil-sur-l'Estrée, le 27 octobre 1999.
Dépôt légal : octobre 1999.
Numéro d'imprimeur : 48637.
ISBN 2-07-074840-0/Imprimé en France.